KB261241

虛空踏步

# 허공답보

배금산 新무협 판타지 소설

허공답보 3
배금산 新무협 판타지 소설

초판 1쇄 찍은 날 § 2007년 1월 12일
초판 1쇄 펴낸 날 § 2007년 1월 22일

지은이 § 배금산
펴낸이 § 서경석

편집장 § 문혜영
편집책임 § 심재영
편집 § 서지현

펴낸곳 § 도서출판 청어람
등록번호 § 제1081-1-89호
등록일자 § 1999. 5. 31
어람번호 § 제2-1102호

주소 § 경기도 부천시 원미구 심곡1동 350-1 남성B/D 3F (우) 420-011
전화 § 032-656-4452  팩스 § 032-656-4453
http://www.chungeoram.com
E-mail § eoram99@chollian.net



ISBN 978-89-251-0434-8 04810
ISBN 89-251-0431-8 (세트)

배그산 新 무협 판타지 소설
Fantastic Oriental Heroes

血聲

허공답보

# 목차

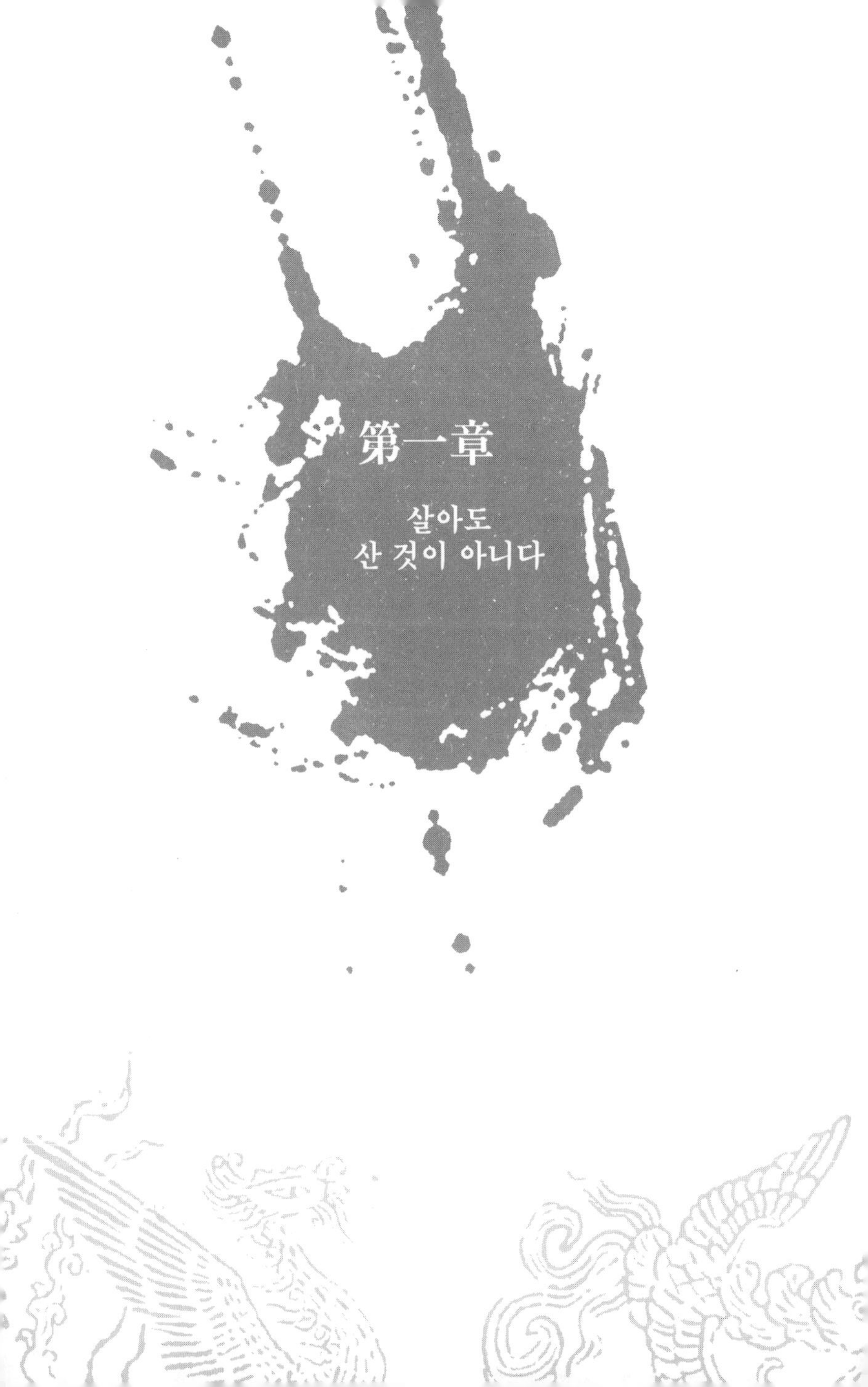

# 第一章

## 살아도
## 산 것이 아니다

　무중살객 운산이 똥통 속에 숨어 이를 갈고 있던 시각,

　"켈켈켈켈!"

　양주의 외곽, 울창한 버드나무 숲으로 둘러싸인 넓은 늪지의 한가운데에는 금방이라도 와르르 소리를 내며 무너질 것처럼 보이는 허름한 창고가 있다.

　지금 거기서는 한창 기괴한 웃음소리가 퍼져 나오고 있었다.

　창고의 한 켠, 질퍽한 흙바닥 위에는 나무 침상가 하나 덩그러니 놓여 있었고 그 위에는 의식이 없는 듯한 인영이 축 늘어져 있다.

　"켈켈. 불알 없는 고자에게는 불알을 주고, 팔다리가 없는 연놈들에겐 팔다리를 붙여주는 것이야. 켈켈켈. 이 어찌 복 받을 일이 아니겠냐?"

하얗게 센 머리를 산발해서 용모를 알 수 없는 노인이 연신 입에 침을 튀기며 소리치듯 말하고 있었는데 등뼈가 비정상적으로 튀어나온 것이 꼽추처럼 보였다.

"끄으응……."

"오, 이놈이 내 말이 맞다고 맞장구를 치는구나. 좋아, 좋아! 네놈한테는 어떤 불알을 붙여줄까?"

그가 옆에 놓였던 가죽 푸대를 뒤집자 살덩이 같은 불그레한 것들이 투둑거리며 떨어져 내렸다.

"가만있자, 요놈은 저놈의 구멍에 비해서 너무 크고… 아, 요놈은 너무 작다는 말이야. 오오라, 이게 대충 맞냐."

꼽추노인이 땅바닥에 떨어진 몇 개의 살덩이를 들고는 요모조모 살펴보는 것이었다.

"에구, 요놈은 상해서 진물이 줄줄 흘러나오잖아? 요거 괜히 붙였다가는 약값이 더 들겠다. 에라, 일단 싱싱한 놈을 골라보는 거야."

'이게 무슨 소리지?

혼돈스런 정신에서 서서히 깨어난 제갈탄은 벌써부터 들려오는 기괴한 음성에 머리가 어지러웠다.

후텁지근한 공기 속에 떠도는 진득한 피 냄새와 뭔가 썩어가는 것 같은 고약한 냄새는 숨도 쉬지 못할 정도로 지독했다.

‘여기가 어디지? 내가 죽어 지옥으로 떨어졌단 말인가?’

그렇게 생각하자니 제갈탄은 왠지 억울한 마음이 들었다.

세상에 꽃과 같은 아리따운 여인들을 두고 이렇게 죽어야 했다니. 마음이 서글퍼진 제갈탄이 훌쩍거리며 울자 노인의 쭉 째진 눈에서 신경질이 튀어나왔다.

"야, 이놈아! 기껏 죽을 놈 살려줬더니 눈물이나 짜고 있어? 내 이놈을 그냥 도로 죽여서 시궁창에 버려?"

‘어어? 그럼 내가 죽은 게 아니란 말인가?’

화가 치민 노인의 음성에 제갈탄이 눈을 살그머니 떠서 위를 올려다보았다.

"헉!"

제갈탄은 그 즉시 놀라고 말았다.

산발한 머리카락 사이로 괴이하게 번질거리는 눈동자가 그의 눈을 쏘아보고 있었다.

"그놈, 놀랄 것도 쎘다. 이놈아! 앞으로 놀랄 일이 수두룩할 텐데 미리 놀라면 노부가 섭섭하지 않겠느냐?"

"그, 그게 무슨 말씀이십니까?"

제갈탄이 급히 단전에서 진기를 끌어올리며 대꾸했다.

다행히 혈맥(穴脈)을 흐르는 진기는 막힌 데가 없이 몸속을 한 바퀴 돌아 다시 단전으로 돌아왔다.

"크으윽!"

그런데 조금 서둘렀던가 보다. 막 안도의 한숨을 내쉬던 제갈탄이 하물이 있는 곳에서 뜨거운 인두로 살을 지지는 듯한 고통을 느끼고 이를 악물며 신음을 토했다.

"켈켈켈. 이놈아, 그 정도는 약과야. 그러니 괜히 아픈 척하지 말아라."

'크으으. 그러고 보니……?'

제갈탄이 고개를 들기 전에 먼저 벌거벗은 하체에 손을 가져갔다.

'제, 제발…….'

조심스럽게 하물이 있던 곳에 손을 대던 그가 섬뜩한 아픔에 얼른 손을 떼며 얼굴을 잔뜩 찌푸렸다.

없었다. 있어야 할 것은 없고 밋밋한 살덩이만 느껴진다.

그렇다면 이 늙은이가 혹시?

제갈탄이 몸을 벌떡 일으키며 삿대질을 하면서 소리쳤다.

"당신이 내, 내 그것을 떼어냈소?"

"이런 미친놈 봤나! 이놈아! 부두의 뒷골목에서 네놈을 발견했을 때부터 불알은 없었어!"

"없었다고……?"

그제야 제갈탄의 뇌리로 불현듯 스쳐 지나는 기억이 있었다.

한창 이하령의 다리를 벌리려고 할 때 등때기를 때리는 아픔과 함께 하물이 떨어지는 듯한 통렬한 고통을 받으며 정신을 잃지 않았던가?

"끄으으……!"

제갈탄은 뇌리가 복잡하게 얽히는 느낌에 괴로운 신음 소리

를 내고 말았다. 이렇게 살아서 무엇 하랴. 죽고만 싶은 심정
에 온몸에서 기운이 쭉 빠져나갔다.

"켈켈켈! 이놈아, 너 불알이 없다고 절망하고 있냐? 켈. 염려
마라, 그 까짓것 갖다 붙이면 되는 게야!"

"가, 갖다 붙여요?"

제갈탄이 눈이 번쩍 뜨여 반문하자 노인이 찌부러진 눈자위
가 크게 한번 씰룩했다.

"봐라, 이놈아. 그래서 이렇게 준비를 해왔잖아. 아, 이거 구
하느라고 말이지, 도살장을 발바닥이 터지도록 돌아다닌 것을
생각하면 지금도 끔찍하거든?"

노인의 뒷말은 귀에 들어오지 않았다. 제갈탄은 노인이 가
리키는 곳을 멍하니 내려다보았다.

금방이라도 꿈틀거릴 것같이 생생한 살덩이부터 시커멓게
죽어가는 놈들까지 크고 작고, 크기도 다양한 양물들을 바라
보는 제갈탄의 눈에는 믿을 수 없다는 기색만 가득했다.

대체 이 괴상한 노인이 죽은 사람을 살리는 신의(神醫)라도
된단 말인가?

'말도 안 돼! 흥. 이 노인네가 누구한테 사기 치려고.'

제갈탄의 속마음과 달리 노인은 그가 너무 감격스러워서 말
도 못하는 줄 알았다.

"이놈아! 시간이 없으니 침상에 누워라. 지금 안 붙이면 영
영 고자로 지내야 해."

노인이 대야에 담긴 시퍼런 물속에 몇 개의 양물을 집어넣

으며 눈짓을 했다.

"저, 정말, 붙이면 멀쩡해지나요?"

"이놈이 노부를 의심하네? 에이, 모처럼 적선을 할까 했더니 기분 나빠 못하겠다."

노인이 앵돌아서 나가려고 하자 제갈탄이 급히 손을 저으며 애걸했다.

"아, 아닙니다! 이제부터 끽소리 안 할 테니 붙여나 주세요."

"켈켈켈! 진작에 그럴 것이지. 자, 그대로 꼼짝 말고 있어라."

노인이 얼른 바닥에서 뭔가를 꺼내더니 제갈탄이 어어 하는 사이에 양손과 양발을 묶었다.

"이, 이건 왜?"

"켈켈. 조금 아플 거다. 불알을 붙일 때 몸을 뒤틀기라도 하면 큰일 나거든?"

제갈탄은 입술을 피가 나게 깨물었다. 괴이한 느낌을 주는 노인이었지만 고자 신세를 면하려면 그의 말을 듣지 않을 수 없는 것이다.

그러던 노인이 대야 속에서 두툼하고 커다란 놈을 꺼내더니 제갈탄의 하체에 대어보았다.

"그, 그건 뭡니까?"

"보면 모르냐? 이거 소 불알이야."

"옛? 왜, 왜… 사람 것은 안 쓰고……?"

"크어. 이런 썩을 놈! 아까 내가 한 말을 못 들었느냐? 도살장을 돌아다니며 싱싱한 놈을 구하느라 얼마나 애썼는데 그 노고는 무시하고 이놈이!"

"그, 그래도……."

제갈탄이 하도 어이가 없어 떨떠름하게 대꾸하니 노인의 눈알이 기분 나쁘게 변했다.

"이놈아! 그럼 나보고 생사람을 죽여서 불알을 떼어오란 말이냐?"

"그, 그건……."

"에이, 이놈은 구멍이 너무 커서 안 맞는구나."

제갈탄이 저도 모르게 후 하고 한숨을 쉬자 그를 흘깃 보던 노인이 이번엔 짤막하고 통통한 놈을 꺼냈다.

"그, 그거는 또……?"

"에이, 자식이 돼지도 안 키워봤나? 돼지 불알이야!"

"예?"

"어구, 이놈도 구멍이 안 맞아. 에이. 늙으면 죽어야지, 백오십이나 살아왔더니 눈이 가물가물하구먼."

"예? 배, 백오십이요? 그, 그래도 너무 정정하시네요."

제갈탄은 어떡하든 노인의 주의를 돌리고 싶었다. 소 불알에, 돼지 불알. 그러면 다음번엔 뭐가 등장할지 걱정부터 앞섰던 것이다.

"아, 요놈은 그런대로 구멍이 맞겠다!"

노인이 이번엔 불그죽죽한 가늘고 긴 놈을 꺼내었다.

“호, 혹시 그건……?”

제갈탄이 퍼뜩 떠오르는 기억을 더듬으며 뭔가를 말하려고 하자 노인이 얄팍한 입술을 쭉 찢었다. 아마도 기분이 좋아 웃는 듯했다.

“놈, 이제야 제대로 맞추었구나! 그래, 요놈은 개 불알이야!”

“어헉!”

제갈탄이 몸을 비틀며 물건을 피하자 노인네의 눈꼬리가 확 째졌다.

“놈! 네놈은 이거라도 감지덕지야. 고마운 줄이나 알아!”

그러고는 노인이 제갈탄의 몸 어딘가를 툭 하고 건드리자 제갈탄은 졸지에 몸이 빳빳이 굳어오는 것을 느꼈다. 그리고…

“아아아악! 아, 안… 돼!”

제갈탄은 목이 터져라 소리를 지르다 그만 혼절하고 말았다.


시간이 얼마나 지났는지 모른다.

제갈탄은 이빨을 가는 것 같은 소리를 듣고서야 혼몽 속에서 깨어났다.

‘이게 무슨 소리야?’

이상한 소리였지만 정신이 깨어나자 바로 생각나는 것은 자신의 하체에 달린 물건이었다. 노인이 진짜 개 불알을 붙였을까?

'에이, 설마!'

그렇게 생각하면서도 궁금하지 않으면 사람이 아니다.

제갈탄이 이내 손가락을 놀려 하체로 향하려 하다가 뭔가 당기는 느낌에 흠칫하고 눈을 떴다. 손이 마음대로 움직이지 않았다.

"이놈아! 아직 다른 일도 남았으니 움직이지 마라!"

괴노인의 제지와는 상관없이 눈을 떠서 양팔 방향을 둘러보던 제갈탄은 그의 양 손목이 여전히 반투명한 줄에 묶여 있는 것을 알았다.

"왜 내 팔목을 아직도……?"

힘이 없어 웅얼거리는 목소리로 물음을 꺼내던 제갈탄은 양 발목마저도 뭔가에 묶여 있는 것 같아 발을 움직여 보았다.

그랬다. 고개를 약간 들어 발목을 보니 역시 반투명한 줄로 묶여 있는 것이었다.

그렇게 자신이 꼼짝도 못한다고 생각하니 뭔가 쓱싹거리는 소리도 심상치 않게 들렸다.

'아, 아니, 왜 식칼을 가는 거지?

왜 그런지는 몰라도 숫돌에 식칼을 가는 노인을 보니 가슴이 섬뜩해지는 것이다.

"그, 그 칼은 왜?"

제갈탄이 가슴이 서늘해져서 묻자 노인의 머리칼 속에 가려진 눈이 섬뜩하게 번뜩였다.

"놈! 꽤나 성가시게 구는구나. 이놈아! 성스러운 의술을 베

풀려고 하는 참에 자꾸 웬 잡음을 넣는 것이야!"

괴노인이 성질을 버럭 부리다가 식칼을 들고 자리에서 벌떡 일어나자 제갈탄이 찔끔해서 몸을 바짝 움츠렸다.

'응? 왜 몸에 힘이 하나도 없지?'

그러면서 제갈탄은 자신의 몸에 진기가 한 점도 모이지 않는다는 것을 이상스럽게 생각했다. 정신을 잃기 전까지는 틀림없이 진기가 흘렀다. 노인이 몇 군데 혈도를 찔렀다는 기억이 났지만 지금은 마비된 느낌이 없는 것을 보니 혈도가 풀렸다는 얘기다.

'그런데 왜?'

제갈탄이 눈알을 또르르 굴리며 생각하는 듯하자 노인이 입술을 찡그리며 웃었다.

"켈켈켈. 놈! 노부가 특수 제조한 약물을 먹여서 힘이 없는 것이니 너무 걱정 마라. 그래도 물건이 제대로 붙으려면 아직 사나흘은 더 있어야 할 것이니 되도록 하체를 움직여서는 안 될 것이야."

목소리야 창호지를 칼로 북북 찢어대는 것처럼 기괴하지만 노인의 설명은 이례적으로 자상했다.

"저, 그게… 서, 설마 개 불알은 아니겠지요?"

제갈탄이 말을 더듬어가며 조심스럽게 묻자 노인이 인상을 확 쓰며 제갈탄을 노려보았다.

"왜 아냐? 개 불알이지! 그래, 좋다. 정 마음에 안 들면 네놈이 선택해라! 개 불알이라도 붙이고 있을 것이냐, 아니면 도로 떼서 고자로 살게 해줄까?”

제갈탄의 얼굴이 우거지처럼 쫄아들었다.

짐작은 했지만 막상 노인의 입으로 들어보니 정신이 아뜩하기만 하다. 아직도 실감은 안 나지만 사실이 이렇다면……!

제갈탄은 잇새에서 기어나오는 신음을 간신히 삼켰다.

어쨌든 불알을 맘대로 붙이고 뗀다니, 노인의 의술은 가히 천하에 보기 드문 대단한 능력이었다. 그러나 능력이 뛰어난 만큼 성질이 괴팍해서 제갈탄은 노인의 성질을 되도록 건드려서는 안 된다는 것을 깨달았다. 나중에 슬슬 구슬리면 진짜 사람 불알을 붙여줄지도 모르는 것이다.

“아, 아닙니다! 어, 없는 것보단 낫겠지요. 그냥 놔두세요.”

“켈켈. 과연 생김새대로 눈치가 빠른 놈이로다. 자, 그럼 어서 이거나 먹어라. 불알 성질이 달라 부작용이 날 수도 있으니 빨리 먹어야 해.”

노인이 침상 밑에서 조그만 종지를 깨내더니 제갈탄의 입술에 댔다. 누렇게 출렁대는 액체에서는 코를 찌르는 고약한 냄새가 절로 구역질을 유발하고 있었다.

“켈. 왜, 냄새가 이상하냐? 하지만 원래 양약은 입에 쓴 법이라고 하지 않더냐. 그러니 한입에 꿀꺽 마셔라.”

노인의 말은 부드러웠지만 그 괴이한 안광이 더욱 빛을 발하고 있다. 게다가 그의 왼손에 든 식칼이 조금씩 주억거리고 있어 금방이라도 일을 저지를 듯 섬뜩했다.

‘으음. 더 이상 버티다간 무슨 짓을 당할지 모른다!

위험을 느낀 제갈탄이 도리없이 입을 벌리자 노인이 그의 벌린 입에 종지를 쑤셔 박아 입을 떼지 못하게 했다.

'젠장. 맛이 어째 똥물을 마신 느낌이 드냐?

한 방울도 남김없이 종지의 액체를 받아 마신 제갈탄이 고개를 설레설레 졌다가 몸이 이상하게 노곤해지는 것을 느꼈다.

조금 전에는 힘은 없어도 몸을 꿈틀거릴 수는 있었는데 지금은 손가락 하나 까딱하지 못할 무기력증이 드는 것이었다.

"그래, 어린아이가 착하기도 하지. 클클. 실은 너에게 개 불알을 붙여주느라 준비한 약재를 다 써버렸어. 없어진 약재를 마련하려면 큰돈이 필요하거든? 네놈의 팔다리를 떼어내서 다른 놈들에게 붙여주면 엄청난 돈벌이가 된단 말이야. 그러니 조금만 참아라. 네가 마음만 예쁘게 먹으면 돼지 족발이라도 대신 붙여줄 테니까 그건 걱정 말고. 켈켈."

노인이 새파랗게 간 식칼을 들고 요모조모 살피더니 다른 손으로 제갈탄의 팔을 잡자 제갈탄은 온몸에 소름이 쭉 끼쳤다.

'크윽. 개 불알에 돼지 족발을 붙여? 마, 말도 안 돼!'

그냥 놔두면 진짜 그렇게 하고도 남을 미친 노인이었다.

절박한 위기를 느낀 제갈탄이 급히 소리를 질렀다.

"이, 이거 보세요! 도, 돈이라면 우리 집에 얘기하면 얼마든지 드릴 겁니다. 그러니 제, 제발……."

"엥? 네 집안에 그렇게 돈이 많냐?"

"무, 물론입니다! 제, 제갈세가 아시죠? 제가 둘째인 제갈탄입니다!"

제갈탄은 노인이 솔깃한 표정을 짓자 필사적으로 매달렸다. 잘하면 무사히 살아나갈 수도 있을 듯했다.

"제갈세가? 아, 그렇지! 그 뭐 칠대세가의 하나라던가 하는?"

"예, 예, 바로 거깁니다. 근데 지금은 천무세가는 몰락하고 육대세가만 남았는데……."

"됐다, 이놈아! 그 꼴난 놈들이 일곱 집이든 여섯 집이든 그게 나하고 무슨 상관이겠냐? 그건 그렇고, 얼마나 받을 수 있을까? 너도 잘 알다시피 노부는 네 목숨도 구해주고 없던 불알도 붙여주지 않았냐?"

"걱정 마세요. 제 아버님은 만금이라도 달라면 주실 겁니다!"

"엉? 마, 만금이라도 준다고?"

이번에는 노인네가 놀라서 째진 눈을 동그랗게 말았다.

"예. 저를 무림맹까지만 데려다 주시면 됩니다. 제 아버님도 거기 계시거든요."

노인의 반응에 자신감을 얻은 제갈탄이 살았다는 표정을 지으며 공손히 대꾸했다.

"엉? 근데 무림맹이라니? 그거 벌써 오래전에 없어지지 않았냐?"

노인의 반문에 의아스럽긴 했지만 제갈탄이 무림맹에 대해

서 아는 대로 얘기하자 노인이 장난스러운 표정으로 혼잣말을
했다.

"없어졌던 무림맹의 부활이라. 그리고 맹주가 금성혼의 후
손인 금태원이라 이거지?"

노인네의 머리카락으로 가려진 눈동자에서 소름 끼치는 붉
은 광망이 줄기줄기 튀어나왔다.

노인의 엄청난 기세에 제갈탄의 눈이 공포심으로 잠겨들었
다.

'으으음. 이, 이것은 마기(魔氣)? 맞아, 그것도 극성에 이른
마기다!'

"클클클. 재미있겠어. 정말 재미있을 거야. 암, 그렇고말
고!"

제갈탄의 반응에는 관계없이 혼잣말을 하던 노인이 놀라움
으로 눈을 치뜨고 있는 제갈탄의 뒷덜미를 와락 움켜잡았다.

"놈! 좋다. 지금 바로 무림맹으로 가는 거야!"

# 第二章

## 살수에게
## 두 번은 없다

'누군가 있다!'

만석은 발걸음을 멈추지 않으면서도 온몸의 감각을 변소 주변에 집중했다. 아무리 하찮은 느낌이라도 무시해서는 안 된다.

"무공의 고하를 떠나 사람에겐 본능적인 감각이 있다. 상승무공일수록 그 감각을 한층 북돋워 주는 역할을 하니 고수의 감각은 바로 현실 그 자체인 것이다."

스승 무초 대사의 말이 다시금 떠올랐다.

그동안 수차례나 가까이 접근했던 있는 듯 없는 듯 미묘한 기운이 변소 주위에서 느껴지고 있는 것이다.

"이런! 정말 이렇게 더러울 수가 있나? 들어가려니 발이 떨어지지 않는구나."

만석이 상대가 눈치 채지 못하도록 일부러 투덜거리며 변소간의 동정에 이목을 기울였다.

그러나 만석은 열 칸의 변소 문을 모두 열어보도록 사람이 있다는 징후를 느끼지 못했다.

'착각이라는 말인가?'

어쩌면 지나친 조심성인지도 모른다. 매사에 의심하기 시작하면 끝이 없다.

'훗! 설마 살수가 똥통에 들어가서 나를 노릴 까닭도 없지 않는가?'

만석이 그렇게 생각하며 실소를 지었다. 청부자가 있어야 살수가 움직이는 법이다. 혹시 제갈탄의 실종에 관계된 것이라면 자신과 친구들, 또는 이하령에게 접근해서 알아봐야 한다. 오히려 살수를 고용해서 만석들을 죽여서는 안 되는 것이다.

게다가 아무리 살수라도 똥통 속에 들어가 사람을 노린다는 것이 과연 가당키나 한 일일까?

그런데 왜 이 변소간 주변에서 익숙한 기운을 느꼈을까? 그걸 생각하자니 이하령과 관련된 다른 의문이 떠올랐다.

조사할 시간도 없고 떠벌릴 상황이 아니라 날이 새자 바로 류촌을 떠나고 말았지만 그녀의 납치사건은 목에 걸린 생선가

시처럼 껄끄럽게 느껴지는 것이었다.

'괴한이 이 소저를 납치한 것이 단순히 그녀의 미모에 흑심을 품었기 때문일까?'

만석은 말도 안 된다는 표정으로 고개를 저었다.

사실이 그렇다면 너무 단순해서 의문의 여지가 없을 것이다.

그러나 제갈세가의 움직임이 너무도 조용했다.

제갈탄이 실종된 이후로 만석들에게 접근해 오는 제갈세가의 사람들은 없었다. 그 안하무인의 오만한 놈들이 발톱의 때만큼도 여기지 않는 만석들을 그냥 지켜보기만 했다면 말도 안 되는 것이다.

그런데 누군가 류촌의 공회당에서 이하령을 납치했고, 만석에게 접근했던 그 안개처럼 묘한 기운을 풍기는 자가 그 장면을 목격하고 이하령을 구했다. 그리고는 이하령을 강가로 데려가 그녀의 몸에 묻은 피를 씻었다.

그러나 이하령은 피가 나올 만큼 다친 곳이 없었다. 그렇다면 이하령의 몸에 묻은 피는 이하령을 납치한 자의 피일 것이다.

'제갈세가 놈들이 일을 꾸미다가 실패한 것으로 봐야 한다!'

납치한 이하령을 증인으로 만석을 제갈탄의 살해범으로 몰았다면 아마도 궁지에서 쉽게 빠져나오지 못했을 것이다.

만석이 제갈세가의 움직임을 탐문해 봐야겠다고 생각하면서 가장 깨끗한 변소의 문을 열다가 다시 한 번 주춤했다.

'다른 변소 칸에 비해서 지나치게 깨끗하다!'

만석이 그렇게 생각하자니 누가 일부러 더러운 것을 치워서 자신을 유인하는 느낌도 드는 것이다.

'핫하. 똥통 속에 누가 있다고 생각하는 것도 재밌지 않나.'

만석이 빙긋 웃었다. 표행 중에 벌써 여러 번의 기습을 받고 자신의 주변을 맴도는 자를 느끼며 만석은 무림은 결코 안심할 수 없는 곳이라는 것을 피부로 깨닫고 있었다.

"거, 사람들도 참… 뒷간을 더럽혔으면 아무리 더러워도 치우고 가야 할 게 아닌가."

만석이 혀를 차더니 뒷간의 문을 쾅 닫고 나갔다. 곧이어 그의 멀어져 가는 발소리를 들은 운산의 안면이 벌레 씹은 몰골로 변했다.

'제기, 저자가 사람을 말려 죽이려고 하는구나.'

운산은 또다시 자신의 짐작이 어긋난 것을 알았다. 몇 번이나 암습을 하려다가 실패했던 것처럼 전혀 예기치 못한 행동을 하는 자였다.

운산은 똥물 속에서 몸을 움씰거리며 굳어져 가는 관절을 풀려고 애썼다. 아직은 놈이 눈치를 못 챘다. 그러나 이렇게 시간을 끌다가는 말라 죽는 것이 아니라 지쳐서 똥물 속에 빠져 죽을 것이다. 운산은 자신이 바보가 된 느낌이었다.

그렇게 또 얼마나 기다렸을까? 저벅저벅 대는 발소리와 함께 구시렁거리는 중년인의 목소리가 들렸다.

"에이! 어떤 자식들이 뒷간을 더럽혀 놓았단 말이야?"

발소리가 무거운 것을 보니 무공을 익힌 자는 아니다. 게다가 말투로 봐서는 만석에게 불려온 무림맹의 하인 같았다.

"끄에엑. 속에서 올라오겠네!"

중년인은 쉬지 않고 투덜거리는 와중에도 변소 문이 차례로 열리며 바가지로 물을 끼얹는 소리가 들렸다.

'크아아. 이, 이게 뭐야?'

운산은 저도 모르게 머리 위의 변기에서 떨어지는 물을 혀로 핥다가 하마터면 소리를 지를 뻔했다.

달착지근하면서도 시큼한 맛에 생선이 썩는 듯한 악취가 운산의 입속으로 달려들었던 것이다.

중년인이 뿌리는 물과 반죽된 변기 주변의 잡다한 오물들이 운산의 머리를 타고 얼굴 위에서 수십 줄기의 잔고랑을 만들고 있었다.

'끄으. 제, 제기랄!'

운산이 이번에는 왼손을 놀려 얼굴로 떨어져 내리는 물방울을 훔치려 하다가 그만 손을 뚝 멈추었다.

'어흑!'

언제 다가왔는지 가까이서 놈의 목소리가 들리는 것이었다.

"빨리 좀 해주시오. 잘못하면 바지에 싸고 말겠소."

"예, 예, 금방 끝납니다요."

'돼, 됐다. 이제 조금만 기다리면 된다!'

두 사람의 대화를 듣자 갑자기 목이 마른 운산이 입속에 있던 오물을 꿀꺽 목구멍으로 삼켰다.

‘크어억! 이, 이럴 수가……!’

그야말로 온갖 잡동사니가 들어간 이상야릇한 맛이었다.

운산은 그만 식도를 타고 솟구쳐 오르는 뱃속의 음식물을 토하고 말았다.

“꾸엑……!”

운산이 억지로 입술을 틀어막아 소리가 새어나가는 것을 막았지만, 만석은 변통 속에서 들려오는 미세한 소리를 어렵지 않게 들을 수 있었다.

“청소 끝났으니 일 보시우.”

분주하게 돌아다니던 중년인이 한마디 하자 만석이 바로 치하했다.

“수고했습니다. 이제야 변소 꼴이 제대로 되었군요.”

‘제기. 똥간에서 무슨 예의를 차리냐? 어서 들어오란 말야!’

변소를 청소하던 중년인이 가버리자 갑작스레 찾아온 기이한 정적에 가슴에 답답해진 운산은 마구 울분을 토하고 싶었다.

세상에 아무도 없이 자기 혼자만 똥통 속에 버려진 느낌.

‘제, 제기, 빨리 좀 들어와라!’

운산은 그 짧은 정적도 견딜 수 없었다. 조금만, 조금만 더 기다리면 돼. 운산은 미칠 듯한 기분이 되어 만석이 들어오기만을 기다렸다.


‘으읍!’

그런데 소리가 들린 곳을 모른 척 주시하던 만석은 아랫배에서 견디기 힘든 통증을 느꼈다. 가히 창자가 배배 꼬이는 듯한 아픔. 지금까지 참아왔던 뱃속의 변이 요동치고 있었다.

'이러다간 진짜 바지에 싸고 말겠구나.'

만석이 더 이상 참지 못하고 문을 벌컥 열고 들어오자 간신히 똥통 속에서 버티고 있던 운산은 속으로 쾌재를 불렀다.

'크큭! 드디어 놈이 들어왔어!'

곧이어 바지를 내리고 싯누런 변을 똥통 속에 떨굴 것이다. 시간이 많이 지연되었지만 애초 예상대로 끝나면 그것으로 되는 거다.

놈이 용을 쓰며 첫 번째 변을 떨구는 그 순간, 놈의 야들야들한 항문 살에 운산의 예리한 단검이 쑤시고 든다. 자, 그러면 모든 게 끝이다.

'자! 어서 엉덩이를 까고 신선한 변을 떨구어라. 내 너에게 세상에서 가장 시원한 맛을 선사해 주리라.'

단검을 잡은 운산의 손아귀에 절로 힘이 들어갔다.

'됐다!'

놈이 똥통의 양쪽에 걸쳐진 판자를 딛는 소리가 들리고 급히 바지를 까 내리는 소리가 거의 동시처럼 이어졌다.

그때,

'어헉!'

운산은 잘못 들었나 하고 고개를 갸웃했다.

놈이 변을 떨구기 직전,

"당신도 참 한심한 사람이야. 똥통 속에서 노린 것이 바로 나였나?"

'이, 이놈은 알고 있었어!'

틀렸다고 생각한 순간 단검을 잡은 운산의 손에서 힘이 빠져나갔다.


만석은 항문 부위를 치받아오던 살기가 햇빛을 받은 안개처럼 금세 사그라지는 것을 느꼈다.

그리고 곧 거칠게 내쉬던 숨결이 어느덧 뚝 그치며 똥통 속이 부글부글 끓는 소리가 들렸다.

'이런! 저자가 숨을 놓다 못해 머리까지 똥통 속에 처박힌 것이 분명해!'

만석은 잠시 망설였다. 이제는 확실했다. 벌써 여러 번에 걸쳐 자신의 목숨을 노린 살수. 그냥 죽게 내버려 두면 오히려 깨끗해지지 않을까?

그러나 볼일을 마친 만석의 생각은 오래가지 않았다. 놈의 배후, 그리고 대체 어떻게 생긴 놈인지도 궁금하다. 게다가 놈은 어쨌든 우거형의 연인인 이하령을 구한 자.

"아저씨, 아직도 여기 계세요?"

'응? 이 목소리는?'

변소로 간 만석이 하도 오지 않아 궁금해서 와본 꼬마 거지 아이였다.

"너 잘 왔다. 여기 똥통 속에 사람이 빠졌어. 얼른 어른들을 모시고 오너라!"

"네? 똥통 속에 사람이 빠졌어요?"

"그래, 조금만 늦으면 큰일 난다. 어서 서둘러라!"

"네, 네, 알았어요!"

꼬마 아이가 후다닥 달려가는 소리를 들은 만석이 변기로 사용되는 널판자를 뗀 후, 손가락을 들어 당기는 시늉을 했다.

촤아악!

그러자 몸 전체에 똥칠을 한 왜소한 체구의 인영이 만석의 손짓에 따라 끌려 나왔다. 순간, 양 콧구멍에 들이닥치는 극심한 악취에 만석은 손으로 코와 입을 동시에 틀어막고 얼굴을 찡그렸다. 오물이 덕지덕지 붙은 사내의 얼굴은 그야말로 똥 같은 몰골이었다.

"젠장. 똥통 속의 살수라. 당신도 못해 먹을 짓이었을 거야."

이어 만석의 손가락이 허공을 격하고 인영의 목 부위를 점하자 그의 입에서 똥물이 왈칵거리며 쏟아져 나왔다.

"끄으으."

잠시 후 인영이 정신을 차리는 기미를 보이고 있을 때, 멀리서 몇 사람의 발소리가 급박하게 들려왔다. 아마도 거지 아이가 부른 사람들이 달려오는 듯했다.

'으음. 이자를 어떻게 한다?

사람들의 예상보다 빠른 움직임에 만석의 뇌리가 빠르게 굴러갔다.

만석은 짧은 시간 망설이지 않을 수 없었다. 점점 깨어나는 사내를 죽이기엔 왠지 마음이 내키지 않는다. 게다가 상대가 납치되었던 이하령을 구한 자라는 데에 생각이 미치자 만석은 고소를 짓고 말았다.

그러는 동안에 이미 상대는 전신을 꿈틀거리며 눈꺼풀마저 바르르 떠는 것으로 봐서 제정신이 나기 직전인 듯했다.

"깨어났으면 들어라. 이번만은 너를 죽이지 않겠다. 다시는 내 앞에 나타나지 마라!"

"끄으으… 왜… 왜 나를 죽이지 않느냐?"

금방 깨어났으면서도 상황을 인지하는 사내의 반응은 빨랐다.

"훗. 당신이 한 사람의 목숨을 구한 대가일 뿐이야. 살수치고는 너무 마음이 여리더군."

"크크. 내, 내가 마음이 여려?"

"마음이 여리지 않다면 엉뚱하다고 해두지."

만석이 씨익 웃으며 자리를 벗어나려고 하자 운산이 되물었다.

"나를 살려주면 다시 당신을 노릴 수도 있는데, 그래도 그냥 가는 건가?"

"장부는 한 번 말하면 거기서 그만이지."

"크크큭. 살수에게도 두 번은 없지."

"핫하. 그럼 이것으로 끝났군."

만석이 이를 드러내며 가볍게 웃더니 지나치듯 물었다.

"참, 이 소저를 납치한 자는 어떻게 했지?"

"죽였지. 청부 외에 사람을 죽인 것은 그 일이 처음이야."

"그런가?"

"그렇다."

두 사람이 눈을 마주 보며 빙긋이 미소를 지었다. 이러한 상황에서는 전혀 어울리지 않았지만 왠지 어색하지 않았다.

"그건 그렇고, 당신을 다시 만나고 싶지는 않군. 당신 때문에 하도 고생해서 말이야."

마지막으로 그 말을 남긴 만석이 신형을 뒤로 띄우자 운산이 툴툴거리고 웃으며 입속으로 말을 웅얼거렸다.

"크크큭. 그건 두고 봐야 할 거다. 난 빚을 지고 살고 싶지 않거든."

벌써 만석은 사람들이 달려오는 반대편으로 사라져 버렸지만, 운산의 눈길은 만석이 떠난 방향에 박힌 듯 응시하고 있었다.

# 第三章

## 암중의 음모

갑작스레 공력을 사용한 때문에 몸속을 치달리는 고통을 간신히 진정한 만석이 숙소로 돌아왔을 때 소이와 우거형 등은 이미 숙소에 들어와 있었다.

우거형은 흥분된 안색을 숨기지도 않고 씩씩거리고 있었고, 소이는 날카로운 눈초리로 만석을 쳐다본다.

'이 녀석들이 오늘 왜 이래?

친구들과 함께 있을 때는 전혀 느낄 수 없었던 생경스런 분위기에 만석이 두 사람을 둘러보다 소이에게 눈을 멈추자 한순간 소이의 눈이 번뜩 하며 움직였다.

"어딜 다녀오는 거지? 대장이 우리를 억지로 내보낸 이유가 비밀스런 일을 하려고 했던 때문인가?"

“비밀이라니? 무슨 비밀?”

“시치미 떼지 마! 대장이 우리 몰래 나갔다 들어오면 언제나 좋지 않은 일이 생겼어. 대체 언제까지 우리가 모른 척 넘어가야 하지?”

소이의 말은 들을수록 심상치 않았다. 만석의 눈길이 우거형을 향해 돌려졌다. 속마음을 숨길 줄 모르는 우거형답게 그의 얼굴도 부자연스럽게 굳어 있었다.

“소이, 대체 거형이에게 무슨 소리를 한 건가?”

소이가 주춤하며 눈살을 찌푸렸다. 그만큼 만석의 눈매는 무서웠다. 화톳불이 타오르는 듯한 강렬한 눈길. 그러면서도 만석의 두툼한 입술은 굳게 다물어져 있다.

“그, 그건……”

만석의 극도로 화가 치민 얼굴을 대하자 소이가 더듬거리며 말을 잇지 못했다. 만석만 대하면 왠지 주눅이 드는 소이는 그런 스스로가 미웠다.

‘그러나 이대로 있을 수는 없잖아?’

소이는 개파대전에서 만난 금기린의 심복 원길(原吉)을 떠올리며 입술을 잘끈 깨물었다.

그가 금기린의 의중이라고 전해준 말은 소이에게 희망을 주기에 족했다. 독불장군에 반골 기질을 가진 만석은 조만간 자멸하고 만다. 만석과 함께하는 사람들은 모두 마찬가지 신세가 될 것이다. 이에 금기린은 소이와 우거형의 무공과 자질을 높이 평가하고 있어 매우 안타깝게 느껴왔다. 원한다면 언제

든 금기린과 함께 일할 수 있는 자리를 주겠다는 것이 전언의
골자였다. 명백한 이간질이었지만 벌써부터 만석과 떨어질 궁
리를 하고 있던 소이로서는 비빌 언덕이 생긴 셈이었다.

혼자 가는 것이 아니라 우거형도 함께 간다. 그야말로 만석
을 외톨이로 만들자는 것이 소이의 꿍심이었다.

"실은……."

소이가 결심을 굳히고 말을 꺼내는 순간 옆에서 우거형이
먼저 소리를 질렀다.

"난 도대체 알 수가 없어! 왜 이 소저가 이상한 행동을 하는
거지?"

"그게 무슨 소리냐?"

만석이 소이로부터 눈을 돌리며 대꾸하자 우거형이 후 하고
긴 한숨을 내쉬었다. 만석의 정색한 눈을 보니 큰소리친 것이
오히려 미안스럽다.

"휴우. 난 이 소저가 류촌을 떠날 때부터 전혀 말이 없더니
무림맹 정문에 와서 끝내 정신이 잃어버린 이유를 알고 싶어."

만석이 우거형의 눈을 잠시 들여다보았다. 우거형의 괴로운
마음이 눈에 보이는 것 같았다.

"후우……."

이번에는 만석이 고개를 저으며 긴 한숨을 내쉬었다.

이어 만석이 우거형의 말에 대꾸하지 않고 소이에게 말을
돌려 물었다.

"어디까지 얘기했어?"

“그, 그게… 양주에서 그 제갈탄이란 놈에게…….”

“됐어. 좋은 일이 아니니 세세하게 얘기할 이유가 없다. 다만 중간에 그런 일이 한 번 더 있었지만 그놈은 죽었고, 하령 소저에겐 아무런 일도 없었다.”

“그게 끝이야?”

아무래도 미진한 느낌에 우거형의 언성이 높아졌다.

“그래. 그것으로 끝이다. 더 이상 하령 소저에 대해서는 말하지 말자. 거형이, 그리고 소이도 마찬가지다. 사소한 일에 더 이상 연연하지 말아야 해. 무림에 우리의 이름이 널리 알려진 대신, 출신이 천하다고 해서 우리의 작은 성공을 시기하고 질투하는 데 그치지 않고 우리를 깔아뭉개려고 작정한 자들로 넘치고 있는 거다. 우리에게 사치스런 감정은 허용되지 않아. 너희들, 잊었느냐? 무적문 천하! 사부님의 말씀이 아니더라도 우리는 힘없고 약한 자들을 위해 무적문 천하를 이루어야 해. 너희들이 돕지 않는다면 나 혼자라도 하겠어!”

이례적으로 긴 만석의 말에 소이와 우거형의 눈이 빠르게 교차했다.

‘젠장. 이렇게 되었으니 더 이상 물어보기도 껄끄럽네?’

소이는 적이 실망했지만 우거형은 너무 부끄러웠다.

장성한 이후 만석은 언제라도 몰래 정혼녀인 홍자려를 만날 수 있었다. 그런데도 만석은 그녀를 만날 생각을 하지 않았다. 아니, 적어도 주위에 내색을 하지 않았다.

‘그런데도 나는……?’

우거형은 이하령을 사랑하면서 더욱 확실하게 만석의 고통과 그의 굳센 의지를 알게 되었다, 사랑하는 여인에겐 마음이 약해진다는 것을. 사나이의 야망보다는 사랑하는 여인과 가정을 이루고 도란도란 살아가고 싶은 것이다.

"너희들은 우리에게 힘이 생겼다고 생각해?"

만석이 재차 물었지만 두 사람은 대답을 하지 못하고 곤혹스런 표정만 지을 뿐이었다.

"실망이다, 너희들이 겨우 이것밖에 안 되다니."

이제 겨우 시작했다. 벌여놓은 것들을 한군데 묶어 그럴듯한 세력을 만드는 것만도 엄청난 세월이 필요하다.

두 사람이 각자 다른 생각으로 말이 없자 만석이 천천히 자리에서 일어났다.

"나를 떠난다고 해도 말리지 않겠다. 당장 결심이 안 선다면 언제라도 기다린다. 지금이라도 우리가 오랫동안 온갖 고통을 극복한 의미를 헤아렸으면 싶다."

'언제부터인가 우리들 사이에도 갈라진 틈이 존재했구나.'

만석은 실망스런 마음뿐이었다. 부하도 아닌 친구들이다. 우격다짐으로 그들을 끌고 갈 수는 없다.

'그래, 오히려 다행스러운 일인지도 모른다.'

방을 나온 만석이 입가에 미소를 지었다. 이런 일은 일찍 터질수록 좋다. 기초를 잘못 만들면 다시 시작하면 된다. 하지만 기초 위에 골조를 얹고 벽을 싸 발라 건물을 다 지은 후에는 어떻게 할 방도가 없는 것이다.

우하하하. 낄낄낄!

한창 개파대전을 경축하는 연회가 벌어지고 있는 모양이었다. 만석의 우울한 마음과는 상관없이 무림맹의 우람한 전각 사이로 연신 떠들썩한 소음이 들리고 있었다. 그러나 어차피 찾아갈 곳이 없는 만석은 객청 옆으로 이어진 백양나무 숲 속으로 깊이 들어가 넓은 바위에 걸터앉았다.

"훗. 춥군."

쓸쓸하게 들리는 만석의 말처럼 저녁이 다가오자 숲 속에는 제법 서늘한 바람이 불고 있었다. 한여름답지 않은 찬바람에는 약간의 습기마저 들어 있어 사람의 마음에 더욱 애잔함을 더한다.

"비가 오려나 보구나."

만석이 회색 빛으로 우중충한 하늘을 올려다보며 혼잣말을 할 때, 그에게 접근하는 인영이 있었다.

'음? 저 소저는?'

한편 만석을 따라 나오려는 우거형을 자리에 눌러놓고 대신 따라 나왔던 소이가 그 모습을 보곤 얼른 숲 속의 바위 뒤로 몸을 숨겼다.

자신의 모습을 드러내 봤자 좋을 것이 없다는 게 소이의 생각이었다.

"어디 가셨나 했더니 여기서 만나게 되는군요."

새벽 이슬방울처럼 귓전을 또르르 구르는 여인의 음성에 만석의 눈길이 절로 돌아갔다.

'금혜지!'

그녀였다. 날아갈 듯 짙푸른 나의(羅衣)를 걸치고 창백하리만큼 희고 갸름한 얼굴에 약간의 홍조를 띤 그녀는 천상의 선녀처럼 아름다웠다.

"지난 일은 고마웠소."

"호홋! 그게 무슨 소린가요. 당신의 입에서 고맙다는 소리를 듣게 되다니 정말 의외로군요."

"아니, 의외는 아니지. 어쨌든 내가 당신 덕분에 험한 꼴을 넘긴 것은 사실이니 감사할 수밖에."

"어머, 근데 말로만 끝낼 작정인가요?"

금혜지가 만석의 옆에 앉으면서 장난스런 표정으로 그를 빤히 응시했다.

'젠장. 이 계집이 왜 이리 친한 척하지?'

만석은 갑자기 거북스러움을 느꼈다. 명백한 신분제 사회다. 무림이라 하여 그 정도가 완화되긴 하지만 만석처럼 하인 출신들을 동등하게 대우하는 정도 가문이나 문파는 거의 없다시피 했다.

개방을 제외하면 다른 칠대문파나 육대세가는 물론, 그런대로 한 지역에서 행세하는 문파들은 모두 명문가의 후손으로 제자를 들이는 것이다. 게다가 손끝 하나로 수많은 자들을 부리는 지체 높은 신분의 금혜지다. 어떤 저의가 없으면 미천한 만석에게 접근할 리가 없었다. 만석은 징그러운 벌레가 몸을 타오르기 전에 얼른 떨구어내고 싶었다.

"큭. 말로만 끝내지 않으면 어떻게 하라는 거지? 이렇게 안아달라는 건가?"

만석이 그녀를 바짝 끌어당겨 꼭 안아버리자 금혜지는 그의 강력한 힘에 온몸에서 힘이 빠져나가는 걸 느꼈다.

마음 같아서는 만석을 밀치고 그의 뺨이라도 때려야 정상이었다. 그러나 만석을 찾아온 자신의 마음을 모르는 것처럼 이 순간에도 그녀는 혼란스럽기만 한 것이다.

'젠장! 이 계집이 도대체 무슨 생각을 품고…….'

자신의 품에 안긴 그녀가 숨만 새근거리며 몸을 가볍게 떨고 있자 만석은 더욱 짜증이 났다. 게다가 취할 듯한 야릇한 체취와 함께 얇은 비단옷 사이로 부드러운 그녀의 살결이 두드러지게 느껴지자 괜히 얼굴이 달아오르고 가슴이 세차게 뛰어올랐다. 그냥 이대로 있으면 제정신을 잃을 것 같은 이상한 기분도 느껴졌다.

'이 계집이 나를 유혹하는 건가?'

그녀의 다소곳한 태도에 말도 안 되는 의혹마저 들자 끝내 견디지 못한 만석이 그녀를 세게 밀쳐 내면서 자리에서 벌떡 일어났다.

"어맛!"

그녀가 만석의 갑작스런 행동에 미처 대비를 못하고 땅바닥에 넘어졌지만 그녀를 보는 만석의 눈초리는 냉엄했다.

"그대의 도움은 그 이전에 내가 그대를 구한 것만으로 충분한 것이다. 그러니 서로 간에 빚은 없다. 그러니 내게 수작 부릴 생각은 마라."

"네……? 그게 무슨……?"

미처 말을 잇지 못한 금혜지의 눈에 눈물이 핑돌았다. 너무 억울했다. 그녀는 가지고 놀던 장난감을 빼앗긴 어린애처럼 분하기 짝이 없었다.

"저, 정말 너무하시네요. 내가 도대체 당신에게 무슨 수작을 부릴 것 같나요? 또 그럴 만한 이유가 어디 있죠?"

"큭. 그렇겠지. 고귀한 무림맹주의 영애께서 미천한 내게 무슨 볼일이 있겠어? 그런데도 네가 내 앞에 있다는 것은 대체 무슨 뜻이지?"

"호홋! 이제 보니 당신은 출신 성분 때문에 자격지심을 가진 못난 남자였네요? 그만 됐어요. 더 이상 말하다가는 나도 추해지겠네요."

"이, 이 계집이?"

그녀가 비웃음을 날리며 돌아서자 눈을 부릅뜨며 그녀를 잡으려던 만석이 움찔하며 동작을 멈추었다.

'이, 이런! 이런 못난 놈!'

진짜 못난 놈이었다. 자신의 말이라면 무조건 따라주던 친구들의 반응에 실망해서일까, 아니면 정혼녀인 홍자려를 두고 만난 지 얼마 안 되는 여인에게 관심이 가는 것에 위기감을 느껴서였을까. 생각해 보면 스스로의 마음을 잡지 못하고 애꿎은 여인에게 화풀이를 한 셈이었다.

"핫핫하하. 만석아, 만석아, 너는 정말 못났구나."

만석은 이미 어두컴컴해진 하늘을 쳐다보며 울부짖듯이 소리쳤다. 기실 금혜지가 듣기로는 겨우 입속에서 중얼거리는 만큼의 작은 소리였지만 그러나 그 비탄에 잠긴 목소리에 그녀의 화가 난 마음이 스르르 풀리다 못해 그리 오래지 않아 슬픔에 잠겨 버렸다.

"진정해요. 당신을 자극하려고 한 소리는 아니었어요."

그녀 자신도 스스로의 마음이 어떻게 움직이는지 몰랐다.

그저 옆에 우뚝 서 있는 만석을 위로해 주고 싶을 뿐이었다.

그녀가 양손으로 그의 팔을 잡고 부드럽게 매만지자 만석이 움칠하더니 씁쓸한 미소를 지으며 고개를 저었다.

"됐소. 내가 못난 소리 한 것이 소저의 위로나 받고자 한 꼴이 되어버렸군. 자, 그만 돌아가시오."

"괜찮겠어요?"

"핫하. 뭘 말이오? 내가 슬픔에 잠겨 자살이라도 할 것처럼 보이오?"

"어머머. 아, 아녀요."

볼을 잘 익은 사과처럼 발갛게 물들이며 그녀가 도리질을 하자 만석은 문득 그녀가 사랑스럽다는 생각이 들었다.

아무리 애교를 떨어도 누이동생 같기만 한 빙한설과는 전혀 다른 감정이기에 만석에겐 생소하기만 했다.

왠지 모를 아쉬움을 느끼면서도 자신의 팔에서 그녀의 손을 풀어낸 만석이 천천히 신형을 돌리며 입을 열었다.

"내가 소저에게 큰 도움을 받은 것은 사실. 내가 할 수 있는 일이라면 언젠가 소저의 부탁을 한 가지만 들어드리고 싶소."

"네……? 그게 무슨……."

그녀가 갑작스런 만석의 말에 눈을 동그랗게 떴지만 만석은 더 이상 그녀를 보지 않았다.

무심결인 듯 숲 속의 한쪽 방향을 힐끗 살핀 만석이 금세 모습을 감추었다. 만석이 사라지고 갑자기 텅 비어버린 공간을 느낀 그녀가 불어오는 찬바람에 어깨를 움씰 떨었을 때,

투둑… 투두둑.

바람에 실린 빗방울이 한 방울씩 떨어지기 시작하더니 금세 폭우로 변했다.

쏴아… 쏴아아!

빗줄기가 굵어지면서 바람이 미친 듯이 불기 시작했다.

"추, 추워……."

금혜지는 장대 같은 빗방울과 뿌연 물안개로 눈앞도 보이지 않는 어둠 속을 헤매기 시작했다.

이미 그녀는 방향 감각을 상실해 한군데서 뱅글뱅글 돌며 숙소 방향으로 돌아가지 못하고 있었다.

"아아… 왜 이리 세상 모든 것이 꺼멓게 보일까?"

그 한마디를 겨우 내뱉은 금혜지는 그만 정신을 잃고 말았다.

‘제, 제기랄!’

숲 속의 바위 뒤에서 그 장면을 보던 소이는 망설이지 않을 수 없었다. 만석이 그가 있는 방향으로 눈길을 주었다는 것은 그의 존재를 알고 있었다는 뜻.

떨떠름한 표정으로 바위 뒤에서 나와 금혜지에게 다가간 소이는 한동안 그녀의 얼굴에 시선이 박힌 듯 눈을 뗄 수 없었다.

‘너, 너무 아름답구나.’

무림맹에 와서 많은 아름다운 여인들을 보았다.

그런데 빗줄기 속에 쓰러진 금혜지의 하얀 얼굴을 보는 순간 소이의 마음이 송두리째 그녀에게로 빨려들어 간 것이다.

자기도 모르게 무릎을 꿇은 소이는 정신을 잃어 더욱 창백하게 빛나는 그녀의 얼굴을 소중하게 쓰다듬었다.

그러던 그가 갑작스럽게 몸을 부르르 떨었다.

‘아차! 내가 이게 무슨 짓이지?’

이대로 방치하다가는 죽지는 않더라도 잘못하면 큰 병에 걸릴 수도 있다.

그것을 깨달은 소이가 황급히 그녀를 들쳐 업었다.

‘잘못하면 오해받기 십상이니…….’

마음 같아서는 자신의 숙소로 데려가고 싶었지만 거기에는 만석 등 다른 눈들이 있다.

소이는 아쉬웠지만 그녀의 숙소 근처로 가야겠다고 생각했

다. 비가 억수로 쏟아지니 남들의 눈에 들킬 염려는 없을 것이
다. 또, 반대로 비가 아무리 쏟아지더라도 맹주 숙소 근처에는
무사들이 경비를 서고 있을 테니 그녀를 근처에 두면 쉽게 발
견할 수 있을 것이었다.


"이, 이런… 이런 일이!"
무림맹주 금태원은 거의 인사불성이 되어 침상에 누워 있는
금혜지를 살피며 안절부절못하고 있었다.
그러지 않아도 이상 체질로 인하여 뛰어난 감각과는 별도로
제대로 무공을 익히지 못한 허약하기만 한 딸이었다.
그런 맹주의 가족이 거주하는 정의원(正義院)의 입구에서
경비무사들이 폭우 속에 정신을 잃은 그녀를 발견하였다는 것
이다.
'내 저것들을……!'
금태원이 눈이 침상 옆에서 전전긍긍하며 금혜지 이마의 물
수건을 갈고 있는 영영 등 두 명의 시녀를 무섭게 응시했다.
'으으음. 딸아이가 저만한 것도 다행이니…….'
응당 주인을 잘 모시지 못한 벌로 시녀들에게 엄벌을 내려
야 했지만 금태원은 애써 마음을 진정시켰다.
고열에 들뜨기는 했지만 탕약을 먹이고 밤새도록 수백 번이
나 물수건을 갈아치우자 금혜지의 숨결이 차츰 안정되면서 불
에 달군 인두처럼 달아올랐던 안색도 약간의 발그레한 기운만
남기고 사그라지고 있었다.

“휴우우…….”

금혜지가 보이는 작은 안색 변화 하나에도 마음을 졸이던 금태원의 굳은 얼굴이 서서히 풀렸다.

이제는 마음을 놓아도 되는 것이다.

“수고했다. 너희들은 그만 물러가도록 해라.”

“네, 맹주님.”

금태원이 손을 저어 시녀들을 물린 후에야 침상 앞의 의자에 앉아 딸의 얼굴을 물끄러미 내려다보았다.

“후우. 불쌍한 것…….”

딸의 애처로운 얼굴을 볼 때마다 금태원은 자신의 죽은 처가 생각났다.

강호의 현자인 수경 선생의 딸인 그녀 역시 특이 체질 때문에 무공을 연마하지 못했고 금기린을 낳은 이후에는 가끔씩 병석에 누울 정도로 몸이 허약해졌었다.

이러하니 그녀가 금혜지를 낳다가 죽은 것은 어쩌면 당연한 일인지도 몰랐다. 금태원이 딸의 단아한 이마에 송골송골 맺히는 땀방울을 닦으며 옛 생각에 잠겨 있을 때,

“으음…….”

신음을 흘리며 금혜지가 깨어나는 기적을 보이는 것이었다.

“그래그래, 이만하기가 정말 다행이구나.”

금태원이 자신도 모르게 기뻐서 소리치다 얼굴을 경직시켰다.

“누, 누구… 호, 혹시… 대, 대견 정 대협이신가요……?”

딸의 입에서 나온 말은 틀림없이 대견이라는 이름이었다.

금혜지가 그 한마디를 끝으로 다시 잠에 빠져드는 것 같자 금태원이 눈살을 찌푸리며 입속으로 중얼거렸다.

"대견이라… 혹시……?"

금태원의 굵고 낮게 깔리는 목소리를 헤집으며 청명한 목소리가 끼어들었다.

"네, 아버님. 요즘 엄청난 명성을 떨치고 있는 이름이지요."

바깥 복도에서 들려오는 금기린의 음성이었다.


"죽여야 한다고?"

"그렇습니다, 아버님. 우리 가문의 대업(大業)에 해가 될 자입니다."

자리를 옮겨 사방이 막힌 건물 내의 밀실에 마주 앉은 두 부자의 모습은 흡사하면서도 달랐다.

금기린은 같은 남자가 보기에도 황홀한 미남이었지만 이제 오십 줄에 들어선 금태원은 봉황의 눈에 윤기 나는 긴 수염을 가슴께까지 내려뜨린 선풍도골 형의 인물이었다.

게다가 금기린이 항상 깃털 부채를 살랑거리는 데 반해서 금태원은 손목 굵기를 한 두 자 길이의 흑색 판관필을 옆구리에 차고 있어 더욱 진중해 보인다.

"엇헛헛. 실로 의외로구나, 네가 그 대견 정만석이란 녀석을 그렇게 크게 생각하고 있었다니."

금태원이 자신에게 보고된 목불인견 중 대견 정만석에 대한 기억을 끄집어내며 대답했다.

"네. 그런 면도 있습니다만 우리 편이 될 수 없는 자는 싹부터 잘라야 할 것으로 생각합니다."

"허어, 그렇게까지? 원래 명문정파인이란 허울 좋은 명분에 치우쳐 꽉 막힌 자들이 많다는 것을 너도 알고 있을 것이다. 게다가 가진 것이 많아서 웬만한 대가로는 움직이려 들지도 않지. 그렇다면 오히려 그 녀석은 신분 상승이라던가 약간의 재물만으로도 쉽게 부릴 수 있지 않겠느냐?"

"저도 놈이 겨우 그런 정도라면 아버님께 이런 말씀을 드리지 않았을 겁니다."

금기린이 고소를 지으며 머리를 저었다.

"음? 그게 무슨 소리냐?"

의아해진 금태원이 대답을 재촉했다.

"놈은 효웅입니다. 세상을 때려 엎으려는 반골 기질을 갖고 있지요. 남들은 몰라도 소자는 놈을 보자마자 그런 느낌을 받았습니다."

'음……'

이어지는 금기린의 말에 금태원은 가슴이 뜨끔했다. 그러나 겉으로는 그의 신색은 전혀 변함이 없었다.

"헛허허. 우리 기린이가 꺼려하는 녀석이 다 있다니, 과연 세상이란 넓고도 넓구나."

금기린은 부친을 설득하려고 애쓰고 있었지만 금태원은 가볍게 웃어넘기려고 했다.

‘후우. 아버님은 내 말을 그리 심각하게 생각지 않으신다.’

연륜의 차이일까, 아니면 그릇의 차이일까.

금기린은 부친 금태원이 언제나 크게 보이긴 하였지만 오늘은 왠지 야속했다.

“헛허허. 녀석은 아직 어리다. 혈기방장하게 날뛰면서 세상의 이목을 끌고 있어. 그렇게 자신을 다 드러내고 무슨 큰일을 도모하랴.”

금기린은 부친의 무심한 태도에 그만 가슴이 답답해졌다.

“그럼, 아버님께서는 놈을 그냥 내버려 두자는 말씀이온지요? 소자는 놈이 더 크기 전에 제거하는 것이 우리 금가에도 보탬이 될 것으로 믿고 있습니다.”

‘어허! 이런……!’

금태원의 이마 위에 길게 뻗친 눈썹이 크게 한 번 꿈틀했다.

태어날 때부터 벌모세수에 무공을 익히고 수많은 경전을 읽어 만사무불통지라고 소문난 아들이었다. 그런데 막상 만만치 않은 적수가 등장하자 지레 겁부터 먹고 있다.

“바보 같은 놈, 그게 무슨 소리냐? 녀석이 너도 얕보지 못할 인재라면 우리가 최대한 써먹도록 해야 한다. 그것이 곧 우리 가문에 큰 도움이 되는 일이다. 게다가 허울만 좋은 지난 육차까지의 무림맹과 이 아비가 맹주로 있는 칠차 무림맹은 달라야 해. 녀석이 사마의 무리만 아니라면 출신과 관계없이 무림맹의 요직에 등용해야 할 것이다. 너는 그리 알고 녀석이 너나 이 아비에게 악감정을 품지 않도록 처신해야 할 것이야.”

“하지만 아버님… 그건 그렇더라도 혜지가 놈에게 품고 있
는 감정이 심상치 않습니다. 혹시라도 두 사람이 서로 좋아한
다면 그 천한 놈을 사위로 맞으시겠습니까?”

“허허헛. 못할 것도 없지. 그 녀석이 온전히 우리 집안 사람
이 된다면 그만큼 다행스러운 일도 없을 것이다.”

“아버님! 어찌……!”

금기린은 당혹하고 말았다. 그에게 있어 하인이란 손가락
하나만 가지고도 부릴 수 있는 존재였다. 더욱이 그들의 생활
뿐 아니라 생사까지도 주인의 의중에 달려 있는 것이다.

금기린이 당장 아무 이유 없이 집안의 하인을 죽인다고 해
도 도덕적으로 비난만 받으면 끝이라는 얘기였다.

만석들이 물론 무공이 조금 뛰어나고 무림에 약간의 명성이
있다곤 해도 금기린 같은 명문 출신에게는 감히 비교할 수도
없는 비천한 신분에 불과했다.

“헛헛허. 네 마음은 안다. 하지만 자고로 미천한 태생을 극
복하고 세상을 휘어잡은 수많은 영웅들이 있지 않느냐? 그 만
석이란 자가 그만한 영웅은 아닐지라도 지금까지의 역정을 보
면 범상치 않은 자다. 너에게 충분히 자극을 줄 만한 의지와
능력이 있다고 생각한다. 그러니 너도 놈이 눈 아래로 보이도
록 가일층 노력해야 할 것이야.”

“네. 명심하겠습니다, 아버님.”

대답하는 금기린의 몸가짐은 그지없이 공손하기만 했다.

금기린을 응시하는 금태원의 봉황 같은 눈동자가 황금빛으

로 타오르고 있었다.

가히 태양신공의 극성에 이르면 보인다는 황금빛 눈동자.

그의 반응에 천천히 머리를 끄덕이던 금태원이 엄격한 태도로 재삼 당부했다.

"설사 자존심이 상하더라도 녀석과 친밀하게 지내도록 해라. 그리고 보고에 의하면 그 녀석의 친구들인 소이와 우거형도 뛰어난 인재라 하니 그들도 끌어들여 중용하는 것을 고려해 봐야 할 것이야."

금태원이 그 말을 끝으로 눈을 감고 미동도 않자 금기린이 조용히 읍하며 밀실에서 물러 나왔다.

'그렇다고 해도 놈을 고이 모셔둘 수는 없는 노릇이 아닌가.'

그러나 이런 일은 금기린이 혼자 알아서 할 일이었다. 부친의 명은 떨어졌고, 금기린은 싫어도 만석들을 가까이 해야 했다.

금기린이 밀실을 나가 멀어지자 기다렸다는 듯이 곧바로 밀실의 문이 다시 열리며 길고 청수한 얼굴의 중년인이 들어왔다.

"사형, 아무래도 혈루곡의 천무금쇄진이 열릴 날이 얼마 남지 않은 듯합니다."

대군사 조원형이었다. 그런데 사형이라 함은? 두 사람은 사형제지간이란 의미였다.

그런데 아직도 많은 사람이 기억하는 것처럼 혈루곡은 일백 년 전 제팔차 무림맹과 죽림마원을 중심으로 한 마도의 일만여 정예들이 공전절후의 대혈전을 벌이던 곳이다.

피가 강물이 되어 흐르고 시체는 쌓여 산을 이루었다는 말만으로 어찌 이때의 참상을 기록할 수 있으랴.

무림맹도들을 밀어붙이는 마도들의 손속은 극렬하고 극악했으니, 바야흐로 무림맹은 막바지에 몰려 중원 정도의 맥은 끊어지고 중원이 마도의 천하로 화하려는 찰나, 무명의 기인이 등장해서 절체절명의 무림맹을 구출하고 달아나는 절대독존 등을 쫓아 사라졌다는 것이다.

실은 그 무명의 기인이 적시에 등장해서 마도들의 마수(魔手)에서 무림맹을 구한 것은 바로 후세에 태양신군이라고 불린 금성혼의 지시에 따른 것이었다고 하니 이 어찌 놀라운 일이 아니겠는가.

태양신군 금성혼은 수천 구의 시신이 쌓인 계곡을 일일이 돌아보며 눈물을 흘렸는데, 그의 눈물이 피눈물이었다 하여 이곳을 혈루곡이라고 부르게 된 것이었다.

훗날 죽림마원 등 마세가 사그라진 뒤에 금성혼은 이 계곡의 앞에서 성대한 제사를 지내는 한편, 수천 명의 원혼을 달래고 그 끔찍한 참상을 감출 겸 천무금쇄진(天霧金鎖陣)으로 계곡 전체를 안개로 둘러싸고 금지(禁止)로 선언했다는 것이다.

또한 그의 뜻을 받든 정도무림에서는 원래 허창에 있던 무림맹을 이곳으로 옮겨 혈루곡을 막아서는 형태로 전각들을 건립해서 오늘에 이른 것이었다.

그런데 천무금쇄진이 설치된 것도 벌써 백여 년 전의 일이라 자연의 침습을 받아 진의 힘이 많이 약화된 상태였다.

이 때문에 간혹 계곡의 일부가 훤히 드러날 때도 있었지만 사람들은 계곡으로 들어갈 수가 없었다. 일단 무림맹의 허락 없이 혈루곡에 들어가면 무림공적이 되는 것이다. 게다가 보이는 것이 해골밖에 없었으니 들어갈 이유도 없었다.


"으음. 조부님께서 백 년을 예기(豫期)하셨다고 하니 어찌 그 말씀에 단 한 치의 어긋남이 있겠나. 참으로 오랜 세월이었어."

"그렇습니다. 이제야말로 썩어빠진 무리들을 일소하고 선조님들의 염원을 이룰 때입니다."

"그래. 모든 사람들이 순수하게 태양신을 믿었던 청정한 원시 무림으로의 복원! 그것을 나와 자네가 만들어가는 것이다. 이로써 태양문의 영세군림 역사가 시작되리라."

영세군림! 그리고 원시 무림으로의 복원!

두 사람의 번쩍이는 눈빛이 정면으로 부딪쳐 튀어 올랐다.

죽림마원 등의 마도를 궤멸시킨 다음 무려 백 년을 기다려 온 대계. 이제 구차 무림맹이 결성되고 금태원이 무림맹주가 된 것은 모두 이를 위한 사전 포석인 것이다.

그런데 태양신이라면 과거 삼백 년 전 환생교의 주신(主神). 그렇다면 태양문이 바로 환생교의 후신이란 말인가?

"사형, 모든 것이 우리의 계획대로 되어가고 있습니다. 잔존

한 죽림마원의 무리들이 혈루곡으로 몰려들고 있고, 남북쌍마의 천마교는 물론 패룡방 등 삼대사파(三大邪派)의 동태도 감지되고 있습니다."

"좋아. 사소한 자들이긴 하지만 사파의 무리들에게도 주의를 기울여야 할 것이네."

"물론입니다! 이젠 대견 만석이란 자를 이용해서 정사마도가 한꺼번에 부딪치도록 도화선에 불을 붙이는 일만 남았습니다."

"하여간 그 배후에 우리가 있다는 것은 절대로 눈치 채게 해서는 안 돼. 그리고 북해빙궁주의 움직임을 예의주시하도록 하게. 다 된 밥에 코를 빠뜨려서는 안 돼."

"만반의 준비를 하고 있습니다."

두 사람이 마주 보며 흡족하게 웃었다.

"크흐흐. 모든 일이 끝난 다음에 진짜 무적초자가 등장해 봤자 무슨 소용인가?"

"그러합니다. 아직까지 살아 있다는 것도 믿기지 않습니다만, 우리의 계획을 그가 어떻게 알겠습니까?"

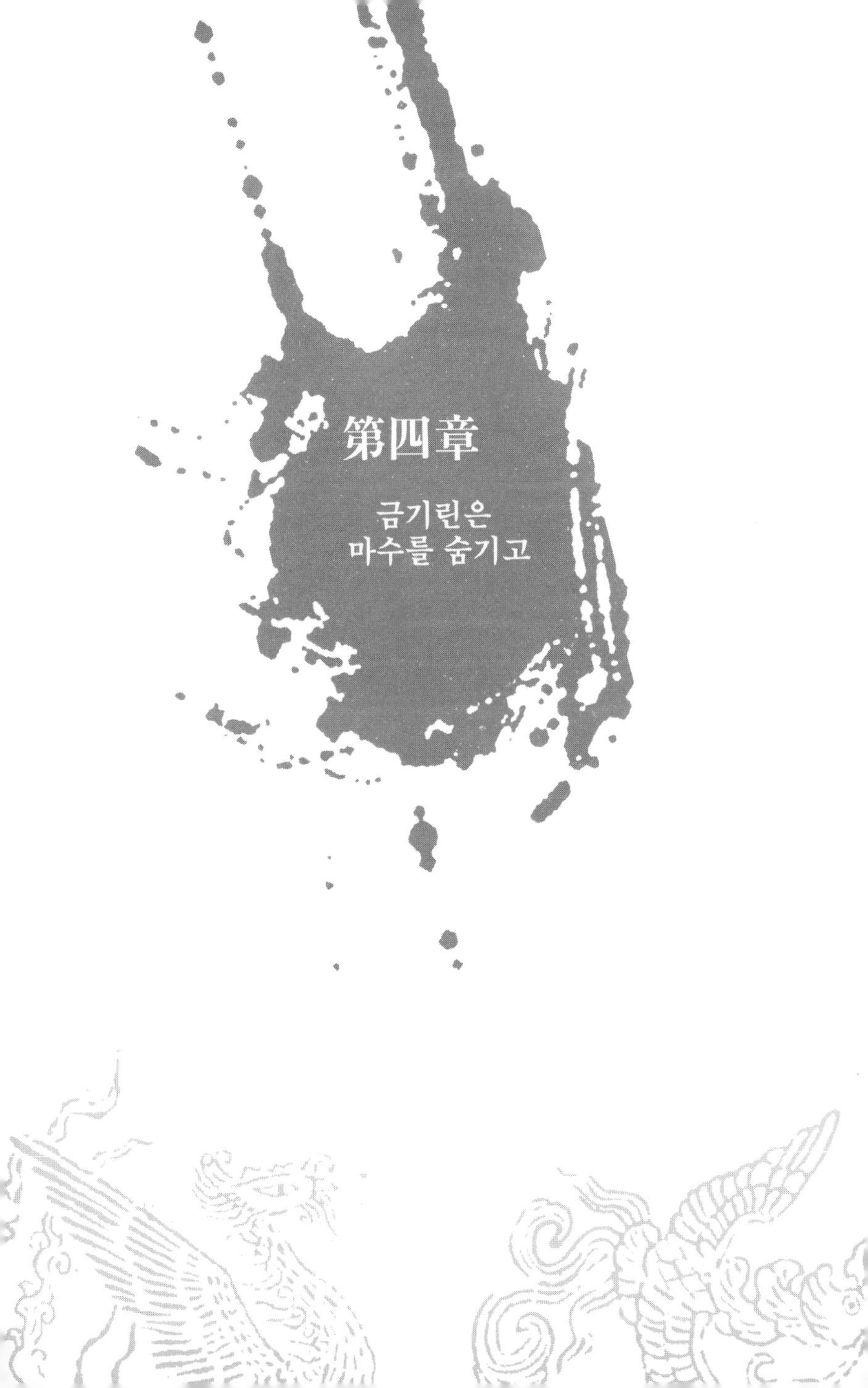
第四章
금기린은
마수를 숨기고

　수많은 사람들이 무림맹의 웅장한 정문 앞에 있는 게시대로 몰려들고 있었다. 미리 무슨 소식을 들은 듯 그들의 발걸음은 똑바로 게시대를 향하고 있었다.

　"와아! 소림에서는 지행 대사가 나오네?"

　"무당은 청허자야!"

　"강호사룡도 출전하는구나!"

　"그렇네? 천룡 금기린 대주와 지룡 제갈추가 빠졌지만."

　"금기린 대주야 뭐 나올 이유가 없잖아?"

　"하기야 이미 청천대주를 맡고 있으니까. 그리고 제갈세가에서는 제갈탄 이공자가 나온다고 하니 제갈추 대공자가 나올 일도 없고."

떠들썩한 웃음소리와 놀라는 소리까지, 온갖 잡다한 소리들이 그들의 사이에서 퍼져 나가고 있었다.

게시대에는 사흘 후 만장평에서 열리는 무림대회의 출전자 명단이 붙여져 있었던 것이다.

높이가 일 장쯤이고 너비가 오 척가량인 게시대에는 모두 이십팔 명의 이름이 주먹만 한 큰 글씨로 적혀 있었다.

북육성과 남칠성의 정도무림에서 선발된 열세 명과 육대세가와 팔파일방을 대표하는 열다섯 명이 그들로, 정작 사람들의 눈길이 쏠린 것은 그 옆에 붙은 다른 안내문이었다.

그것은 내일 진시(오전 9시)부터 유시(오후 6시)까지 여기 무림맹 정문에서 무림대회 참가자 접수를 추가로 받는다는 것이었다. 다만 출전자는 자신의 신분을 확실하게 증명해야 하므로 팔파일방이나 육대세가 등 유력 문파의 보증을 받아야 한다는 조건이 있었다.

"엉? 여기서 따로 무림대회 참가자 접수를 받는다고?"

"글쎄? 소문을 듣기로는 뭐 무림대회를 축제의 장으로 만들기 위해서 전 문파에 문호를 개방했다고는 하던데……."

"그래. 열세 개 성의 대표자 선발전이 너무 형식적으로 치러져 중소문파의 반발이 크다는 거야. 그래서 맹주께서 균등한 기회를 줘서 불만이 없도록 하려고 결단을 내렸다는 거야."

"아아, 하기야 그렇기도 하네. 그런데 대회 기간은 겨우 사흘인데 많은 사람이 몰리면 어떻게 하지?"

사람들의 웅성거림이 더욱 커졌다.

"쳇! 걱정도 팔자네."

"뭐? 그게 무슨 소리야?"

"에이, 저 출전자 명단을 좀 봐. 휘유. 저들과 상대하려고 신청하는 사람이 얼마나 되겠어? 말도 안 돼."

"그, 그런가?"

수백여 군중들이 대부분 인정할 수밖에 없게 출전자들은 하나하나가 이미 유명세를 톡톡히 누리는 자들이었다.

출전자 모두가 만만치 않은 면면이었지만 특히 팔파일방에서는 소림의 제오대 십팔나한 중 수좌인 지행(地行) 대사, 무당삼자 중 막내인 청허자(淸虛子), 곤륜은 장문제자 중 둘째인 진명(眞明), 화산파의 장문제자로 매화검수장인 진천검(振天劍) 도현(道玄), 공동삼수(空同三秀) 중 막내 천풍(天風) 도사가 출전하고 있었으며, 육대세가에서는 강호사룡 중 안휘 남궁세가의 소가주 비룡(飛龍) 남궁천, 하북팽가의 소가주 무룡(武龍) 팽용수를 비롯하여 사천당가의 소가주 당무위(唐无偉) 등 이름만 들어도 강호가 쩌르르 울리는 후기지수들이 대부분 출전하고 있었던 것이다.

"괜히 저들과 겨루어봤자 병신 되기 십상이잖아?"

다른 사람이 몸을 부르르 떨며 고개를 젓자 곧장 맞장구를 치는 사람들이었다.

"맞어. 아무리 고의로 상대를 죽이거나 다치게 해서는 안 된다고 하지만, 아, 도검에 눈이 있겠어?"

"그러엄. 건방지다고 어딘가 한 군데 떼어버릴 거야. 나라도 그렇게 하겠는걸 뭐."

그러나 중인들의 얘기를 들으면서도 몇 군데에서는 전혀 다른 반응을 보이는 사람들도 있었다.


"너희들이 출전해 보겠다고?"

만석이 어이가 없다는 표정으로 소이와 우거형을 둘러보자 먼저 소이가 눈을 반짝이며 말했다.

"강호의 후기지수들이 어떤 수준인지 알고 싶어."

"그, 그래. 나도 내 실력이 어느 정도인지 시험해 보고 싶은 걸?"

두 사람이 번갈아 같은 얘기를 하자 만석은 어쩔 도리가 없다는 것을 알았다.

"그러나 너희들이 무림대회에서 어떤 성적을 거두든 우린 떠나야 해. 약속을 한다면 말리지는 않겠다."

무림대회에서 좋은 성적을 거두면 청천대를 포함한 무림맹의 사대무력에서 중용될 예정이라 했다. 만석이 이를 염두에 두고 말하자,

"물론이야! 우리에겐 커다란 포부가 있잖아?"

우거형은 곧바로 대답을 했지만 소이는 머뭇거리면서 금방 대답을 하지 않는다. 이에 의아해진 만석의 눈이 소이에게로 돌아갔다.

"아하하. 나도 그래."

왠지 마지못해 대답하는 투였으나 만석은 신경을 끄기로 했

다. 아무리 출세 지향적인 성격의 소이라 해도 친구들을 반해서 단독 행동을 하지는 않으리라.

"그건 그렇고, 우리의 신분을 어떻게 증명해야 하지?"

우거형이 걱정스럽다는 투로 말하자 소이가 만석을 보고 눈을 깜빡거렸다.

"어때, 대장. 그거 한번 써먹어야지?"

"핫하하. 너도 사부님께 얘기를 들었나 보구나."

"응? 그게 무슨 소리야?"

우거형이 모르겠다는 표정으로 두 사람을 번갈아 보자 만석이 고개를 저으며 웃었다.

"핫핫핫. 뭐 그런 게 있다. 그러니 그건 걱정하지 말아라."

밀어주려면 확실히 밀어주어야 한다. 만석의 생각은 그랬다.

'할 수 없지. 가능하면 만나지 않으려고 했는데……'

세 사람의 정체를 의심하는 자들에게는 충분한 방어선이 되는 것이니 이 일이 아니라도 찾아봐야 했다.


'흥! 웃기지도 않는 놈들이네?'

세 사람에게서 이, 삼 장 떨어진 곳에서 삿갓을 눌러쓴 인영이 입가에 비웃음을 띠고 그들을 곁눈질해 보았다.

헐렁한 옷에 삿갓을 쓰긴 했지만 그럼에도 굴곡이 엿보이는 몸매와 흑백이 또렷한 커다란 눈망울로 봐서는 여인, 그것도 무척 아름다운 젊은 여인이었다.

'훗. 그런데 어디서 본 듯한 느낌이 들어. 워낙 평범하게들 생겨서 그런가?'

여인이 고개를 갸웃하며 생각에 잠겼을 때는 세 사람은 벌써 장내를 떠나는 중이었다.


다음날 새벽 붉은 여명이 움터 오르고 있는 시각, 만석은 숙소를 떠나 소림사 일행이 머무는 빈청으로 향하고 있었다.

만석이 머무는 허름한 객청과 달리 멀리 보이는 접객관은 웅장한 형체를 드러내고 있었다.

이렇듯 무림맹 내 접객관은 이층으로 이루어져 있었는데, 그 아래로 연못의 짙푸른 물결이 청량한 바람을 맞아 이리저리 일렁이고 있었다.

칠월 초순의 한창때지만 새벽의 바람 소리는 시원하게 들리고, 연못의 한쪽을 막은 인공 가산에서 쌉쌀한 싸리나무 향기가 아릿하게 풍겨오고 있었다.

아직도 밤의 어두운 기운이 남아 있는 연못물은 시커먼 입을 쩍 벌리고 희미한 빛을 빨아들이려 애쓰고 있었지만 시간이 지남에 따라 빛의 물결에 쫓겨 누각의 그림자로 흡수되고 있기도 했다.

연못 너머에 조용히 서서 그 광경을 눈에 담던 만석이 가벼운 인기척에 몸을 천천히 돌렸다.

"아미타불. 이제 보니 누구신가 했더니 대견 만석 시주가 아니신가?"

고요한 새벽빛을 깨치는 목소리였지만 그 목소리는 또한 새벽에 어울리는 맑은 울림을 간직하고 있었다.

'소림사의 노승?'

만석은 어렵지 않게 노승의 정체를 알 수 있었다.

면도로 깨끗하게 민 파릇한 민머리에 이마에 찍힌 일곱 개의 계인, 그리고 붉은 가사의 덩치 큰 노승이었다.

누에처럼 굵은 눈썹만 숯덩이처럼 시커멓고, 사자 갈기 같은 수염에는 서리가 내린 듯 하얀 윤기가 흐르는 노승.

이 노승이야말로 태산북두 소림의 방장인 무우 선사(無愚禪師)였던 것이다.

"엇헛헛. 과연, 과연! 내 너를 보니 사형의 체취가 물씬하니 이 어찌 불타의 자비가 아니랴."

처음에는 시주라고 부르더니 금방 너라고 한다.

'큭. 나를 사질로 인정한다는 뜻인가?'

"저도 장문 사숙을 뵈오니 절로 마음이 깨끗해지는 것이 역시 사부님의 가호로 생각됩니다."

"응? 어허허. 사형께서 너에게 무슨 언질을 주신 모양이지만 너도 잘 알다시피 사형이 워낙 농담을 좋아하시니 곧이곧대로 믿어서는 안 될 것이야."

'큭. 역시 도둑놈이 제 발 저린다고 하더니, 처자가 있고 고기까지 먹는다니 세인이 알게 되면 명예는커녕 목숨인들 부지할 수 있을까?'

만석은 어느 날 사부 무초 대사가 술에 잔뜩 취해 사제인 무우에 대해서 입에 담지 못할 욕설을 퍼붓는 것을 들은 적이 있었다.

염불보다 젯밥에 눈이 어두운 것이야 거대한 소림의 살림을 끌어가는 처지에 어쩔 수 없다고 해도 소림의 계율은 대처(帶妻)에 고기를 먹는 것을 결코 허용치 않는 것이다.

"알겠습니다. 소질이 언제 개라도 한 마리 잡아 공양을 드릴 터이니 걱정 탁 놓으십시오."

"어, 어잉? 아, 아미타불. 사질은 노, 농담도 잘 하네그려. 자네는 정녕 사형을 그대로 빼 닮았으니 이를 일러 사전제전(師傳弟傳)이라 하겠네."

'너' 에서 졸지에 '자네' 로 변한 것만 봐도 무우 선사의 심중의 당혹감을 그대로 나타내 주고 있었다.

"핫하. 물론입니다. 가끔 스님들이 처자식을 두는 경우도 흔하다고 하지만 장문 사숙의 얘기는 아니지요."

'어, 어헝? 대체 이 녀석이 어디까지 알고 있는 거야? 정말 사형도 너무하시군.'

근엄한 얼굴에 눈만 또르르 굴리는 노승의 몰골은 그리 보기 좋은 것만은 아니었다. 그러나 괜히 모가지에 힘주고 근엄한 체하는 진짜 속물보다야 얼마나 인간적인가?

'크홋. 진짜 마음에 드는 분이로구나.'

만석의 속심을 알았는지 놀란 듯하던 무우 선사의 얼굴색이 정상으로 돌아왔다.

"이놈아! 쓸데없는 소릴랑 말고 네 볼일이나 말해보거라. 내가 할 수 있는 일이라면 다 들어줄 테니."

"뭐 별거 아닙니다. 이번 무림대회에 제 친구들인 숭이와 거형이가 출전하고 싶어합니다. 보증만 서주시면 됩니다."

"뭐, 뭐야? 에잉. 이런 고얀 놈 같으니. 진작에 그 말이나 하지 엉뚱한 소리를 늘어놓기는! 알겠다. 내 대군사에게 언질을 줄 테니 그리 알고 돌아가도록 해라."

"핫핫핫. 알겠습니다. 그럼 그렇게 믿고 소질은 이만."

여기까지는 말하던 만석이 몸을 뒤로 돌리다 문득 생각난 듯 다시 고개를 돌렸다.

"소질의 명호가 목불인견 중 대견 아닙니까?"

"이놈아, 그래서 어쨌다는 것이냐?"

"제가 큰 개 한 마리를 잡아 구워놓을 테니 둘이서 나눠 먹자는 겁니다."

"뭐, 뭐야?"

무우 선사가 화들짝 놀라 주변을 둘러볼 때 만석의 신형은 이미 멀어져 가고 있었다.

"허허. 그놈 참."

얄미운 녀석이긴 했지만 밉지 않으니 그것도 묘하다.

무우 선사는 만석에게 약점을 단단히 잡힌 셈이었지만 전혀 걱정이 되지 않는 자신이 이상하기만 했다.


왁자지껄…….

만장평은 수만에 이르는 군중으로 발 딛을 틈도 없었다.

"우와아아! 무림맹 천세!! 맹주님 천천세!"

무림맹주를 비롯한 맹의 수뇌부가 등장할 때마다 하늘이 무너질 듯한 환호성이 만장평을 들었다 놓는다.

'훗. 정말 엄청난 인파야.'

삼백여 장에 이르는 거대한 공터를 에워싼 백양나무 숲 속에도 천지를 떨어 울리는 환호성이 흡사 우뢰와 같이 들렸다.

밖에서는 보이지 않는 우람한 거목, 울창하게 우거진 높은 나뭇가지 위에 훤칠한 장한이 앉아 있었는데 그의 옆에는 눈만 큰 아이가 까만 눈망울을 바삐 돌리고 있었다.

오늘 아침 날이 새자마자 만석을 졸래졸래 쫓아와서는 지금까지 떨어지지 않는 소녀였다.

"저, 아저씨."

아이가 실눈을 뜨고 멀리 비무대 위를 바라보다 만석에게 말을 붙였다.

"핫하, 녀석. 아직도 아저씨냐?"

초로 대두개의 제자라는 열세 살 먹은 여아. 그러나 제대로 얻어먹지 못했는지 키와 체구만 봐서는 열 살을 넘지 않은 것처럼 보였다. 만석은 그렇기에 더욱 그녀가 꼭 어린 여동생 같은 느낌이 들었던 것이다.

"훗. 네. 그럴게요, 오라버니."

대답은 씩씩하게 들리지만 여아, 추수연(秋水蓮)의 작고 검은 얼굴이 설핏 붉어지는 느낌에 만석이 빙그레 웃음을 지었다.

‘하하. 이 녀석도 계집아이라고 부끄러움을 타는구나.’

“근데 왜?”

“네. 여기는 너무 멀어서 사람들이 개미처럼 작아 보이잖아
요? 그러니 좀 더 가까이 가서 구경해요.”

“글쎄다. 그렇긴 하다만 내 생각으로는 이곳으로 손님이 찾
아올 것 같구나.”

“네? 손님요?”

“그러니 잠시 기다려 보자.”

“네, 알았어요.”

선선히 대답하는 추수연에게 빙긋 미소를 지어 보인 후 만
석은 다시 비무대 방향으로 얼굴을 돌렸다.

숲 속에서는 아까부터 만석의 동태를 살피는 자들이 느껴졌
다. 현 무림맹에서 집단으로 움직이는 무리는 유일하다. 바로
청천대의 무사들일 것이다. 처음 만나서 헤어질 때는 만석에
게 뭔가 금방 행동을 취할 것처럼 보이던 금기린은 사흘 동안
이나 아무런 소식이 없었다.

다만 만석이 숙소를 떠나면 언제나 감시꾼이 붙는다. 만석
의 직감에는 이제 금기린이 소식을 전할 때가 아닌가 하는 느
낌이 드는 것이다.

‘네가 어떤 수작을 꾸미고 있는지 두고 보는 것도 흥미로울
거야.’

아직은 놈하고 정면으로 대적할 때가 아니다. 지금은 힘을
키워야 할 시기였다.

‘흐음. 그런데 소이와 거형이가 제대로 실력을 발휘할 수 있을까?’

기다리기가 따분해진 만석이 어제 확정 발표된 참가자 명단을 떠올렸다. 명단에는 각파의 후기지수들 중 거의 최고로 뛰어난 인재들이 출전해서 그야말로 명실상부한 문파의 대항전 성격을 띠고 있었다.

육대세가와 팔파일방을 대표하는 자들은 물론, 중원 열세 개 성에서 선발된 무사들도 각 성에서는 이미 높은 명성을 지닌 자들이었다. 이틀 전 추가 접수를 받았지만 소이와 거형을 제외하고는 겨우 두 명이 더 신청했을 뿐이었다. 그만큼 기존 출전자들의 명성은 쉬이 볼 것이 아니었다. 의외인 것은 추가로 접수한 무사 중에 여인이 있다는 소문이었으나 어쩐 일인지 공식 발표가 되지는 않았다.

‘으음. 거형이는 몰라도 소이가 뛰어난 성적을 거두게 되면 무척이나 고민할 것이 틀림없어.’

무림대회에서 팔강에 들면 무림맹을 대표하는 사대무력인 청천대, 성광대, 금강대, 군웅대의 요직에 임명될 예정이었다.

현 무림맹에서 유일하게 일부 구성된 청천대의 대주는 금기린으로 정해져 있었으나 나머지 삼 대는 골격만 짜여 있을 뿐 대주나 부대주 등의 요직은 결정된 바 없었다.

한편, 무림맹 수뇌부에서 고민한 것은 대진표였다.

초반에 강자들을 붙여놓으면 제대로 능력도 발휘하지 못하고 예선에서 탈락할 것이다.

　이에 구대문파와 육대세가는 예선에서 만나지 않도록 했고, 특히 소림, 무당, 남궁가나 팽가는 그대로 올라가면 사강에서나 만나도록 대진표를 짰던 것이다.

　그 외에도 우승 후보들이 불의의 일격으로 초반에 탈락하는 일이 없도록 탈락자에 대한 구제책으로 심사위원 추천제를 두고 있었다.

　만석이 생각에 잠겨 있을 때 옆에 있는 수목으로 빠르게 접근하는 인영이 있었다. 빽빽이 늘어선 수목들의 가지를 타고 온 것 같았지만 사사삭 하고 잠시 나뭇잎이 비벼대는 소리만 났을 뿐이었다.

　'몸이 무척이나 잽싸고 날랜 자로군.'

　팽팽한 경각심을 가지면서도 만석의 자세는 빈틈투성이다.

　'어쭈? 나는 가만히 있을 테니 네 맘대로 해봐라, 이건가?'

　대꼬챙이처럼 마른 인영의 얼굴이 더욱 오그라들면서 눈빛이 강렬하게 타오르다 일순 사그라졌다.

　"에헤헤. 이렇게 환한 곳에서 만나니 거꾸로 보아도 정말 좋네요."

　물구나무를 서서 만석을 올려다보는 두견을 보자 만석이 피식 웃으며 놈에게 목봉을 겨누었다.

　"호, 겁대가리를 상실한 자로구나. 네놈은 누구이기에 나를 아는 척하느냐!"

　표정과는 달리 돌처럼 무거워진 마음을 떨치며 만석이 묻자, 장한이 빙글 돌며 가지에 올라앉았다. 이제는 정면으로 얼굴을 마주한 상황.

"헤헤. 모르신다면 말씀을 드리지요. 저는 두견이라고 해요."

두견이 해맑은 얼굴을 살짝 찌푸리며 웃었다. 만석의 깊은 눈에는 아무런 느낌도 없다.

"큭. 이름이 중요한 것은 아니지. 그래, 나를 만나러 온 이유는?"

"주인님의 명을 받고 왔지요. 귀하를 모셔오라고 하시더군요."

아무리 들어도 여자 같은 말씨. 남자가 여자 말투를 내면 메스꺼워지는 것은 인지상정. 만석은 놈을 자극해 보기로 했다.

"오오! 그대의 주인이라면 혹시 금가의 자식 말인가?"

만석이 아무렇지도 않은 표정으로 '금가의 자식'이라고 하자 두견의 얼굴이 금세 벌게졌다. 금기린을 보고 금가의 자식이라니!

"건방진 놈! 감히 신주제일가의 위대한 이름과 소주를 함부로 부르다니!"

"핫하하. 오호라, 이제야 남자답군. 너의 계집애 같은 음성을 듣고 있자니 어찌나 아까 먹은 음식이 목구멍에서 올라오는지, 정말 무척이나 고생했다네."

'응? 이자가 이제 보니 일부러……?'

"에헤헤. 정말 재밌는 사람이네요."

그러나 의식적인 만석의 도발에 가볍게 웃음으로 대꾸하는 두견도 만만치는 않다.

'호오? 나의 격장지계에 안 넘어간다?'

만석은 아쉬움을 느꼈다. 놈이 흥분해서 칼이라도 들면 그걸 빌미로 없애 버리겠다는 생각이 허탕을 친 것이었다.

상대는 언제 화를 냈느냐는 듯 웃기만 한다.

'이놈을 죽여 금기린 놈의 반응을 떠보려 했더니……'

만석은 이미 자신의 주위로 멀찍이 에워싸는 수십여 명의 기척을 느끼고 슬쩍 말을 돌렸다.

"그대의 주인은 참 배포도 작은 사람이야. 겨우 나 하나 때문에 사람을 많이도 동원했군."

"에헤헤. 필요하면 그 이상도 해야 해요. 그건 그렇고, 더 이상 말장난은 하지 말아요. 저는 쓸데없이 시간 낭비하는 걸 아주 싫어한답니다."

여전히 여자 같은 말투. 그러나 싸늘한 광망을 내쏘는 두견의 눈을 보면 마치 빙굴에 발을 들이민 것처럼 얼어붙을 것만 같다.

"핫하하. 이거 참, 그대는 무서운 사람이야. 그 말을 들으니 내 가슴에 비수가 박힌 것처럼 서늘해지는군."

만석이 짐짓 몸을 부르르 떠는 시늉을 하자 더 이상 볼 것도 없다는 듯 두견이 가볍게 몸을 띄워 이삼 장 아래의 지면으로 떨어져 내렸다.


사방 십 장의 비무대를 둘러싼 인파의 사이사이에는 사람이

통과할 수 있도록 나무 말뚝의 상단을 감은 굵은 새끼줄이 쳐
진 일 장 너비의 통로가 설치되어 있었다.

만석과 추수연이 두견의 안내로 통로를 통과했지만 사람들
의 눈길은 한창 비무대에 등장해서 열변을 토하고 있는 중년
문사에게 집중되어 있었다.

'저자가 무림맹의 대군사라는 조원형?'

만석이 일 장 높이의 비무대 위에 우뚝 서 있는 조원형을 올
려다보자 좌중을 둘러보던 조원형의 눈이 우연인 듯 만석의
눈과 마주쳤다.

순간적이긴 했지만 조원형의 입가에 의미심장한 미소가 머
물렀다 지나쳐 간 느낌에 만석은 괜스레 찜찜해졌다.

'저자의 눈동자는 꼭 살모사처럼 반들거리는군.'

조원형을 본 만석의 첫 느낌이었다.

"다음으로 본 무림대회의 비무 규칙과 당부 말씀은 본 맹의
대장로이신 소림의 무량 대사께서 해주시겠습니다. 그럼 소생
은 이만 물러갈까 합니다. 고맙습니다."

"와아아아!! 무림맹 천천세!!"

다시 거대한 함성 소리가 울려 퍼지자 조원형이 만족스런
미소를 지으며 고개를 끄덕였다. 이어 비무대 뒤에 마련된 본
부석과 사방의 군중들에게 일일이 머리를 숙여 보인 조원형이
빠르지도 느리지도 않은 걸음으로 물러났다.

그 직후 본부석에 자리 잡은 십여 개의 좌석 중 한 곳으로
중인들의 시선이 쏠리자 체구가 큰 노승이 천천히 일어났다.

"와아, 저분이 소림 활불이라는 무량 대사야!"

"야아, 역시 소문대로 성스러운 모습인걸?"

"아냐. 소문이 오히려 모자란 것 같아. 봐, 그냥 서 계신 것만으로도 따스한 광휘가 넘치는 것 같지 않아?"

군중의 환호에 답례라도 하듯 대춧빛의 넉넉한 얼굴에 가슴까지 내려오는 탐스러운 수염을 가벼이 쓰다듬은 무량 대사가 반개(半開)했던 눈을 들어 군중들을 천천히 둘러보았다.

가히 태산이 움직이는 듯 장중한 모습에 자애로운 눈빛은 군중들의 감탄사 그대로였다. 빙그레 미소를 짓던 무량 대사가 두툼한 입술을 열었다.

"아미타불 관세음보살."

범종 수십 개를 한꺼번에 울리는 듯한 장엄한 불호 소리였다. 그러나 그 소리가 중인의 귀에 닿을 때는 깊은 여운을 주는 물결 같은 소리로 변해 있었다.

이것 하나만으로도 무량 대사의 무공은 이미 화경에 도달해 있다는 것을 여실히 보여주고 있었다. 가히 현존 소림의 최고수라는 소문에 전혀 손색이 없는 모습이었다.


"저곳에 계시오."

두건이 손가락으로 가리키는 곳은 다른 곳과 달리 몇 개의 좌석마다 좌우와 후면에 어깨 높이의 낮은 칸막이가 설치되어 있었다.

아마도 무림 각 대문파의 대표자들이 앉는 좌석인 모양인데, 두견이 가리킨 곳은 정확히 그 좌석들의 한가운데로 제법 널찍하게 구획되어 있어 외떨어진 느낌마저 준다.

거기에 예의 깃털 부채로 얼굴을 가린 금기린이 묵상에 잠긴 모습으로 가장 앞 열의 빈 좌석 한가운데에 앉아 있었다.

'금기린!'

만석이 화톳불이 훨훨 타오르는 것 같은 눈빛으로 금기린을 응시했다. 그러나 만석이 가까이 다가오는 기척을 느꼈을 텐데도 금기린의 태도는 변함이 없었다.

다만 주변에 있던 무림 주요 문파의 인물들이 낯선 만석에게 의아로운 눈길을 보낼 뿐이었다. 그중에는 금기린의 뒤에 앉은, 금기린과 절친한 남궁천도 포함되어 있었다. 그 역시 만석을 발견했는지 잠시 눈을 빛내다 이내 눈을 돌린다. 알긴 하지만 상대할 가치도 없다는 표정이었다.

'저자가 바로 비룡 남궁천이라는 자인가?'

무림맹의 망루에서 금기린과 함께 서 있던 청의의 청년.

날카롭고 경솔하게 보이는 눈자위가 흠이긴 했지만 여인보다 더 희고 매끄러운 살결은 역시 미장부라고 불릴 만하다.

'너 역시 명문정파 출신이라는 자만심과 아집으로 똘똘 뭉쳐 있겠지?'

만석이 별 관심이 없다는 눈으로 자신을 스치고 지나자 남궁천의 입술이 씰룩했다. 아마도 곁눈으로는 만석의 얼굴을 보고 있었던 듯하다.

"넌 그만 딴 데 가봐라."

두견이 만석의 뒤를 따르던 추수연을 제지하자 만석이 고개를 끄덕여 보였다.

"그래. 네가 갈 자리가 아닌 것 같으니 이따가 내 숙소에서 보자."

"네, 알았어요."

추수연이 입술을 삐죽 내밀며 금기린을 노려보더니 바로 발길을 돌렸다.

"어머, 오랜만이에요."

이어 아는 척하는 소리가 뒤에서 들렸다. 이른 새벽 풀잎에 맺힌 이슬이 맑은 옹달샘에 떨어지는 듯, 맑고 새틋한 음성에 만석의 고개가 절로 돌아갔다.

"반갑소, 소저."

그러나 한 떨기 수선화같이 청초한 그녀에게 만석의 반응은 무덤덤할 뿐이었다.

'호오…….'

만석은 그녀의 또렷한 눈자위로 찰나적으로 섭섭해하는 듯한 감정이 스쳐 지나가는 것을 놓치지 않았다.

'큭. 그때 그 모습이 거짓이 아니었단 말인가?'

자신에게 안기던 그녀를 떠올리자 만석의 마음이 야릇해졌다.

사실 그의 가슴이 야릇해진 것은 그녀의 몸에서 풍기는 성숙한 체향 때문일 것이다.

만석은 애써 그렇게 생각하며 두근대는 가슴을 억눌렀다.

“보아하니 오라버니의 손님으로 오신 것 같네요?”

“핫하. 그렇게 됐소. 그런데 막상 와보니 아는 척도 않으니 그만 돌아가야 할 모양이오.”

“하하하. 그걸 가지고 삐치다니, 천하의 대견께서 이거 왜 이러시나? 자자, 여기 앉아서 구경이나 합시다.”

그제야 자리에서 상체를 조금 일으켜 세우며 자신의 오른쪽 자리를 가리키는 금기린이었다. 금기린이 주위를 의식해서 존댓말을 썼지만 만석은 그런 금기린을 흘낏 한 번 쳐다봤을 뿐 별다른 반응이 없다.

‘태연한 척하지만 무척 조급해 있겠지. 너는 죽어도 나의 손에서 벗어날 수 없다.’

눈 속으로 날카로운 기운이 스쳐 지났지만 자리에 앉는 금기린의 표정은 평소처럼 부드럽기만 했다.

만석이 속으로 코웃음을 쳤다. 다른 사람은 몰라도 만석은 피부로 느끼고 있었다. 금기린이란 자가 겉으로 보이는 것과 달리 매우 속이 좁은 자라는 것을.

이것은 만석의 본능에 가까운 감각이었다.

‘훗. 네가 애써 대범한 척하지만 곧 너의 본성이 드러나겠지. 어디 네가 무슨 재주를 부리는지 천천히 감상해 주마.’

만석은 속으로는 이를 악물며 결의를 다지고 있었지만 겉으로는 무덤덤했다.

겉으로 보이는 두 사람의 태도는 미상불 비슷한 곳이 있었다.

‘이 자식이……?

그를 힐끗 본 금기린은 기분이 나빠졌다. 이럴 때에는 당연히 왜 나를 불렀느냐고 용건을 물어야 할 텐데 자기하고는 전혀 상관이 없다는 듯 점잔을 빼는 것이다.

'이 천한 놈이 괜히 태연한 척하는구나.'

금기린은 만석의 평정심을 깨뜨리고 싶어 견딜 수가 없었다.

만석과 가능하면 친하게 지내라는 부친의 명은 이 순간 그의 뇌리에서 사라져 버렸다.

'좋아! 네가 묻지 않으면 내가 알려주지. 네놈이 내 바짓가랑이를 붙들고 애걸하도록 말이야.'

이어 즉시 금기린의 입술이 달싹이자 가느다란 전음성이 만석의 귓전을 파고들었다.

"내가 왜 너를 불렀는지 궁금할 거야. 짐작할지는 모르지만 넌 지금 여러 가지 안 좋은 혐의를 받고 있어. 제갈추 형제에 대한 피습 사건, 녹림맹주 우창출을 놓아준 것, 게다가 네가 마도와 결탁한 의혹 등. 너의 모든 것을 조사하고 있다. 그러니 너는 조사가 끝날 때까지 무림맹에서 나갈 수 없어."

"좋을 대로 하시지. 나야 뭐 자네의 처분에 따르면 되는 게 아냐?"

"그래, 어디 두고 보자. 네놈이 죽을 자리를 찾고 있구나."

"크훗훗. 이왕이면 명당으로 부탁하네."

금기린이 고개를 휙 돌리고 만석을 외면했지만 만석의 반응은 여전히 무덤덤했다.

만석이 대낮에 웬 모기가 앵앵거리냐는 표정으로 자리에 앉자 어색한 분위기로 두 사람을 번갈아 보던 금혜지가 그의 오른쪽 빈자리에 앉아 전면을 응시했다.

'이거야… 두 오누이가 나를 가운데 두고 포위한 셈이구나.'

만석이 묘한 표정을 지으며 비무대 위를 쳐다볼 때는 정법 선사가 당부 사항을 마치고 내려갈 무렵이었기에 다시금 요란한 박수 소리와 함께 커다란 함성이 좌중을 울렸다.

비무가 임박하자 군중들의 목소리로 소란한 틈을 타서 거형이 옆에 앉은 소이에게 조심스럽게 말을 건넸다.

"대장도 와 있을까?"

"와 있을 거야. 아마도 이기라고 응원을 해야 할지, 빨리 져서 같이 떠나기를 바라야 할지 마음이 착잡할걸?"

소이가 농담조인 듯 말했지만 두 사람 다 웃을 기분이 아니었다.

만석이 새벽 일찍 나가면서 혹시 무림대회에 못 올지도 모른다고 했지만 두 사람은 만석이 저기 관중석 어딘가에 있을 것으로 믿었다.

'크크큭. 웃겨, 진짜 웃긴다니까. 만석에게서 벗어나겠다고 결심을 했으면서도 그가 없다고 생각하면 불안해서 못 견디겠으니.'

손에 든 이 척 길이의 목봉을 만지작거리면서 소이는 비무대에 섰을 때 만석을 볼 수 있기를 바랐다.

특히 옆에서 긴장한 티가 역력한 우거형을 보자니 그 역시 만석의 그늘에서 벗어날 준비가 안 되었음이 여실해 보인다.

'대장이 있어야 마음이 덜 떨릴 텐데… 제발…….'

한편, 우거형도 그 곰 같은 덩치에 어울리지 않게 긴장하고 있었다. 목불인견이라는 강호명은 실은 만석의 것이다. 두 사람은 만석의 명성에 편승한 것일 뿐, 이제야 세인에게 진정한 무공을 선보이게 되는 것이다.

이들이 있는 곳은 비무대 동쪽에 잇대어 설치된 천막으로 바깥에서 보지 못하게 비무대 방향을 제외한 삼면이 막혀 있어 만석이 왔는지는 알 수 없었다.

관중석 쪽을 막은 것은 비무에 출전하는 무사들에 대한 배려였다. 소란스러운 가운데서는 아무래도 정신이 산만해지는 법이다.

"어차피 대장하고 우리는 가는 길이 달라. 그러니 비무에나 신경 쓰자. 이 무림대회는 우리가 강호에 정식으로 선을 보이는 무대야. 우리의 출세 여부는 바로 오늘, 여기서 결정된다고 생각해. 마음을 굳게 먹는 거야!"

소이가 우거형의 귓전에 입을 대고 소리치듯 말했다. 만석이 마지못해 남아 있지만 이미 떠나겠다고 공언을 한 터. 소이는 마음을 굳게 먹어야겠다고 생각했다.

똑같은 무공을 배웠지만 만석과 자신들은 그 배움의 깊이에서 엄청난 차이가 있었다. 소이가 그나마 만석에게 비견할 수 있는 것은 경공과 보법이었고, 우거형은 내공이나 천생의 신력에서 비교가 가능할 뿐이다.

"마음을 굳게 먹자. 대장이 관중석에 있더라도 현실적으로는 보탬이 안 되잖아? 저놈들을 해치우는 것은 우리의 무공과 임기응변일 뿐이야."

소이가 십여 평쯤 되는 천막을 둘러보며 우거형의 귀에 속삭였다. 그의 눈길을 따라 우거형의 눈도 천막 안에서 대기하는 자들에게로 향했다.

천막 안에는 소이와 우거형을 포함해서 모두 여덟 명, 열심히 얘기를 나누는 두 사람을 힐끗거리는 자들도 있었지만 대부분 눈을 감고 묵상에 잠겨 있었다.

'이 중에서 일회전을 통과할 자들이 얼마나 될까? 아니, 나를 포함해서 단 한 사람이라도 통과하면 다행일 거야.'

소이는 가슴이 답답했다.

반대편에도 색깔은 다르지만 똑같이 생긴 천막이 있다.

일부러 구분한 것처럼 이쪽 흑색 천막에는 무림 십삼 개 성을 대표하는 자들이 있었고, 저쪽의 백색 천막에는 팔파일방과 육대세가 등 거대 문파에서 나온 무사들이 있었다.


둥둥둥!!!

그러는 순간, 북이 세 번 울리며 짧은 여운을 끌고 있을 때 출전자를 호명하는 소리가 들렸다.

"야아! 역시 소림철신장(少林鐵神將) 지행(地行) 대사야! 가히 소림십팔나한의 수장다운 무위(武威)가 아닌가!"

"무슨 소리야? 무당의 청허자는 어떻고?"

"아냐. 내가 보기엔 곤륜의 진명 소가주가 더 뛰어난 것 같아."

이렇듯 보는 사람마다 평가는 엇갈리곤 했지만, 점점 높아가는 열기에 따라 군중들의 환호성 소리도 터질 듯이 고조되고 있었다. 예상대로였다. 오늘 열여섯 명의 출전자 중 앞서 벌어진 여섯 판 모두 강자로 소문난 자들이 승리했다.

소림과 무당, 곤륜, 남궁세가 등 전통의 명문 출신들이 각 성을 대표하는 지역 중심 문파 출신의 상대들을 가볍게 일축하고 이회전에 오른 것이었다.

그 면면을 보면 소림은 제오대 십팔나한 중 수좌인 지행(地行), 무당은 무당삼자 중 막내 청허자(淸虛子), 곤륜은 장문제자 중 둘째인 진명(眞明), 남궁세가의 소가주 비룡(飛龍) 남궁원기 등이었다.

이어서 공교롭게도 우거형 대 제갈탄의 일전이 있고, 오늘의 마지막으로 소이 대 신창송가의 송대운의 비무가 벌어지게 되어 있었다.

한편 신창송가는 사천 남부의 신흥 명문가로 천무세가를 대신해서 칠대세가로 진입하려고 시도할 만큼 그 무공과 세력이 만만치 않았다.


잠시 장내를 정리하는 막간을 이용해서 중인들이 저희들끼리 분분이 예상평을 늘어놓느라 비무대 주변은 도떼기시장처럼 시끌벅적해졌다.

"다음 판은 어떻게 될까?"

"글쎄. 사실 목불인견이래 봤자 대견 정만석을 빼놓으면 시체 아냐?"

"꼭 그렇지도 않을걸? 대견 만석이 워낙 뛰어나서 그자의 그늘에 가려져 있을 뿐이지 그들도 대단하다고 하더군."

"아참, 소문에 의하면 목불인견의 무공은 소림하고 직접 관련이 있다던데."

"에이, 설마 그럴 리가 있겠어? 어쩌다 소림의 무공과 비슷한 점이 있는 거겠지. 진짜라면 소림이 가만히 두고 보겠어?"

"하긴 아직 소림에서 조용한 걸 보니……."

무림의 태산북두로서 천하 모든 무공의 조종(祖宗)이라는 소림의 위상은 여전했다. 또 소림에서 이런저런 경로로 무공이 흘러나가 강호에는 그와 비슷한 유의 무공도 많았다. 다만, 방계의 무공이 대부분 그렇듯 정통인 소림의 무공에 비해서는 그 위력이나 정교함, 그리고 완성도 등 여러 가지 면에서 처질 수밖에 없었다. 그렇다고는 해도 너무 흡사하면 소림에서 그 무공을 회수하려 함은 자연스런 이치였다.

군중들의 의견은 대부분 소이와 우거형의 패배로 기울어지고 있었다.


그런 유의 대화는 본부석에서도 이어지고 있었다.

두 줄로 스무 개의 안락의자가 배치된 본부석은 군데군데 절반쯤 비어 있었는데, 앞 열의 중간에는 소림 방장 무우 선사, 무림맹주 금태원, 무당 장문인 태진 상인 등이 앉아 있었다.

"방장께서는 어떻게 보시오?"

봉황의 눈에 멋진 수염을 기른 고아한 기도의 인물, 무림맹주 금태원이 왼쪽 옆 좌석의 노승에게 말을 걸었다.

"아미타불. 쉽게 예측하기는 어려울 것 같습니다만……."

누에처럼 굵은 눈썹만 숯덩이처럼 시커멓고, 사자 갈기 같은 수염에는 서리가 내린 듯한 하얀 윤기가 흐르는 노승. 바로 소림의 방장인 무우 선사가 정광이 갈무리된 고요한 눈을 들어 금태원을 응시했다.

"헛허허. 시중에는 목불인견의 무공이 혹 귀 파의 전대 방장이신 무초 대사의 진전을 이어받은 것이 아닌가 하는 말도 있습니다만……."

금태원이 슬쩍 소문을 빗대어 무우 선사의 반응을 떠보았지만 노승은 빙그레 웃기만 할 뿐 가타부타 말을 않는다.

'나는 이런 자들이 싫어. 겉으로는 도를 닦네 하며 온갖 품을 다 잡고는 뒷구멍으로는 별 더러운 짓거리를 다 하지.'

금태원은 여전히 웃고 있었지만 내심 불쾌했다. 금가가 낙양에 있으니 숭산에서 엎어지면 코가 닿을 거리다. 이러다 보니 소림사와 금가의 왕래가 잦을 수밖에 없었다.

그러나 반대로 그렇게 가까운 거리에 태산북두 소림사와 무림의 구성(救星) 금가가 있다는 것은 서로가 껄끄러운 노릇.

하니 보이지 않는 알력은 피할 수가 없었다.

과거 무학에 전념하던 무초 대사가 방장일 때에는 오히려 부딪침이 없었는데, 이십여 년 전 무우 선사가 방장 직을 맡고부터는 소림이 세력을 팽창시키는 과정에서 양자 사이에 필연적인 세력 다툼이 생겨나고 있었다.

한마디로 한 산에 호랑이가 두 마리 있을 수 없다는 것이다.

"원시천존 개겁도인……."

그때, 금태원의 왼쪽에 앉아 있던 무당 장문인 태진자(太眞子)가 나직이 도호를 외우자 금태원의 시선이 그에게로 향했다.

"오오, 장문인께서는 어떻소? 실로 드물게도 빈천한 출신을 극복하고 무림의 신성으로 떠오른 자들이 아니겠소이까?"

"으허허. 그야 싸움이란 원래 붙어봐야 자웅을 아는 것이지요. 하나, 대견 만석이라는 자야 영식에게 약간의 손색만 있다고 하니 별개로 하더라도 목불인견의 다른 자들은 한참 그 수준이 낮다고 보는 것이 세인들의 생각이 아닐는지요."

남들은 다 그렇게 생각하는데 당신의 생각은 어떻소? 하고 빙글빙글 말을 돌려 묻는다.

금태원은 마르고 깐깐하게 생긴 태진자의 염소수염을 잡아서 뜯고 싶을 만큼 기분이 언짢았다.

'도가 경지에 이르면 순수해진다는데 이자는 어찌 이렇게 말만 번지르르하단 말인가?

금태원은 북숭(北崇) 소림이요, 남존(南尊) 무당이라 하여 무림의 쌍두마차인 양 파의 지존들이 영 마음에 들지 않았다.

숨겨진 처자가 있다는 무우 선사와 마찬가지로 태진자는 물욕과 명예욕이 높은 정치적인 인물로 당금 황실과도 매우 밀접한 관계를 유지하고 있다는 것은 공공연한 비밀이었다.

'하기야, 곧 죽을 자들에게 신경 쓸 필요가 없지.'

금태원이 속으로는 두 사람을 비웃으면서도 겉으로는 호탕하게 웃음을 터뜨렸다.

"엇헛헛! 장문 진인의 말씀이 맞습니다. 그러나 본인은 목불인견의 두 사람을 더 쳐주고 싶소이다."

"허어? 그렇게까지요?"

양옆의 두 사람이 이구동성으로 놀라워하자 금태원은 흔쾌히 머리를 끄덕였다.

"내 오늘 목불인견 중에 한 사람이라도 패한다면 두 분께 백금을 내리다."

"어허! 세 분만 재미있는 내기를 하지 말고 나도 좀 끼워주시오."

태진자의 뒷자리에서 남궁세가주 남궁기(南宮基)가 끼어들었다. 금태원에게는 마음을 터놓는 친우였는데 두 사람의 아들들인 금기린과 비룡 남궁천도 매우 절친한 사이라는 것은 누구나 아는 바였다.

'어허. 저자의 말 한마디로 졸지에 진짜 내기가 되어버렸구나.'

무당의 태허자는 입맛이 썼지만 워낙 내기를 좋아하는 성정이라 거절할 리가 없다.

"개겁도인! 그래, 남궁가주께서는 그럼 누구에게 걸겠소?"

"헛허허. 나야 물론 목불인견 쪽입니다. 사실 의외의 결과
가 나오는 데 내기의 재미가 있지 않습니까?"

'으으음! 저, 저런 죽일 놈들!'

일부러 왼쪽 구석에 떨어져 앉아 있던 하북팽가주 팽대붕(彭
大鵬)은 제갈세가주 제갈용(諸葛勇)의 비통한 모습을 떠올리며
속에서 치밀어 오르는 열불을 간신히 삼켰다.

제갈용은 며칠 전 차남 제갈탄은 돌아왔는데, 이번에는 장
남이며 소가주인 제갈추가 행방불명으로 소식이 없자 서둘러
호광성의 세가로 귀환했다. 제갈가의 모든 역량을 총동원해서
제갈추를 찾으려는 것.

다만 애초 무림대회에는 제갈탄이 출전하기로 되어 있었고
그 역시 출전을 고집해서 이 자리에 남아 있는 것이었다.

그런데도 가문의 큰일을 핑계 삼아 자리를 회피하기보다는
대승적인 관점에서 무림대회에 참가하는 결단을 내린 제갈가
에 격려를 주지는 못할망정, 제갈탄의 승패에 내기를 걸며 시
시덕거리는 다른 문파의 수장들의 태도에 눈꼴이 시렸다.

'제기랄……'

팽대붕은 속에서 터져 나오려는 분기를 가라앉히며 눈을 돌
려 먼저 우측을 돌아보았다.

그의 우측에는 넓적한 얼굴에 황금빛 도관을 쓴 공동파의
장문인 일송(一松) 도장이 눈을 감고 있었으며, 그 옆으로 점창

파 장문인 섬전신검(閃電神劍) 모대집(毛大集)이 길쭉한 얼굴을 찌푸리며 입을 쩍쩍거리고 있었다.

'이럴 때, 당가주(唐家主)가 있으면 위안이라도 될 텐데…….'

팽대붕이 친숙한 관계인 사천당가주 당형문(唐瑩門)의 강퍅한 얼굴을 떠올리며 좌측으로 눈을 돌리자 기다렸다는 듯이 무림맹 대군사 조원형이 은근히 말을 붙여왔다.

"팽가주님, 맹주님의 말씀은 분위기를 살리려는 단순한 여흥거리에 불과하니 마음에 두지 마십시오."

"나도 이해를 못하는 바는 아니오. 하나 말하자면 상가(喪家)에서 출전한 사람을 놓고 돈내기를 하다니, 이는 지나친 처사라 할 것이오."

팽대붕이 일부러 언성을 높였지만 앞줄의 사람들은 자기들끼리 웃고 떠드느라 전혀 신경을 쓰지 않고 있었다.

'크홍. 이 사람이 주제도 모르고 큰소리치는군!'

조원형이 속으로 냉소를 날렸다.

팽대붕의 성질나면 앞뒤 가리지 않는 급하고 거친 성격은 널리 알려져 있었다. 그럼에도 맹주 금태원이 팽대붕과 절친한 제갈가를 언급한 것은 모종의 저의가 있었던 때문이다.

평소 제갈용이 제갈세가가 칠대세가 중 제일이라고 큰소리치는 것은 기분이 나빠도 무시하면 그만이었다. 세인들의 평가는 물론이지만 금태원의 배포는 그 정도로 작지 않다. 다만, 금태원이 제갈용을 비롯한 제갈삼현(諸葛三賢)이 쥐새끼처럼 머리를 굴린다고 언짢아하는 것을 조원형은 알고 있었다.

그 제갈가와 가까운 팽가를 일부러 자극하는 이유가 있는 것이다.

"팽가주님의 말씀은 지극히 옳은 말씀입니다. 그러나 이 무림대회는 무림맹 개파를 경축하고 무림 전체의 안위를 도모하기 위해 모두가 한마음으로 모인 자리입니다. 때문에 아무리 한 가문으로서는 중차대한 일이라도 이 자리에서는 모두 잊어야 합니다. 또 그렇기에 제갈 공자가 가문의 일을 뒤로 미루고 무림대회에 참가한 것이 아니겠습니까? 이로 보면 제갈 가문의 상사(喪事)는 작은 일이며, 오늘 무림맹의 경사(慶事)는 대의(大義)라 하겠습니다."

"끄으으음……."

팽대붕은 몸이 집채 같은 바위틈에 짓눌린 것처럼 답답한 신음을 흘렸다. 조원형의 말이야 백번 옳지만 문제는 그것은 누구나 아는 얘기라는 것이다.

'이놈이 누굴 바보 취급하나.'

화가 난 팽대붕이 주변의 반응을 살피니 대부분 입가에 비웃음을 띠고 있었다.

'내 이 개자식들을……!'

벌떡!

얼굴이 벌겋게 달아오른 팽대붕이 자기도 모르게 거칠게 자리에서 일어났을 때 그의 얼굴 위로 금태원의 불쾌한 눈빛이 쏟아지고 있었다.

'아차!'

팽대붕의 가슴이 철렁했다. 이대로 가면 아무런 명분도 없이 무림맹의 주류와 대놓고 반목하려는 행동으로밖에 안 된다.

그러나 그 역시 노회한 능구렁이라 얼른 낯빛을 고치며 서둘러 말을 꺼냈다.

"푸핫핫. 오늘은 이만 실례하고 내일 뵙도록 하지요. 오늘 보니 출전자들의 실력이 모두 만만치 않아서 우리 아이에게 단단히 주의를 줘야겠습니다."

팽대붕이 말을 하며 일일이 포권으로 예의를 표하자 금태원을 비롯한 좌중의 인물들이 서둘러 일어나 답례했다.

"알겠습니다. 그럼 내일 또 만납시다."

금태원 등이 화기 어린 얼굴로 답변하는 것을 귓등으로 들으며 팽대붕은 서둘러 본부석을 떠났다.

'천존이시여, 말은 대의(大義)를 찾되 마음은 소아(小我)를 벗어나지 못하니 이를 어찌 정의로운 행동이라 하리요.'

공동 장문인 일송 도장의 질끈 감은 눈가에는 침침한 그림자가 섞여들고 있었다. 실로 지난 팔차 무림맹까지, 아무리 뭉쳐 놓아도 흩어져 버리는 마른 모래알처럼 문파 제각각의 이해관계로 앙앙불락하던 정파의 무리였다.


"낄낄낄."

뒤에 있던 남궁천이 뭘 보았는지 경망스럽게 웃었다.

"정 형(鄭兄). 내가 웃는 이유가 궁금하지 않소?"

"별로. 귀하에게는 우스워도 나에게는 그렇지 않을 수도."

“오호? 맞아. 맞는 얘기야. 저기를 보시오. 무우 선사가 정 형을 몰래 살펴본 다음에 고개를 돌리는군.”

“훗. 참으로 영광스러운 일이오. 아마도 남궁 형과 같이 있으니 내 얼굴에 금칠이 된 모양이외다.”

‘남궁 형? 이놈이 아주 대놓고 맞먹으려 드는구나.’

남궁천의 칼날 눈썹이 꾸불텅거리며 신경질적인 움직임을 보였다.

‘내 이 비천한 놈을 그냥!’

그러나 남궁천은 가벼워 보이는 외모와는 달리 심지가 깊었다. 게다가 놈과 말싸움을 하기에는 체면도 상하고, 만석을 초대한 금기린에 대한 예의가 아니었다.

“아하하. 그건 그렇지가 않소. 목불인견 중에 대견이라면 많은 자들이 부러워하는 무림의 신성이지. 그런데 무우 방장께서 정 형을 주목하는 이유는 달리 있단 말이야.”

남궁천이 한쪽 눈을 꿈뻑하며 만석을 장난스레 쳐다보았다.

그러나 만석은 별 관심 없다는 표정으로 슬쩍 금기린을 일별할 뿐이었다.

‘자식이, 내 말을 듣고 난 뒤에도 태연한가 보자!’

“정 형이나 다른 두 친구의 무공은 아마도 소림의 무공과 밀접한 관계가 있을 거야. 그렇지 않소?”

“소림 무공이라… 그게 어떻다는 거요?”

만석은 의외라는 표정을 숨기지도 않은 채 반문했다. 남궁천 역시 자신의 무공을 알아보고 있었다. 과연 남궁가의 정보

력도 대단한 것이다. 하지만 남궁천은 소림에서 소이 등의 출전에 보증을 섰다는 것을 아직 모르는 모양이었다.

"얘기해 보시오. 남궁 형의 말을 들어보니 나도 무척이나 궁금해지는군."

만석이 시치미를 뚝 떼며 귀를 기울이는 표정을 하자 뭔가 말을 하려고 하던 금기린이 고개를 저으며 고개를 돌렸다.

소이 등의 출전에 보증을 선 것은 비밀로 해달라는 무우 선사의 당부 때문이었다. 무림맹에서 그 사실을 아는 사람은 금태원, 조원형, 그리고 금기린 세 사람에 불과하다.

'무슨 말을 하든 그냥 놔두자. 지금이야 무우 장문인이 문제를 삼고 있지는 않지만 나중 일은 모르는 게 아닌가?'

무우 장문이 소이 등의 무림대회 출전에 보증을 서긴 했지만 어차피 문서에 서명한 것도 아니다. 언제라도 시치미를 떼고 만석들의 무공을 회수하겠다고 나설 수도 있는 것이다.

금기린은 무우 선사의 당부를 그렇게 이해하고 있었다.

그가 생각하는 동안에도 소곤거리는 두 사람의 대화는 계속 이어지고 있었다.

"정 형이 누구로부터 어떻게 무공을 전수받았느냐 하는 것은 중요하지 않아. 그러나 약간의 조예가 있는 자라면 누구나 정 형의 무공이 소림의 것이란 것을 눈치 챈다는 것이 문제지."

"무슨 말을! 어차피 세상 모든 무공의 근원은 하나라 하오. 그러니 설령 내 무공이 소림의 것과 비슷하다고 한들 내가 몰래 소림의 무공을 훔쳐 배우지 않은 이상……."

"아니, 그게 중요한 것이 아니라니까. 내가 아는 것을 소림
에서 모를 리가 없어. 당연히 그 죄를 추궁하려고 할 거야. 무
공을 도둑질한 벌로 팔다리의 심줄이 뽑혀 병신이 될 것을 각
오해야 할걸?"

남궁천이 만석의 약점을 단단히 잡은 양 의기양양해하자 만
석이 몸을 부르르 떨며 겁먹은 기색을 지었다. 아무런 관계가
없는 사람이 들어도 소름이 끼치는 말이었다.

만석의 이마에서 땀이 스멀거리며 피어오르자 남궁천은 더
욱 기분이 좋아졌다.

"하하하. 이제야 정 형의 친구들이 나오는군."

남궁천이 일부러 밝은 웃음을 터뜨리며 말을 돌렸을 때,

"우와! 무림삼화 중 향화(香花) 남궁소소(南宮素素)다!"

"지, 진짜야?"

"임마. 내가 그럼 헛소리를 한단 말이냐?"

갑자기 주변에서 떠들썩한 소리가 들리며 여인의 야릇한 방
향이 훅 하니 풍겼다.

"어, 어머……? 소소 언니!"

지금껏 만석의 오른쪽 옆자리에 앉아 얌전하게 턱을 고이고
눈을 가늘게 뜨고 있던 금혜지가 눈동자를 초롱하게 빛내며
자리에서 발딱 일어났다.

"어머, 혜지야. 오랜만이구나."

늘씬하고 풍만한 두 미모의 여인이 서로 손을 맞잡고 기뻐

하는 모습은 누가 봐도 아름다운 광경이었다. 그러나 무엇보다 중인들의 눈길은 남궁소소의 얼굴과 몸매에 집중되어 있었다.

'대단한 미모요, 몸매로구나.'

여간해서는 얼굴에 감정이 드러나지 않는 만석도 놀라운 눈초리로 그녀를 보다 옆에서 뜨거운 눈길을 느끼고 피식하니 웃고 말았다.

그 오만한 금기린이 의자에서 몸을 반쯤 일으키고는 엉거주춤 홀린 듯한 눈으로 남궁소소를 쳐다보고 있었다.

칠흑같이 윤기가 흐르는 머리칼은 뭉게구름마냥 높게 틀어 올려 백옥잠을 찌르고, 보름달같이 환한 얼굴에 투명한 살결은 검게 빛나는 눈동자와 어울려 신비로운 느낌마저 자아내고 있었다.

게다가 하늘거리는 쪽빛 금의는 천상의 선녀 옷을 보는 듯하고 끊어질 듯 가느다란 허리에서 갑작스럽게 확산된 미려한 둔부에 이르러서는 보는 이의 탄성을 자아낼 만큼 유혹적이었다.

게다가 향수를 뿌리지 않았는데도 코끝을 감미롭게 간질이는 육향은 한순간에 넋이 나갈 만큼 고혹스럽다. 그녀가 향화(香花)라고 불리는 이유였다.

'아마도 이 여인과 비견할 수 있는 미모라면 천무세가의 송아라밖에 없으리라.'

만석의 뇌리에 갑작스럽게 떠오른 여인. 미숙한 어린 시절에 단 한 번 본 것뿐이지만 송아라의 요기로운 미모는 그만큼 인상이 깊었다.

어쨌든 아무리 부정하고 싶어도 무림삼화 중에서 가장 화려한 미모를 뽐내는 여인이었다.

초화(草花)라고 불리는 금혜지가 풀꽃처럼 가냘프고 섬세한 지적인 미인형이라면 야화(野花) 당미미(唐美美)는 터질 듯 생동감있는 야성적인 아름다움으로 널리 알려져 있다.

'물론 너의 미모가 눈이 부시도록 아름답기는 하다만……'

만석이 입가에 싱거운 미소를 지으며 자리에서 일어났다.

'나에겐 자려의 박꽃처럼 수수한 아름다움이 훨씬 좋구나.'

"어허. 이 친구! 완전히 넋이 나갔군."

남궁천이 보다 못해 한마디 했지만 금기린의 귀에는 그 소리도 들리지 않는 모양이었다.

"어머, 오라버니 뭐 하세요? 언니에게 앉으란 말도 없이."

"아아… 그, 그래. 남궁 소저. 여, 여기에 앉으시지요."

동생 금혜지의 가벼운 퉁박에 그제야 정신을 차린 금기린이 방금 만석이 일어난 빈자리를 가리키며 떠듬거렸다.

"네, 고마워요."

그녀가 살짝 고개를 숙이며 답례하다가 완강한 뒷등을 보이며 걸어가는 만석을 곁눈질했다.

'저 사람은 누구야? 나를 보는 게 꼭 목석을 대하는 것 같네?'

언제나 남자의 홀린 듯한 눈초리에 익숙한 그녀로서는 매우 생소한 느낌이었다.

“아참, 근데 이 자리는 금 공자님의 친구 분 자리가 아닌가
요?”

“예? 아, 아니, 그건…….”

평소의 그 영민하게 돌아가던 머리와 달변은 어디 갔는지
금기린이 금방 뭐라고 대답을 못하자 금혜지가 대신 대답했
다.

“그건 언니, 저분은 목불인견 중의 대견 정만석이라고 하는
데 언니가 앉으라고 일부러 자리를 비켜준 거야.”

“어머, 그래? 그럴 필요는 없는데 말야.”

그녀가 놀랍다는 표정을 숨기지도 않고 만석이 사라진 곳으
로 묘한 눈길을 보내자 금기린은 괜스레 기분이 나빠지고 몸
이 달았다.

그가 알기로 남궁소소는 냉정한 성격은 아니지만 남에게 괜
한 관심을 베풀 만큼 다정한 성격도 아니었다. 그런데 만석에
겐 처음 보자마자 관심을 보이고 있는 것이었다.

‘나 이거야, 내가 그 천한 자에게 질투를 다 하다니!’

금기린은 금세 냉정해질 수 있었다. 만석에게 질투가 났다
는 그 사실만으로도 자존심이 상했지만 남궁소소는 머리끝에
서 발끝까지 명문가 출신으로서의 자부심으로 치장하고 있었
다.

게다가 비록 정혼은 하지 않았지만 양 가문에서 두 사람을
엮어주려고 애쓰는 터이니 때가 되면 남궁소소는 자기 여인이
되는 것이다.

"하하하. 출신은 빈한해도 뛰어난 친구지요. 때문에 이 금 모도 친구 삼으려고 애써 붙들고 있는 중입니다."

그제야 여유를 회복한 금기린이 입에 발린 소리를 했다.

"어머, 금 공자님이 그렇게까지 생각하신다니, 강호의 소문이란 믿을 것이 못 되는군요."

"강호의 소문이라니요?"

금기린과 대견 만석의 사이가 별로 안 좋다는 소문은 관심 있는 사람이라면 누구나 안다. 그런데도 금기린은 애써 그 소문을 못 들은 척하는 것이다.

'그렇지만 괜히 말을 꺼내 분위기를 망칠 필요는 없겠지.'

"홋호호. 뭐 별거 아니에요. 어차피 괜한 소문일 뿐인걸요. 어마, 그건 그렇고 정말 덩치가 크네요."

그녀가 말을 돌리며 비무대 위를 응시하자 금기린이 참지 못하고 맞장구를 쳤다.

"덩치가 산만 하다는 표현은 저 친구를 두고 하는 말일 게요."

"호호. 체구를 보니 목불인견 중의 삼견 우거형이란 자로군요. 그리고 다음에는 소이라는 자가 나오겠지?"

남궁소소가 금기린에게 말을 하다 말고 금혜지에게 묻자 그녀가 입을 가리며 웃었다.

"홋호, 언니도 잘 알고 있었군요. 어머? 저기 제갈탄 공자가 나오네요."

"누가 이길까? 우리 내기라도 해볼래?"

"홋, 좋아요. 난 삼견 우거형이란 사람에게 걸겠어요."

"호호, 잘됐네. 난 제갈 공자야. 아무럼 제갈세가 하면 무림 육대세가에서도 수장 급인데 근본도 확실치 않은 자에게 질 리가 없지."

"홋호. 그게 무슨 상관인가요. 힘이 센 자가 이기는 게 아니겠어요?"

"그래. 하여간 지는 사람이 오늘 밤 개봉제일루에서 최고로 비싼 요리를 사는 거야?"

"네에. 잘 얻어먹겠어요. 벌써부터 군침이 삼켜지네요."

"뭐? 요 계집애가."

금혜지가 침을 꼴깍 삼키는 시늉을 하자 그녀의 팔을 살짝 꼬집으며 눈을 흘기는 남궁소소였다.

'크윽. 이거야 개밥에 도토리 신세가 되어버렸군.'

평소의 그 자부심 높던 금기린은 어디로 갔을까?

금기린은 고개를 설레설레 저으며 만석이 간 방향으로 고개를 돌렸다.

수만에 이르는 엄청난 인파다. 일단 사람들 사이를 파고들면 어디로 갔는지 행방을 알 수 없는 상황이지만 금기린은 느긋하기만 했다. 두견을 비롯해서 고도의 은신술을 익힌 십여 명의 무사가 만석을 감시하고 있기 때문이다.

'흐흥. 천한 놈! 네가 죽기 전에는 절대 나에게서 벗어날 수 없다.'

만석의 잘못이라면 천한 신분을 가진 놈이 너무 일찍부터

두각을 드러냈다는 것이다. 아니, 꼭 그런 이유가 아니더라도 금기린은 만석의 모든 것이 싫었다.

'놈에게서는 더러운 냄새가 나. 그렇지만 놈을 이용해 먹기 위해서는 진득하게 참아야 해.'

금기린은 얼굴을 잔뜩 찌푸렸지만 그것으로도 여인의 방심을 자아낼 만큼 아름다웠다.

'훗. 네놈을 이용할 대로 이용해 먹다가 비참하게 죽여주마.'

금기린은 입가에 비릿하게 떠오르는 미소를 감추려는 듯 깃털 부채를 가볍게 흔들며 얼굴을 가렸다.

'흥! 난 저 모습이 싫어. 괜히 신비한 척, 자신과 남들은 다르다는 지나친 과시욕 말야.'

남궁소소는 그런 금기린을 옆 눈으로 살짝 째리며 속으로 코웃음을 쳤다.

그녀는 금기린의 결벽증에 대하여 익히 알고 있었다. 금기린은 하루에도 몇 번씩 목욕을 한다던가, 여자처럼 몸치장에 많은 시간을 보낸다. 게다가 더러운 것이 근처에 있으면 질색을 해서 피해 다닌다거나 방 안에 먼지라도 보이면 하녀에게 생난리를 친다는 것이었다.

이처럼 청결에 거의 목숨을 걸다시피 하는 금기린답게, 그가 혼자 사용하는 뒷간은 변소답지 않게 각종 화분과 그림 족자로 치장되어 있고 하루 종일 방향을 피운다고 했다.

지금도 그랬다. 부채를 살랑살랑 부치다가 자신의 옷을 살펴보는 것이 혹시라도 더럽혀지지 않았나 걱정하는 표정이었다.

'사내는 사내다워야지, 계집애처럼 가리는 게 너무 많아.'

남궁소소 역시 화려한 외양과 걸맞게 사치를 즐긴다고 해도 금기린은 밥맛이었다.

부친이나 가문 원로들은 금기린과의 혼사를 은근히 권유하고 있었지만 그녀는 전혀 그럴 생각이 없었다.

'흥! 내 마음에 안 드는 자하고 정략결혼을 할 바에는 죽어버릴 거야!'

미혼의 여식을 가진 강호무림의 거의 모든 집안에서 바라는 최상의 신랑감 금기린을 백안시하는 콧대 높은 여인.

그러는 남궁소소의 뇌리에 떠오르는 것은 바로 만석의 굴강하고 사내다운 모습이었다.

'훗호. 그자의 껍데기를 홀딱 벗겨봐?

천출(賤出)의 기린아(麒麟兒) 대견 만석. 그러나 남궁소소의 만석에 대한 관심은 호기심 수준을 벗어나지 못했다.


"어머. 떠나신 줄 알았더니 여기서 만나게 되는군요."

가을 하늘처럼 투명한 음성은 만석에게는 매우 익숙했다.

중앙 통로를 통과하던 만석이 곧바로 소리가 들리는 방향으로 고개를 돌렸다.

"아, 궁주님."

자기도 모르게 반색한 만석이 그녀의 후덕한 얼굴을 쳐다보

며 포권으로 인사를 했을 때,

"흥! 난 눈에 보이지도 않는 모양이죠?"

빙매향의 옆에서 한 소녀가 벌떡 일어나며 만석을 노려본다.

"한설아!"

빙궁주가 언성을 높여 딸을 꾸짖으려 하자 만석이 아무렇지 않게 웃으며 고개를 저었다.

"핫하하. 저는 괜찮습니다. 다시 만나니 정말 반갑습니다."

"호호호! 그렇죠? 봐요. 정 가가도 날 생각하고 있다니까요."

빙한설이 허리를 잡고 의기양양할 때,

"흥. 어림도 없는 소리 말아요. 누가 당신 같은 막돼먹은 여자를 생각한다고 그래요?"

언제 나타났는지 칸막이 너머에서 추수연의 생쥐같이 새카만 얼굴이 보였다.

"뭐, 뭐야? 이 쪼그만 계집애가 겁도 없이!"

"뭐, 뭐예요, 쪼끄만 계집애? 어디 다시 한 번 말해봐욧! 내 오늘 끝장을 보고 말 거야!"

추수연이 손가락을 길게 뻗쳐 빙한설의 콧구멍을 찌를 듯이 다가들자 빙한설이 주춤하며 뒤로 물러서더니 손사래를 치며 고개를 흔들었다.

"어머, 무슨 계집애가 이렇게 더러워?"

빙한설이 손으로 냄새를 밀어내는 시늉을 하며 소리치자 추수연의 얼굴이 터질듯 새빨개졌다.

"이. 이게 정말……."

눈에 쌍심지를 켠 추수연이 막 빙한설에게 덤벼들려고 할 때,

"그만 해라, 수연아."

그녀들을 지켜보던 만석의 냉엄한 음성이 울렸다.

"오, 오라버니……."

왠지 억울한 마음에 추수연이 떠듬거리며 말을 하려고 하자 빙매향이 중간에 끼어들었다.

"이 아이는 누군가요? 차린 모습을 보니 개방의 제자 같은데……."

"대두개 어르신의 제자입니다. 추수연이라고 하지요."

"어머? 대두개 장로님의 제자라면 나하고도 남이 아니네요?"

빙매향이 놀랍다는 눈길로 추수연의 모습을 요모조모 살피자 추수연이 눈을 동그랗게 뜨며 빙매향을 보았다.

"남이 아니라니, 그게 무슨 소리예요?"

"홋호호. 내가 북해빙궁주란다. 들어본 적이 있을 텐데, 그렇지 않니?"

"어머머! 북해빙궁주님이라고요?"

틀림없이 들어본 적이 있는 이름이었다. 대두개는 무림맹 내에서 북해빙궁 사람을 만나면 언행을 조심하라고 일렀었다.

"그래, 반갑구나. 이제 곧 비무가 시작될 것 같으니 조용히

구경이나 하자꾸나."

빙매향이 당부를 하자마자 언제 다투었냐는 듯 얌전히 빈자리를 찾아 앉는 추수연이었다.

"쳇! 꼬마 계집애의 버릇을 고쳐 주려고 했더니 다 틀렸네."

그렇게 되자 오히려 심심해진 것은 빙한설이었다.

"그만 하라지 않느냐!"

"두 소녀가 다시 말다툼을 벌일까 봐 재빨리 제지한 빙매향이 아직도 좌석 곁에 서 있는 만석에게 말을 건넸다.

"바쁜 일이 없으시면 우리 함께 비무 구경이나 해요."

"좋습니다. 그러지 않아도 앉을 자리가 마땅치 않았는데, 다행입니다."

"호호. 그래요? 정말 잘됐군요."

어쩐 일인지 빙매향은 진정으로 기쁜 눈치였다.

# 第五章

## 혈풍의 전야

　'크훗! 놈이 극도로 긴장하고 있구나!'

　제갈탄은 속으로 쾌재를 불렀다. 수만 개에 이르는 사람들의 눈이 집중된 비무대 위다. 제갈탄에게 있어서도 엄청난 숫자였긴 하지만 그는 가문에 있을 때 최소한 수백 명이 구경하는 가운데 비무를 치른 경험이 여러 번 있었다.

　'아예 싸우지도 못하고 주저앉게 만들어주지.'

　그가 개불알을 붙이게 된 것도 모두 우거형이 원인이었다.

　놈이 이하령과 찰싹 붙어 다니지 않았다면 이하령은 자신의 것이 되었을 것이고 부끄러워 남에게 말도 못하는 상황이 되지는 않았을 것이다. 심지어 부친 제갈용에게도 말하지 못한 비밀이었다. 제갈탄은 속으로 이를 갈아붙였다.

'내가 개불알을 붙이게 된 것은 전부 네놈과 만석이란 놈 때문이야. 나는 네놈을 고자에다 앉은뱅이로 만들어주고 말겠어. 그 다음엔 만석이란 놈을 죽지도, 살지도 못하게 만들어 버릴 거야.'

"아핫핫! 덩치가 흡사 곰 같은 놈이 어기적거리며 걷는 꼴을 보니 참으로 불쌍하구나."

제갈탄이 손짓 발짓을 하며 엉덩이를 삐죽거리며 걷는 시늉을 하자 비무대 아래에서 폭소가 터졌다.

"크하하하! 알고 보니 저놈이 곰이란 얘기 아냐?"

"에이. 저 어기적거리는 엉덩이 좀 봐. 영락없이 재주 넘는 원숭이 새끼라니깐?"

"낄낄낄. 저 면상을 보면 잡종개가 틀림없어. 그러니까 삼견 우거형이지."

제갈탄의 말이 떨어지기 무섭게 여기저기에서 비아냥거리는 소리가 들렸다. 미리 입을 맞추지 않으면 이러한 순발력이 발휘될 리 만무하다. 즉, 비무대 아래에서 비웃음을 터뜨리는 자들은 바로 제갈탄과 한통속이란 뜻이었다.

"끄으으으……."

하지만 막상 비무대 위에서 제갈탄과 마주 서 있는 우거형은 눈빛이 격렬하게 흔들리며 다리를 후들후들 떨고 있었다.

그러지 않아도 수많은 인파 앞에 선다는 자체가 마음에 큰 부담이 되었는데 제갈탄의 시비로 촉발된 군중의 야유는 우거형의 정신을 혼돈스럽게 하기에 충분했다.

소이에게 듣기로 놈은 이하령을 욕보이게 한, 어쩌면 원수 같은 놈이었다. 그런데 아무리 원한을 되새겨볼수록 그게 부담이 되어 눈앞이 더욱 혼미해지는 것이다.

"어머! 우거형 공자가 크게 혼란스러워하는 것 같아요."
빙매향의 걱정스런 언질이 아니라도 만석은 무서운 눈빛으로 우거형을 노려보고 있었다.
"바보 같은 놈!"
잇새로 욕설을 내뱉은 만석은 어쩔 수 없다고 생각했다.
가만히 두고 보고 싶었지만 우거형이 싸우기도 전에 제풀에 쓰러진다면 지금은 어디 계실지도 모를 사부의 얼굴에 똥칠을 하는 것일 게다. 또한 우거형 등이 자신과 다른 길을 택한다고 해도 그들은 형제보다 가까운 친구라는 사실은 변함이 없었다. 걱정이 되기도 했다.
게다가 상대는 이하령을 욕보이려 한 제갈탄. 놈이 어떻게 살아서 돌아왔는지 몰라도 놈은 백주대로를 활보할 자격이 없는 자였다.
말은 길어도 생각은 짧았다.
곧 다시 북이 세 번 울리면 비무는 시작이 될 것이고 그 패자가 누가 될지는 너무도 자명했다.

당당한 걸음걸이였다. 서두르지 않고 새끼줄 사이로 난 길을 걸어 비무대에 접근하는 만석을 본 군중들 사이로 작은 동요가 일었다.

"저자는 누구기에 비무대로 접근하는 거지?"

"아니, 혹 저자는 대견 만석?"

"맞아! 바로 그자로군. 지난번에 무림맹 정문에서 본 적이 있거든?"

'응? 저놈이 왜?'

남궁천이 얼굴을 바락 찌푸리며 앞자리의 금기린의 눈치를 보며 말을 걸었다.

"저놈이 깽판을 놓으려고 하는 거 아냐?"

그의 말을 듣자 금기린이 고개를 저으며 말을 받았다.

"그렇지는 않을 거야. 저 친구는 강단(剛斷)이 분명하고 이해타산에 매우 밝은 자야. 손해 볼 짓은 절대 안 할 놈이지. 어떻소, 소소 소저."

어떻게 들으면 칭찬이고 달리 들으면 잇속만 따지는 배포가 작은 인물이란 상반된 평가였다. 어떻게든 남궁소소에게 말을 붙일 기회만 찾던 금기린이 슬쩍 공을 떠넘기자 그녀가 아미를 살풋 찡그렸다.

"홋호. 아뇨. 소녀는 그렇게 보지 않아요."

"호오? 그럴 만한 이유라도……?"

그녀의 입가에 터질 듯한 화려한 미소가 더욱 짙어졌다.

스스로 꾸미지 않아도 자연스럽게 발산되는 아름다움이다.

'제기랄. 정말 환장할 정도로 아름답구나.'

금기린은 주위에 아무도 없다면, 아니, 그럴 수만 있다면 주변 사람들을 모두 죽이고라도 남궁소소를 취하고 싶었다.

그만큼 그녀의 온몸에서 발산되는 염기는 견딜 수 없는 유혹적이었다.

"호호. 그냥 감(感)이에요. 여인의 직감이지요. 저자는 한 번 옳다고 믿으면 세상이 무너져도 눈 한 번 깜박 안 할걸요? 그러니 괜히 깔아뭉개려고 하면 그 즉시 난리가 날 것으로 생각해요."

남궁소소가 만석을 우호적으로 표현하며 방긋 확신의 미소를 짓자, 금기린의 얼굴이 벌레 씹은 꼴로 우그러졌다.

'으으음……!'

금기린은 괜한 짓을 했구나 하는 생각만 들었다. 괜히 엉뚱한 놈에게 관심을 가져달라고 부탁한 꼴이 되었다.

금기린이 애써 불쾌한 감정을 숨기며 만석의 등만 노려보고 있을 때, 만석은 비무대 바로 밑에 다다르고 있었다.


"잠깐만 기다리시오!"

그리 크지는 않지만 듣는 사람의 귓속에 또렷이 박히는 음성이었다.

대북을 두드리려고 막 북채를 들던 무사가 순간 움직임을 멈췄을 때, 우거형의 시선은 만석을 응시하고 있었다. 따사로운 느낌이 드는 눈빛, 그러나 냉엄한 시선에 우거형의 천방지축 뛰놀던 심장 박동이 급작스럽게 가라앉았다. 그러나 그것

도 잠깐,

"대, 대장!"

우거형은 돌발적으로 큰 소리를 질렀다. 그의 커다란 얼굴이 눈에 띄게 환해지고 있었다.

"짜식, 귀청 터지겠다! 못 볼 사람을 보았나, 소리는 왜 그리 크게 질러?"

"아, 아냐. 난 대장이 오지 않은 줄 알고……."

"시끄럽다. 네가 나라면 여기 안 오겠냐?"

"그, 그건 아니지만……."

우거형이 뒷머리를 긁으며 겸연쩍은 얼굴을 하자,

"그럼 됐지 뭐."

빙긋 웃으며 우거형에게서 눈을 돌린 만석이 삼 장쯤 떨어진 제갈탄을 향해 눈을 돌렸다.

이미 살심으로 가득 찬 제갈탄의 눈이 거기에 있었다.

"제갈 형, 오랜만이오. 내 제갈 형이 소리없이 사라지는 바람에 걱정을 많이 했는데, 이렇게 건강한 모습을 보니 참으로 반갑소. 그래, 몸은 어디 편찮은 데가 없소?"

만석이 이상하다는 눈빛으로 온몸을 핥듯이 살펴보자 제갈탄의 온몸이 부들부들 떨렸다. 그야말로 모른 척 시치미를 딱 뗀다. 선수를 당한 제갈탄 이마의 힘줄이 신경질적으로 꿈틀거렸다.

"이이… 이!"

간신히 살아난 것은 둘째 치고 제갈탄 같은 호색한이 고자가 될 뻔하다 개불알을 달고 볼일을 보는 신세가 되었다.

그 원흉이 바로 저기 만석이라고 확신하는 제갈탄으로서는 터질 듯한 분노로 쉽게 말을 잇지 못했다. 조금 전의 우거형과는 거꾸로 된 상황이었지만 제갈탄의 의식은 거기서 떠나 있었다.

'죽여야 해, 저놈을 죽여야 해!'

속으로 '죽여야 한다'고 부르짖으며 살심을 돋우는 제갈탄의 모습은 비장하기까지 했다.

당장이라도 손에 든 청룡검으로 만석을 베어야 직성이 풀릴 듯했다. 그러나 그의 전신을 살피는 만석의 냉엄하게 굳은 눈초리는 제갈탄의 결행을 허용하지 않고 있었다.

"끄으으으……."

급기야 제갈탄은 만석을 베러 달려가기는커녕 손에 든 검을 내려뜨리고 말았다.

"경거망동하지 마라. 너와의 일은 비무대회가 끝나면 해결하도록 하지."

미풍이 이는 듯한 가벼운 말투. 그러나 그 안에 든 의미는 무거웠다. 최소한 제갈탄과 우거형은 그렇게 느끼고 있었다.

"거형아, 거기에 그런 말이 있었지? 비무란 어차피 두 사람만의 세계. 누구에게 보이려고 하는 것이 아니잖아?"

무명서에 적힌 그 한마디를 끝으로 만석이 비무대를 물러나 발길을 돌리자,

"에이, 난 또 뭔가 보여주나 했더니 별거없잖아?"

"그러게 말야. 근데 왜 저 친구 대회에 출전을 안 했지?"

"글쎄? 소문대로라면 만만치 않을 텐데 말이지."

이렇듯 관중석에서는 연신 아쉬워하는 대화 소리가 들리고 있었는데, 정도의 차이는 있지만 본부석도 마찬가지였다.

"개접도인! 직접 보니 걸출한 인재 같습니다만……."

무당파 장문인 청진자가 마른 얼굴에 처음으로 감정을 드러내자 무우 선사가 껄껄대며 맞장구를 쳤다.

"아미타불! 소문으로는 금 대주와 비견할 수 있는 인재라 해서 믿지 아니하였더니 오늘 보니 그 소문이 거짓이 아님을 알겠소이다."

"허어, 설마 금기린 대주와 비교할 수가 있겠소이까? 내가 보기엔 한참 아래로 보입니다만."

남궁기였다. 금태원의 가려운 등때기를 긁어주는 소리였다.

'그렇지! 이렇게 녀석에게 관심이 쏠릴 때 슬쩍 놈에 대한 의문을 심어주는 것도 좋겠지.'

금태원의 눈 깊은 곳에 회심의 기색이 들었다.

"허허허. 이런저런 평가는 엇갈리지만 큰 그릇임에는 틀림이 없습니다. 다만 문제는……."

금태원이 가볍게 말을 하다 뜸을 들이자 중인의 시선이 일제히 금태원의 입술을 향했다.

"저 대견이란 자가 사마의 무리와 통한다는 정보가 있소이다. 앞으로 자세히 검토를 해보아야겠지만 사실이라는 심증이 듭니다. 그럴 리는 없겠지만, 잘못하면 오해를 살 우려도 있으니 가능하면 저자에게 접근하는 것에는 신중을 기해야 할 것입니다."

금태원의 말을 듣는 무우 대사의 얼굴색이 눈에 쉽게 띄지 않을 만큼 변했다. 이건 소이와 우거형의 무림대회 출전에 보증을 선 소림에 대한 직접적인 위협이랄 수도 있었다.

"맹주님의 우려는 이해가 갑니다만, 설마 이 중에 사마의 무리와 결탁하는 분이 있겠소이까?"

남궁기가 중간에 끼어들며 좌중을 둘러보자 여기저기에서 동조하는 소리가 있었다. 가만히 있으면 사마의 무리로 의심을 받을 것처럼.

"맞소이다. 맹주께서는 심려를 거두시지요."

"사마의 무리라면 척결의 대상이오. 저 대견 만석이란 자가 그럴 우려가 조금만 있어도 빨리 제거를 해야 할 것이오."

평소의 불같은 성격대로 아예 제거하자고 주장하는 점창파의 섬전신검 모대집이었다.

"허어, 아직은 이릅니다. 본 무림맹의 행사는 어디까지나 공평무사해야 하는 것. 확실한 증거가 나올 때까지 기다려 주셨으면 합니다."

금태원의 말에 모두 고개를 끄덕이며 수긍을 했지만 모대집의 날카로운 시선은 만석에게서 떠날 줄을 몰랐다.


둥둥둥!!

만석이 물러나자 곧바로 북소리가 세 번 울렸다.

‘으음. 역시 만만치가 않구나!’

제갈탄은 우거형의 주변을 빙글빙글 돌면서 빈틈을 찾고 있었다. 그러나 제갈탄이 도는 방향으로 천천히 몸을 돌려세우는 우거형의 자세는 단단해 보이기만 했다.

우거형이 펼치고 있는 것은 바로 천주부동신법(天柱不動身法). 하늘의 기둥은 움직이지 않는다는 것이니 정(靜)으로 동(動)을 제압하는 데는 이보다 효과적인 방법이 없었다.

‘어, 이상한걸? 이거 점점 몸이 무거워지는 느낌이 드네?’

이상했다. 놈은 그저 비스듬히 목봉을 세운 채 조금씩만 몸을 움직일 뿐 다른 동작은 전혀 없었는데 제갈탄은 경쾌하게 움직이던 몸이 뭔가 무거운 기운에 차츰 눌리는 느낌을 받았던 것이다.

‘안 되겠다. 선공을 해서 놈의 중심을 흔들어놓아야 해!’

“이하압!”

생각 즉시 몸을 띄운 제갈탄이 득달같이 우거형을 덮쳐 갔다.

아지랑이가 햇빛에 녹아 허공 속에 스며드는 듯한 움직임과 함께 청룡검에서 튀어나온 십여 개의 둥근 빛덩이가 유성처럼 떨어져 내렸다.

이른바 오성에 이른 천기미리보에 대천성검법 중 낙성류의 초식.

“와앗!”

갑자기 어둠이 찾아온 듯 빛무리만 사위를 밝히며 떨어지는 광경은 무척이나 아름다웠다.

“어림없다!”

한마디 기합성 같은 소리를 지른 우거형이 반 자 두께의 두꺼운 판자를 박차고 몸을 한 바퀴 돌리며 목봉을 공간에 찔러넣었다. 그러자 빛덩이가 산산이 부서지는 느낌이 들며 강력한 진력이 파도처럼 밀려나갔다.

“으헛!”

제갈탄이 검을 둥그렇게 돌려 생긴 파장으로 거세게 다가오는 상대의 일점두(一點頭)의 수법을 해소하려고 했다.

그러나 ‘쾅’ 소리가 나며 그의 신형이 가랑잎처럼 날려 바닥에 뒹굴면서 깨어진 판자 가루가 어지럽게 시야를 가렸다.

“저, 저런!”

“으와아아!”

중인의 탄식과 함성 소리가 커졌다. 이로써 목불인견 중의 한 사람이 무림육대세가의 제갈가를 물리치는 순간이었다.


“어머! 저게 무슨 수법이죠? 정말 대단해요! 꼭 파도가 밀려가는 느낌이에요.”

빙한설이 참지 못하고 경탄성을 발했지만 만석은 고개를 천천히 저을 뿐이었다.

“저 초식은 천풍파(天風波)라고 하는데 아직 화후가 모자라 제 위력이 나오지 않고 있어. 승부는 지금부터일 것 같군.”

“천풍파라고요?”

“그래. 천풍검법 중 제일초야.”

"그럼, 나머지 초식은 무엇들인가요?"

비밀에 싸인 목불인견의 무공을 조금이나마 알 수 있을 것이란 기대로 그녀의 말끝이 조금씩 떨려 나왔다.

"뭐, 내가 붙인 이름이니 별로 궁금해할 것은 없다."

빙한설이 입술을 삐죽이며 얼굴을 홱 돌리자 그들의 대화를 듣고 있던 빙매향이 웃으면서 끼어들었다.

"호호. 딸아이뿐만이 아니고 나도 궁금한데 혹시 말해주실 수 있을까요?"

"핫하. 이거 참, 궁주님까지 그렇게 말씀하시니……."

만석이 잔뜩 뜸을 들인 다음 한 얘기는 사실 듣는 사람에게는 들으나 마나 한 소리였다.

"천풍검법에는 모두 삼초가 있는데, 거형이가 펼친 파를 비롯해서 우(雨), 그리고 뢰(雷)라고 하지요."

그리고는 할 말을 다한 듯 입을 다물고 비무대 위를 주시하는 것이었다.

"쳇! 그게 끝이에요?"

빙한설이 실망 어린 표정을 지었지만 만석은 시선을 돌리지 않았다.


"우와아아!!"

관중석에 다시금 환호성이 터졌다. 오륙 장이나 뒤로 날아가던 제갈탄이 멋진 공중제비와 함께 비무대 끝에 신형을 세운 것이다.

“그럼 그렇지! 제갈세가가 절대 만만한 곳이 아니지.”

“맞아. 비록 무공에서는 다른 세가에 비해 약간의 손색이 있다고는 하지만 천한 하인배들이 넘볼 수는 없지.”

잘못해서 비무대 밑에 떨어지면 실격이었다.

‘휴유. 큰일 날 뻔했구나.’

제갈탄이 속으로 긴 한숨을 쉬며 우거형을 보니 그가 자못 실망스런 표정으로 제갈탄을 응시하고 있었다.

공력 면에서는 달린다. 그렇다면 정면으로만 대적하지 않으면 될 것이다. 이렇게 생각이 들자 제갈탄은 한 가지 검법이 생각났다. 절정의 경지가 아니면 쓰지 말아야 할 검법. 아마도 한 번 시전하면 사흘은 누워 있어야 겨우 기력이 회복될 것이다.

“크크큭! 겨우 이 정도에 불과하면서 큰소리쳤다 이거지?”

뒤로 밀려난 것이 수치라고 느낀 제갈탄이 잔뜩 분기에 치받힌 소리를 뱉으며 빠르게 걸어 다가오자 우거형의 두터운 입술이 크게 한 번 실룩이며 열렸다.

“쳇! 진짜 웃기는 놈은 바로 너야. 가볍게 몽둥이를 찔렀더니 엉덩이 가벼운 계집마냥 둥둥 떠서 날아갈 때는 언제고 지금 와서 난리냐?”

“뭐, 뭣이! 내 이 천한 놈이……!”

말과 동시에 제갈탄이 검을 든 손을 벼락처럼 떨쳤다. 바로 기습이란 이렇게 하는 것이라고 알려주기라도 하듯.

‘음? 아무 소리도 없다?’

우거형이 갸웃했다. 일반적으로 위력이 클수록 소리도 커지는 법이다. 그런데 상대의 검에서 빛이 반짝 했다는 느낌뿐, 아무런 공세도 느껴지지 않았다.

"조심해라! 무형검(無形劍)이다."

'무, 무형검?'

쉽게 믿기지는 않았지만 만석의 전음이다. 급한 마음에 우거형이 막 움직이려고 할 때, 만석의 전음이 다시 들렸다.

"그 자리에 꼼짝 말고 서 있어!"

'……?'

움직이려고 하던 우거형이 신형을 뚝 멈추자 뒤이어 무형검을 날리려던 제갈탄의 얼굴에 다급한 기색이 어렸다. 한 번 발출되면 더 이상은 시전이 불가능하다.

'아, 안 돼!'

막 발출되려던 공력을 거두려고 제갈탄이 안간힘을 썼다.

그의 안색이 썩은 간처럼 검붉어지자 우거형이 때를 놓칠세라 신형을 띄웠다.

'천풍파!'

우거형이 속으로 되뇌이며 다시 한 번 천풍파를 전개하자 그의 목봉에서 물결 같은 파장이 일며 한꺼번에 발출되었다.

절정에 이르면 연속해서 끊임없는 파장이 일어나 상대가 격살될 때까지 멈추지 않는다는 기공.

그러나 우거형은 한 번의 물결밖에 만들지 못했고, 지금은 그것으로 충분했다.

파앙!!

"으아아악!"

강력한 타격음이 일며 외마디 비명을 내지른 제갈탄이 피를 휘뿌리며 비무대 밖으로 날아갔다.

"악독한 놈이로다!"

큰 소리와 함께 관중석에서 하얀 인영이 뛰쳐나와 낙엽처럼 떨어지는 제갈탄을 안아 들었다.

제갈세가와 친밀한 팽대붕이었다.

제갈탄을 받은 팽대붕이 비무대 위로 시선을 돌려 빠르게 정황을 살폈다.


한편, 우거형은 손목이 절단되는 느낌에 끝내 목봉을 떨구고 뒤로 주춤주춤 물러나다 엉덩방아를 찧었다.

그러면서도 그의 눈은 본부석 근처로 향하고 있었는데 거기에는 소림활불 무량 대사가 얼굴을 찌푸린 채 서 있었다.

"아미타불. 시주는 이 자리가 비무대회임을 잊었는가? 어찌 고의로 제갈 시주를 살상하려고 한단 말인가?"

"그, 그건……?"

아직도 충격이 가시지 않았는지 우거형이 더듬거리며 말을 못하자 다시 무량 대사의 범종 같은 목소리가 들렸다.

"허어! 그래도 변명을 하려고 한단 말인가? 본 비무대회는 불가피한 경우를 제외하고 고의로 살상하는 것을 엄금하고 있네. 그런데도 시주는 제갈 시주를 살상하려고 했어. 이에 본

승은 대회 주재자의 권한으로 그대의 비무대회 참가 자격을 박탈한다."

바늘 하나 들어갈 틈이 없는 완강한 태도였다.

우거형이 뭐라고 말은 못하고 고개를 푹 수그리고 있을 때,

"뭐, 뭐야, 저건?"

관중석은 떠들썩하니 난리가 났다. 무량 대사의 말이 틀린 것은 아니지만 사실 대부분의 사람들은 사정이 어떻게 돌아가는지 몰랐다.

그들이야 제갈탄이 검을 떨치자 우거형이 목봉을 좌우로 휘저으며 제갈탄을 덮치는 장면만 보았던 것이다.

그때, 자리에서 일어나던 만석의 눈과 소림 장문인 무우 대사의 눈이 정면으로 맞부딪쳤다.

"도대체 이것은 무슨 뜻입니까?"

"아미타불. 나서지 말게. 자네들은 마도의 주구로 의심받고 있으니 이쯤에서 물러나는 게 신상에 이롭다네. 허어, 그건 그렇고 제갈탄을 손쉽게 해치운다? 역시 목불인견들의 무공은 대단하구만. 하나, 앞으로도 그럴까?"

"알겠습니다, 그럼."

만석은 무우 대사의 말에 수긍했다. 오히려 이쯤에서 멈추는 것이 우거형에게 도움이 될지도 모른다. 만석은 그렇게 생각했다.

"그럼, 저는 먼저 숙소로 가보겠습니다."

"어머, 저도 같이 가요."

비무대회에 흥미를 잃은 만석이 빙매향 등에게 작별 인사를 하자 곧장 추수연이 따라나서려고 했다.

"너는 우리와 함께 있자꾸나."

빙매향이 추수연의 옷깃을 붙잡았다.

"아니, 전 오라버니를 따라갈래요!"

"얘야, 네 오라비는 지금 생각이 복잡할 게다. 그러니 혼자 생각하도록 내버려 둬야 할 것 같구나."

"그건……?"

추수연이 멀뚱한 표정으로 빙매향을 돌아봤지만 그녀의 눈에는 어쩔 수 없다는 생각이 들어 있었다.

# 第六章

## 두견은 범행의 흔적을 따르고

만석이 관중석을 떠난 직후 장대 같은 빗줄기가 쏟아지기 시작했다. 이에 첫날 비무대회는 자연스레 무산되었다.

다음날에도 비는 그칠 줄을 몰랐다. 잠시 소강상태를 보이다 갑자기 폭우가 내리는 장마철 특유의 날씨를 보이고 있었다.

황하의 물줄기를 주변에 근거지를 두고 있는 방파들에서는 혹시나 자파에 수해가 발생할까 봐 전전긍긍하는 것이 곁에서 보일 지경이었다.

그러나 금태원은 그들을 잡아두기 위하여 연일 바쁘게 회의를 소집하고 각 문파의 수장들을 찾아다니며 열심히 설득하고 있었다.

　명목상으로는 구차 무림맹이 출범하고 무려 오십 년 만에 무림대회가 열리고 있는데 다들 뿔뿔이 떠나가면 시작부터 꼬이는 셈이니 협조해 달라는 것이었다.

　또한 이번 장맛비로 큰 피해가 발생한 문파에는 무림맹의 명의로 각종 원조를 베풀 것을 천명하니 겨우 비로 인한 동요가 가라앉을 수 있었다.


　이렇듯 무림대회가 연기되고 잠시 비가 그친 칠월 사일의 저물어가는 황혼 무렵.

　청천대가 주둔하고 있는 무림맹 서쪽의 청천각 집무실에서 잔무를 보고 있던 금기린은 제갈탄을 맞이하고 있었다.

　미리 전갈을 받기는 했지만 실로 예기치 못한 일이었다.

　반갑게 인사를 교환한 다음, 탁자를 사이에 두고 마주 앉은 두 사람이 간혹 차를 홀짝거리는 소리만 들렸다. 아마도 할 말이 많은 것인지 제갈탄의 입술은 쉽게 열리지 않는다.

　그러나 금기린 역시 먼저 말을 꺼낼 생각이 없는지 그의 입술만 쳐다보고 있었다. 약간의 침묵 뒤에 제갈탄은 역시 자신의 실종 사건부터 말을 꺼냈다.

　"후우. 금 형도 잘 아시겠지만 난 그동안 죽다가 살아났어요. 나나 가문에서 처리하려고 했지만 여기는 무림맹이니 금 대주의 협조를 얻고 싶습니다."

　"그 말씀은?"

　"이게 다 내가 못난 탓이기는 하지만, 바로 목불인견 세 놈이 나를 협공해서 죽이려고 했지요. 크크큭. 그리고는 내가 죽은 줄 알고 한적한 거리에 갖다 버렸는데 요행히 신의를 만나 살아날 수 있었습니다. 더욱이 비무대회에서는 우거형 놈에게 창피를 당하기까지 했으니 제 심정이 어떻겠습니까?"

제갈탄이 이를 부드득 갈며 원독에 찬 눈빛을 빛냈다.

처음에는 차분하던 말씨가 점점 뒤로 갈수록 가차없이 떨리고 있었다. 심중의 격동이 그만큼 크다는 얘기였고 말하는 태도로 보아서는 전혀 거짓이 없어 보였다.

잠시 동정하는 눈길이 된 금기린이 눈을 감고 고개를 끄덕이다 입을 열었다.

"무슨 말씀인지 알겠습니다. 그러나 제갈 형의 말은 충분히 이해가 가도 증거가 문제입니다. 제갈 형의 말 이외에 놈들이 제갈 형을 납치했다는 증거가 있습니까? 목격자라도 있느냐는 말씀입니다."

"그, 그건……."

제갈탄이 말을 더듬자 금기린의 말투가 싸늘해졌다.

"중요한 일이니 있는 그대로 얘기해야 합니다! 형님인 제갈추 소가주의 실종 건도 동일인의 소행일지도 모릅니다."

"으으음, 동일인이라면……?"

"그렇소. 제갈 형이 의심하는 그자들일 수도 있지만 모든 가능성을 열어두고 조사를 하고 있습니다."

금기린이 곧바로 말을 이었다.

"보름 전에 나를 만난 형님도 목불인견들을 제거해야 한다고 역설하더군요. 당시 탄 형의 실종 건이 그들이 벌인 일이라고 주장을 했지만 증거가 없었습니다. 아무런 명분도 없이 그들을 벌줄 수는 없는 일이고, 아무래도 추 형의 성격상 그들을 직접 찾아가 무슨 일을 벌인 것 같기도 한데, 본인은 소식이 없으니……."

"그게 저에겐 이해가 안 갑니다! 놈들을 잡아다 바로 족치면 그만 아닙니까? 일을 이렇게 어렵게 끌고 나가는지 그 이유를 모르겠습니다!"

제갈탄이 언성을 높이며 따지고 들자 금기린의 안색이 싸늘하게 경직되었다. 제갈탄이 자신의 판단을 놓고 정면으로 걸고넘어지고 있으니 기분이 상하는 것이다.

'이자가 누구를 협박하나!'

금기린의 불쾌한 눈길은 속심을 그대로 내보이고 있었다.

'아차!'

제갈탄이 자신이 과했음을 느끼고 입을 급히 다물었다. 어떤 일이 벌어졌든 그건 금기린이 책임질 일은 아니었다.

"내 당신에게 제갈추 형에게 말씀드린 것을 그대로 되풀이하겠소. 제구차 무림맹은 이제 시작입니다. 일을 행사하고 처리하는 데 있어서 처음부터 명분을 잃으면 어찌 무림을 이끌어 나갈 수 있겠소? 무림맹의 행사는 어디까지나 공명정대해야 합니다! 명명백백! 누가 봐도 그렇게 느껴야 한다는 거요."

"그, 그렇지만……."

"아니, 여기서 다른 말은 사족에 불과하오. 그 목불인견이란 자들에 대해서는 이미 정밀한 조사가 진행되고 있습니다. 곧 그들에 대한 모든 것이 밝혀집니다. 이 때문에 그들을 잡아두고 있고 곧 스스로 밝히지 않을 수 없도록 일도 만들고 있소이다.”

금기린의 말투는 강경하였지만 끝말은 묘하게 구부러져 설득조가 되어 있었다. 상대에게 강력하게 자신의 의중을 전하면서 반발하지 못하도록 다독여 주는 말투.

‘과연 날카로운 이빨 못지않게 매끄러운 혀를 가지고 있다더니, 소문이 사실이구나.’

서로가 육대세가의 자제인지라 지나치며 인사를 나누는 것 외에는 독대는 처음이었다. 그러나 말발하면 제갈탄도 만만치 않다. 아니, 제갈탄은 용모나 무공은 몰라도 말재주만은 금기린에게 뒤지지 않는다고 자부하고 싶었다.

‘젠장. 정말 더럽게 뻣뻣하구나.’

제갈탄은 속으로 불평을 삭이지 않을 수 없었다. 제갈세가가 십 년 전 흑수채를 무너뜨리고 주변의 사파 무리들을 격멸시킨 공로로 당시 칠대세가에서도 수위를 다투게 된 것은 사실이었다. 하지만 과거 무림을 구한 은인으로 추앙되는 낙양 금가는 부동의 무림제일세가다. 이 때문에 무림맹의 기틀을 이룬다는 명분하에 금태원을 무림맹주로 추대하고, 일찌감치 금기린을 무림맹의 청천대주로서 임명하였어도 다들 당연하거나 오히려 다행스럽다고 생각하는 게 아닌가. 인정하고 싶지는 않지만 인정할 수밖에 없다. 제갈탄은 입술을 꾹 깨물며 애써 씁쓸한 속마음을 달랬다.

"그러시다면 제가 더 이상 뭐라고 얘기하기가 어렵군요. 조사 결과가 나오면 저에게도 즉시 알려주십시오."

'제갈탄, 네가 나서서 설치지 않아도 그놈들은 내가 다 알아서 한다. 그러니 까불지 말고 가만히 있어라.'

속마음이야 상대를 비웃고 있었지만 금기린은 유쾌하게 웃었다.

"아하하! 이를 말이겠습니까? 하여간 넓은 마음으로 이해를 해주시니 다행입니다. 자, 차가 다 식습니다. 어서 드시지요."

금기린이 먼저 차를 마시니 제갈탄도 따라서 잔을 들어 식은 차를 마시지 않을 수 없었다.

'이래저래 일이 안 풀리는구나.'

제갈탄은 달착지근한 찻물이 쓰게만 느껴졌다. 그들이 말없이 찻잔을 기울이며 각자 상념에 잠겨 있을 때, 바깥에서 급촉한 발소리가 들리는가 싶더니 원길의 바닥에 깔리는 듯한 낮은 음성이 들려왔다.

"소주(少主), 잠깐 들어가도 되겠습니까?"

"오오, 어서 들어오시오."

원길은 손님이 있을 때는 함부로 면담을 청하지 않는다. 그럼에도 그가 손님 사이에 끼어들었다는 것은 그만큼 중요한 일이면서도 손님이 있어도 상관없는 일이라는 뜻이다.

"그래, 무슨 일로 이리 서두르시오?"

"예, 여기."

바삐 들어온 원길이 금기린에게 바친 것은 한 장짜리 첩지였다.

'음? 이건……?'

첩지를 쓱 훑어본 금기린이 눈살을 찌푸리더니 잠시 생각에 잠겼다. 제갈추의 소식을 알아보라고 보낸 그의 또 다른 심복인 두견(頭見)으로부터의 첩지였다.

"두견이 직접 오지 않은 이유는?"

"예. 범인을 추적하는 데 시간이 걸리고 있답니다."

추적의 달인 두견이었다. 그의 눈과 코가 남달리 예민한 것은 선천적인 것이지만 금가의 비전 천지추종술(天地追從術)을 익힌 지금은 약간의 흔적만 있으면 결코 그의 이목을 벗어날 수 없었다. 그런데도 그가 시간이 걸린다고 한 것은 흔적을 남긴 상대 역시 상당히 은밀한 움직임을 보였다는 뜻.

제갈탄이야 궁금하거나 말거나 금기린은 금방 말할 생각이 없는 모양이었다. 금가나 무림맹 내부의 일이라면 의당 제갈탄에게 나가 달라는 말을 할 텐데 그런 말도 없다.

"좋아! 먼저 내가 현장에 갈 테니 두견에게 알리도록!"

"알겠습니다, 소주. 즉시 이행하겠습니다."

원길이 복명하며 실내를 벗어나자 금기린이 자리에서 일어나며 제갈탄에게 말을 건넸다.

"제갈 형으로 짐작되는 시신이 가까운 류촌에서 발견되었다는 보고요. 나하고 같이 갑시다."

"예? 형님의 시신이……?"

제갈탄의 안색이 샛노랗게 변하며 몸을 부르르 떨자 금기린
이 속으로 혀를 찼다.

'츳. 호랑이 애비에게 개자식이 없다는데 이자는 실로 개새
끼에 불과하구나.'

"아직은 진짜 제갈추 형의 시신인지는 모르오. 그러니 제갈
세가에는 나중에 알려 드리고 먼저 가서 확인이나 해봅시다."

"아, 예, 예, 그래야지요."

제갈탄이 황망한 동작으로 먼저 가는 금기린의 뒤를 따랐
다.


류촌 촌장의 헛간 앞에는 고양이처럼 눈만 반짝거리는 중키
의 이십대 장한이 혼자 기다리고 있다가 두 사람을 맞았다. 작
은 입술에 목소리는 암코양이가 야옹거리는 것처럼 날카로웠
는데 시종 장난스러운 말투였다.

'이 계집같이 생긴 놈이 두견이란 자인가 보군.'

제갈탄은 보자마자 그렇게 생각하면서 그를 주시했다.

"그래, 다른 사람들은?"

금기린은 제갈탄을 소개할 생각도 없는 듯 바로 물어갔다.

"예. 저쪽 강 건너 범인이 잠시 머물다 간 곳에서 기다리고
있어요."

손가락으로 멀리 보이는 강을 가리킨 두견이 닫혀 있는 헛
간 문을 천천히 열었다.

"허어억……."

육고기 썩는 고약한 냄새가 콧구멍으로 왈칵 끼쳐 오자 제갈탄은 자기도 모르게 손으로 코와 입을 막고 주춤거렸다.

두견이 날카로운 눈초리로 제갈탄을 힐끗거리자 금기린이 신경 쓰지 말라는 눈짓을 하며 성큼 헛간 안으로 들어갔다.

이미 땅거미가 지는 저녁이었지만 금기린은 시신의 상태를 한눈에 살필 수 있었다.

"으으음. 역시 제갈추 형이 맞구나."

"으으으… 혀, 형님이 이런 꼴로……?"

제갈탄이 그제야 다가오더니 차마 시신에는 손을 못 대고 안절부절못한다.

'이런, 한심한 놈! 그래도 피를 나눈 형인데 저 태도는 뭔가.'

금기린이 구역질이 나는 표정으로 제갈탄을 노려보다가 두견에게 물었다.

"그대가 발견한 것을 말해보라."

그러자 그의 옆에서 시신에 달려드는 파리 떼를 쫓던 두견이 천천히 설명을 시작했다.

"시신의 상태로 보아서는 적어도 오 일 정도 지난 것 같네요. 흉기는 예리한 단도. 단 한 번에 뒤통수를 찔려 죽었어요."

"흐음. 그래서……?"

"예. 여기 이 밀짚이 움푹 들어간 곳은 사람이 누운 흔적. 정도 이상으로 흔적이 깊은 것으로 보아, 한 사람이 눕고 다른 사람이 위에서 누른 것 같아요."

“호오. 그렇다면……?”

“네. 게다가 아직도 여인의 향수 냄새가 조금씩 배어 나오고 있네요. 이를 두고 보았을 때, 제갈추가 여인을 납치해서 이곳에서 겁탈을 하다가 뒤에서 다가온 누군가의 단검에 찔려 죽은 것 같네요.”

“그 범인의 흔적은 어디에 있지?”

두견이 머리를 저으며 괴상한 표정으로 웃었다.

“홀홀. 아주 미세해서 알아채기가 어려웠어요. 단순히 무공이 워낙 뛰어나서 남긴 흔적이 아니죠. 때문에 범인은 은신술을 익힌 살수가 아닌가 추측이 되네요.”

만석이나 운산이 들었다면 놀라서 입을 딱 벌릴 만큼 무서운 탐지 능력에 추리력이었다.

“살수라…… 혹시 만석 등이 쫓아와서 죽인 것이 아닐까?”

“아뇨. 그자들은 몽둥이를 쓴다고 들었어요. 그리고 단검은 살수들이 주로 쓰는 무기지요. 보세요. 여기 발자국 같은 희미한 흔적이 있죠? 놈은 이곳 입구 옆의 벽에 잠시 서 있었죠. 여인이 누웠던 자리와는 겨우 칠팔 척의 거리. 그럼에도 제갈추는 범인의 존재를 눈치 채지 못하고 단칼에 목숨을 내준 거네요.”

남자가 여성스런 말투를 쓰면 보통 속이 메스껍다. 그러나 제갈탄은 오히려 그가 무서웠다. 과연 이렇게 뛰어난 자가 금가에는 얼마나 된단 말인가. 강호에서 머리를 쓰는 일이라면 제갈세가를 첫째로 쳐준다. 누구보다 머리가 뛰어나다고 자부하는 제갈탄은 이런 점에서도 금가의 거대한 힘을 느꼈다.

"좋아. 그거 그럴듯하군. 계속해 봐."

"예. 놈은 여인 위에 엎드린 놈을 치우고 여인을 어깨에 둘러멨어요. 그리고는 빠르게 경공을 펼쳐 이곳을 떠났지요."

두 사람을 안내하면서 그가 당도한 곳은 강가의 갈대숲이었다.

"비가 워낙 세차게 와서 모든 흔적은 지워졌어요. 하지만 저는 놈의 냄새를 느껴요."

두견이 줄기가 부러져 나간 갈대숲을 헤치다가 강 건너편에 눈을 주었다.

그쪽 기슭에는 작은 조각배가 한 척 매어져 있고 뭍에는 세 명의 장한이 주변을 돌아다니며 무언가 흔적을 찾고 있었다.

"놈은 여기서 잠시 머물렀어요. 그리고 무슨 이유에선가 여인을 놔두고 저 강 건너로 헤엄쳐 넘어갔어요."

"그게 무슨 이유지?"

"홀홀. 여기에 구부러진 지 며칠 안 되는 갈대가 이어지고 있지만 그런 흔적은 저기도 있네요."

"그럼……?"

"그래요. 이자를 발견한 다른 자가 있었어요. 흔적으로 봐서는 두 사람이네요."

제갈탄이 빨려들 듯이 그가 가리키는 곳으로 시선을 돌렸다.

끄트머리의 약간만 부러져 있어 자세히 보지 않으면 흔적을 알 수가 없다.

"저쪽에 있던 자들이 범인을 발견하고 공격을 했고, 범인은 부상을 입고 강 건너로 도망쳤어요."

"부상을 입었다는 것은 무엇으로 알았지?"

"범인이 이쪽에 남긴 흔적보다는 저쪽이 깊고 뚜렷해요. 그렇다면 여기서 저쪽으로 넘어가면서 놈의 신상에 뭔가 심각한 변화가 생겼다는 것이네요."

"그것이 놈이 부상을 당했다는 의미라는 거요?"

가만히 있자니 바보가 된 것 같은 느낌에 제갈탄이 입을 열자 두견이 비웃는 투로 대답한다.

"이렇게 생각해 봐요. 만약에 범인을 발견하고 공격한 자가 범인보다 무공이 뛰어난 자가 아니라면 놈이 도망칠 이유가 없어요. 어쨌든 범인을 공격하고 여인을 구한 자는 황급히 여인을 데리고 돌아갔지요."

"어디로 말인가?"

"마을 공회당으로요."

두견이 단정적으로 대답하자 제갈탄이 다시 물었다.

"그것은 어떻게 알았소?"

"홀. 처음 이 헛간에서 시신을 발견했을 때, 집주인인 촌장 노인이 필요 이상으로 놀라면서 당혹해했어요. 그래서 추궁해 보니 그 장강표국 일행이 공회당에 든 것은 모두 제갈추가 돈을 주고 꾸민 계책이었지요. 그리고 저기서 나는 냄새하고 공회당에 남은 냄새가 일치하는 사람들이 둘이 있었어요. 한 명은 남자, 다른 한 명은 향수 냄새로 보아 여자."

제갈탄은 이제야 모든 것이 일목요연하게 머리에 들어왔다.

자신의 형이 금기린에게 목불인견들을 제거하자고 제의했지만 그가 듣지를 않자 여기 류촌에서 일을 꾸민 것이다.

자신이 이하령을 겁탈하다가 목불인견 등에 의해 행방불명되었다. 그 소식을 들은 형이 양주에 가서 사실을 조사해 보니 동생이 겁탈하려고 했던 여인이 이하령임을 알았다. 그 후, 그 사실을 밝히려고 증인으로 이하령을 납치했다가 살수로 생각되는 자에게 들켜 목숨을 잃었다. 그리고 살수는 이곳 강가에 그녀를 데려왔다가 그녀를 찾아 나선 만석 등에게 들켜 도망치고 만석들은 이하령을 구해서 돌아갔다면 아귀가 맞아떨어지는 것이다.

"그럼 우리도 강을 건너가서 그 범인이 도망친 방향을 따라 갑시다!"

제갈탄이 급히 말하자 이번엔 금기린이 고개를 저었다.

"아니, 그럴 필요까지는 없소."

딱 부러지는 금기린의 말에 제갈탄의 얼굴이 벌겋게 변했다. 거의 면전에서 사람을 무시하는 언행이 아닌가?

"으음… 그 말씀은?"

흥분한 제갈탄과는 달리 금기린의 말투는 담담하기만 했다.

"나는 우연이라는 말을 잘 믿지 않소. 그 살수가 우연히 제갈 형을 발견한 것이 아니라 모종의 일로 만석들의 주변을 돌고 있었다면 본 무림맹에 머물던 만석들의 주변에서도 그자의 흔적을 발견할 수 있을 것이오."

"과연, 과연! 소주님 말씀이 지당하네요."

두견이 방정맞은 말투로 맞장구를 쳤지만 제갈탄은 아무 말도 할 수 없었다. 이 주종의 앞에 서면 자신이 왠지 바보가 된 느낌이 들었으므로 제갈탄의 부끄러움은 더욱 컸다.

'이, 이 건방진 놈들! 이 제갈탄이 살아 있는 한 결코 금가와 친구가 되지는 않겠다!'

엉뚱한 결심이었다. 오히려 목불인견들보다 금기린이나 금가에 더욱 큰 악감정이 드는 이유는 바로 모멸감과 자격지심 때문이었다.


벌써 비가 쏟아져 내린 지 사흘째가 되었어도 빗줄기는 잦아들 기미를 보이지 않았다.

이에 무림맹 수뇌부에서는 비가 확실히 그친 이후로 무림대회를 연기하기로 하고 이를 포고했다.

당초 무림대회의 첫날 행사를 보고 가려던 만석들도 더 이상 무림맹에 머물 수는 없었다. 어차피 금기린의 배려로 무림맹에서 숙식을 했으니 남아 있을 이유도 없었던 것이다.

더욱이 만석들에게 무림맹은 곧 호굴(虎窟)이었으니 괜한 분란이 일기 전에 떠나는 것이 이로울 것이다.

해볼 테면 해봐라는 식의 만용을 부릴 때가 아니었다.

특별히 챙길 것도 없는 단출한 행장이었다.

그럼에도 행장을 꾸리는 만석들의 손놀림은 무척 느렸다.

특히 누구를 기다리는지 거형의 손길은 자주 멈춰지곤 했다.

이렇듯 만석들이 제각기 상념에 빠져 행장을 다 꾸린 것은 겨우 반 각이 지난 후였다.

곧이어 삿갓을 목에 건 만석이 앞장서 머물던 방을 나왔을 때, 굽이진 복도를 울리는 촉박한 발소리가 들렸다.

때는 점심때라 객청은 비어 있었고 벌써 식사를 하고 돌아오기에는 시간이 한참 이르다.

'흠. 한 사람은 한설인데, 다른 사람은 누구지?'

어차피 만나고 가야 할 사람들이니 내심 잘됐다 싶었던 만석이 뒤이어 고개를 갸웃했다.

이하령도 빙한설과 함께 빙매향의 숙소에 머물고 있었다.

그렇다면 의당 이하령도 같이 와야 했는데 그녀의 뒤를 따르는 발소리는 이하령의 것은 아니었다.


이윽고 나타난 여인이 있었다.

진초록 난초 무늬가 수놓아진 정갈한 백의에 높이 올려 옥잠을 찌른 검고 풍성한 머리는 그녀의 하얀 얼굴에 잘 어울렸다.

흑백이 또렷한 큰 눈동자에 늘씬한 체구는 아직 이십대라고 보아도 손색이 없을 것 같았지만 전체적으로 풍기는 분위기는 적지 않은 연륜이 느껴지는 중년의 미부인이었다.

"며칠 만이군요."

빙한설이 만석들을 보자마자 종달새 같은 목소리로 입을 열자 옆에서 빙매향이 조용히 미소를 지으며 말했다.

"한설로부터 곧 떠나신다는 얘기를 듣고 이렇게 왔네요. 회자정리라 해서 다시 만날 것을 믿지만 그래도 막상 헤어진다고 생각하니 아쉽기만 하군요."

그녀가 애석한 표정으로 인사말을 하자 만석이 희미하게 웃으며 대답했다.

"저도 마찬가지입니다. 금방 잊어도 좋을 사람이 있고 영원히 잊고 싶지 않은 사람이 있겠지요."

"호호. 서로가 잊고 싶지 않은 사람이 되고 싶네요."

빙매향이 입을 가리며 쑥쓰럽게 웃자 만석이 따라 웃으며 가볍게 머리를 숙였다.

"저 역시 궁주님을 잊지 못할 겁니다. 핫하. 특히 궁주님은 제게 어머니 같은 느낌이 들어서 더욱 그렇습니다."

"홋호호. 나이도 얼추 이십 년이 넘게 차이가 날 테니 어머니라 불려도 괜찮겠지요. 하지만 저는 여러분에게 누님 소리를 듣고 싶군요."

"그건 안 돼요! 그럼 만석 오라버니와는 숙질이 되어버리잖아요?"

"응? 얘는, 그게 어때서? 넌 이 어미가 젊어 보이는 게 싫으냐?"

"어머, 그건 아니지만… 흥! 그래도 안 돼요!"

"핫하하. 그래, 궁주님은 누님으로 부르고, 너를 부를 때는 동생이라고 하면 되지, 그게 뭐 그렇게 중요하냐?”

만석이 짓궂게 웃자, 빙매향이 얼른 맞장구를 쳤다.

“홋호. 그러면 되겠네요. 호칭이 뭐 그리 중요하겠어요? 서로 마음으로 친하면 되지. 하여간 우리 천둥벌거숭이가 여러분을 만나 조금은 철이 든 듯하니 어미로서는 기쁘기 한량이 없답니다.”

‘빙궁주라는 높은 지위에도 불구하고 저토록 소탈하기만 하니 참으로 좋은 분이구나.’

만석은 새삼 그녀의 따뜻한 언행에 포근함을 느끼고 있었다.

‘흥! 세상에 나처럼 얌전한 처녀가 어디 있다고 천둥벌거숭이 운운하시는 거야?’

차마 말로 꺼내놓지는 못하고 빙한설이 아랫입술을 쏙 내밀며 불만을 표시했지만 빙매향이 살짝 눈총을 주며 웃는다.

참으로 보기 좋은 모녀지간이었다.

“아하하. 과찬의 말씀입니다. 실은 따님께서 미리 알아서 행동을 해서 저희들은 아무런 도움도 준 것이 없어요.”

이번에는 소이가 먼저 빙매향의 말에 대답하며 흐뭇하게 웃자 빙한설이 얼굴을 살짝 찌푸리며 만석에게 말을 걸었다.

“홋. 신세라면 만석 오라버니에겐 많이 졌어요. 뭐, 다른 분들에겐 별로 도움을 받은 게 없네요.”

듣기에 따라서 소이와 우거형을 무시하고 만석을 띄우려는 속심이 엿보인다.

'저 계집이 아예 대놓고 사람의 얼굴을 깎는구나.'

소이의 굳은 얼굴을 본 빙매향이 짐짓 딸을 꾸짖었다.

"얘가 오늘따라 진짜 버릇이 없구나. 어서 두 분께 사과드리지 못하겠느냐?"

모친의 단호한 말에 빙한설의 얼굴이 울상이 되었다. 열일곱 방년의 소녀. 만석에게 연정을 품고 있는 그녀로서는 자신의 잘못을 인정하고 싶지 않았다.

"어허, 얘가 오늘은 왜 이리 고집을 부리느냐? 어서 사과를 드리래도!"

"어, 어머니……."

빙한설이 말을 더듬거리며 만석을 흘깃거렸다. 만석이 도움을 주었으면 하는 것이 그녀의 내심이었다.

만석이 그녀의 눈빛을 읽고 화제를 바꾸었다.

"그건 그렇고, 하령 소저가 안 보이는군요. 몸이 불편한 것은 잘 압니다만……."

실로 딱딱하게 굳어가던 장내의 분위기를 일거에 바꾸는 말에 빙한설의 얼굴에 화색이 돌았다.

쯧쯧…….

그녀의 태도에 혀를 차던 빙매향이 고개를 가볍게 저으며 간곡하게 말을 이었다.

"네, 딸아이의 말을 들어보니 집으로 돌려보내기도 어렵다고 하니 그 아이가 제정신을 차릴 때까지 데리고 있고 싶네요. 또 우리 아이도 그 아이를 친언니처럼 생각하고 있어 서로 의지가 될 것 같고요."

"그렇게 생각하신다면 우리로서는 실로 다행스러운 일입니다. 우리의 갈 길은 멀고 험해서 전혀 앞길을 점칠 수 없는 상황이지요. 이러한 때에 부인께서 하령 소저가 쾌차할 수 있도록 돌보아 주시겠다니, 더 이상 바랄 것이 없습니다."

한시름 놓았다는 기색으로 감사를 표하던 만석이 우거형을 돌아보며 눈짓을 했다.

어서 고맙다는 말을 하고 떠나자는 눈짓이었다. 실상 만석과 소이에게는 이하령이 단순한 일행이었을 뿐이지만 우거형에겐 정인이었다. 만석이 일행을 대표해서 감사를 했다면 그녀와 특별한 관계를 가진 우거형이 확실한 마무리를 지어야 한다.

'이대로 얼굴도 못 보고 떠나야 한다는 말인가…….'

지금껏 오가는 대화를 여러 번 안색을 바꾸며 듣기만 하던 우거형의 얼굴에 고민의 기색이 잔뜩 묻어 있었다.

정신병. 한번 온전한 정신을 잃으면 치유에 오랜 시간이 필요하다. 이대로 만석을 따라 떠나게 되면 그녀를 언제 다시 만날 수 있을까.

우거형의 얼굴은 복잡한 갈등과 깊은 고뇌로 찌푸려 들었다.

'어, 어떻게 하지?'

우거형의 눈길이 소이를 거쳐 만석의 눈으로 향했다.

언제나 무심한 듯하면서도 장부의 기백이 담긴 단호한 눈빛. 지금 그 눈빛에는 어서 떠나야 한다는 의미가 담겨져 있었다.

그가 고민하는 낌새를 챈 만석들은 말없이 우거형의 표정만 살피고 있었다.

'으으… 그렇지만……'

우거형이 입술에 피가 나도록 질끈 깨물었다. 만석의 뜻을 거부한다면 그의 단호한 성격으로 봐서 뒤돌아보지도 않고 곧장 떠나 버릴지 모른다.

그러나 우거형은 자신의 생각을 송두리째 잡고 있는 여인의 영상을 떨어뜨리지 못했다.

"나, 난… 여, 여기 남겠어……"

세상에서 버림을 받은 느낌을 주는 힘없는 목소리.

우거형은 그 한마디에 온 심력을 짜내어 버린 듯 그 자리에서 털썩 주저앉고 말았다.

투닥.

그의 어깨에 둘러메고 있던 봇짐이 한쪽으로 기울어지면서 바닥에 둔탁한 소리를 냈다.

"으으음……!"

만석이 저도 모르게 입술을 깨물며 무거운 침음성을 흘렸다.

그러나 이를 어쩐단 말인가. 우직한 만큼 한 번 결심을 하면 돌이킬 줄 모르는 우거형의 성격. 이제는 만석이 고민할 차례였다. 인간관계, 특히 형제처럼 친밀한 우거형과의 관계를 무베듯 단칼에 자를 수 있을까?

만석이 망설이는 사이, 두 사람을 번갈아 보던 소이가 돌발적으로 외쳤다.

"친구의 고통은 곧 나의 고통이야! 나도 여기에 남겠어!"

소이의 단호한, 그리고 예정된 결심이었다.

"소, 소이!"

감격한 우거형의 눈에서 희미한 물기가 반짝 하고 빛났다.

"분수에 맞게 살아가면 되는 거야. 맘에 드는 여인을 만나면 사랑하고, 가까운 사람들과 정을 나누며 살고 싶어. 그리고 난 여기 무림맹에서 성공하고 싶어."

만석은 소이의 말에 그가 하고 싶은 말이 모두 들어 있음을 알았다.

소이에게로 눈을 돌린 만석은 소이의 눈을 깊숙하게 들여다보았다.

굳은 것처럼 보이면서도 꿈을 꾸는 듯한 소이의 눈동자. 언뜻 그 눈동자 한가운데서 축 늘어진 채 소이의 팔에 안겼던 금혜지가 떠오름은 단지 착각에 불과했을까?

"대장! 이제 우리의 생각을 알았으면 대장의 뜻을 말해줘."

소이의 태도에 자신을 얻은 거형이 여전히 바닥에 주저앉아 만석을 올려다보았다.

"으으음……!"

우거형의 눈동자가 간절한 염원으로 젖어 있음을 알아챈 만석이 다시금 무거운 신음을 발했다.

여기서 주저앉으면 금기린의 손아귀에서 벗어날 수 없다.

'놈의 무공은 나보다 한 수 위였어.'

만석이 씁쓰레하게 웃었다. 당장이라도 천중산으로 돌아가 무적초자가 남긴 무공을 찾아보고 싶었다. 아니, 애써 기억 저편에 밀쳐 놓았던 홍자려를 만나 그동안의 못다 한 정을 나누고 싶었다.

'왜 이렇게 불길한 느낌이 들까?'

만석은 꼭 누군가의 음모에 의해 끈끈한 거미줄에 걸린 작은 날벌레처럼 갑갑했다. 아무도 없는 곳에서 목청이 터지도록 소리 지르고 싶었다.

'훗후후후……'

그러나 만석은 속으로 자신의 왜소함과 소심함을 비웃었다.

'바보 같은 놈! 어쩌면 미리 알고 있던 것이 아니던가?'

어렸을 때부터 권력을 동경하고 미인을 보면 입에 거품을 물며 찬사를 보내던 소이였다. 게다가 그 용맹했던 우거형도 사랑에 빠지자 여인의 눈치나 살피는 소심한 사람으로 전락해 버렸다. 이 모든 것이 만석이 짊어진 업이었을까?

'사부님, 죄송합니다. 저 혼자 가야 할 것 같습니다.'

주정뱅이 주노로 살 때가 소림 장문으로 있을 때보다 훨씬 행복했다는 스승의 말이 더욱 만석의 가슴에 사무쳐 왔다.

이들은 썩어 빠진 세상을 엎어버리고 약자도 마음 놓고 살 수 있는 새로운 세계. 그러나 친구들은 거창한 목표보다는 있는 그대로 세상에 적응하면서 살기를 원하고 있었다.

“그런가……? 그렇단 말인가? 겨우 여기까지였나?”

만석의 뼈아픈 탄식이었다. 들을수록 우스운 별호지만 강호에 나와 처음으로 붙여진 목불인견이라는 무림명.

그러나 세 사람이 함께 이룬 그 목불인견이란 이름은 이제 산산이 분해되기 직전이었다.

그러나 만석은 속으로는 울면서 겉으로는 웃었다.

그래서 뭐가 어떻다는 말인가? 오히려 거추장스러웠던 짐을 모두 벗어던지고 자유로워진 것은 아닐까?

만석의 뇌리에 배일도, 관대형, 유식한과 단한방 등의 얼굴이 선명하게 떠올랐다.

‘왓하하하! 그래, 내가 가는 앞길에 폭풍우가 몰아치고 거친 눈보라가 닥치면 어떠랴! 따가운 모래 바람이 내 눈을 막고 높은 해일이 덮쳐 형체마저 사라진들 또 어떠랴. 나는 나의 길을 갈 뿐.’

아픈 눈으로 두 사람을 번갈아 보던 만석의 눈언저리에 착 가라앉은 빙매향의 표정이 들어왔다.

무슨 일이 일어나도 놀라지 않을 것 같은 안정적인 눈매.

이와 함께 만석의 들끓던 내심도 차츰 가라앉았다.

“가는 길이 다르다고 해서 우리 사이에 변하는 것은 없다.”

“그, 그럼……?”

만석이 우거형의 어깨를 두드리며 가볍게 웃어주었다.

“핫핫, 그래. 서로 가는 길이 다르니 함께하긴 어렵겠지. 하지만 마음만은 언제나 너희들과 더불어 있을 것이다. 그리고

먼 훗날 언젠가는 서로의 변한 모습을 보고 웃을 날이 올 거
야.”

“대, 대장……!”

소이까지 달려들어 세 사람이 어우러져 눈물을 흘렸다.

한동안 장내에는 소이의 울먹이는 소리와 우거형이 황소처
럼 울부짖는 소리로 가득했다.

실로 누가 보면 이해하기 어려운 광경. 하지만 만석이 선선
히 양보를 함으로써 그들이 사부의 명과는 전혀 다른 길을 가
는 데 대한 부담을 던 것이다. 그들에게 그 의미는 작은 것이
아니었다.

두 사람의 어깨를 부여잡고 뿌옇게 물막이 어린 눈으로 천
장만을 올려다보던 만석이 두 사람을 슬며시 밀어냈다.

“난 잠시 나가서 바람을 쐬고 오겠다.”

“그, 그래. 바람 소리가 심상치 않으니 조심해.”

소이가 짐짓 걱정하는 말투로 입을 열자 빙긋이 웃어 보인
만석이 빙매향 등에게 고개를 숙여 보인 다음 바깥으로 나갔
다.

쿠와아아!

미친 듯 거센 비바람이 소용돌이치며 만석의 전신으로 달려
들었다.

거센 비바람에 마구 옷자락을 펄럭이며 우뚝 선 만석의 뒷
모습은 세상에서 홀로 버려진 아이처럼 외로워 보였다.

그의 뒷모습을 보는 네 사람의 마음은 제각각이었다.

‘차라리 잘된 일인지도 몰라.’

소이는 한편으로는 착잡하고 다른 편으로는 시원한 이율배
반적인 감정으로 만석의 뒷모습을 응시하고 있었다.

‘내가 왜 이렇게 되었지?

우거형은 겨우 한 여인으로 인해 만석과 길을 달리해야 한
다는 아픔과 의지할 것을 잃었다는 자괴심으로 가슴이 아팠
다.

‘내가, 내가 저 사람을 위로해 줘야 해.’

빙한설은 당장 달려가서 만석을 끌어안고 싶은 마음을 간신
히 억눌렀다. 지금은 그 혼자 내버려 둘 때였다.

‘아아. 딸아이의 마음이 저 청년에게 너무 깊이 쏠려 있구
나.’

빙매향은 만석의 훤칠한 뒷모습을 뚫어지게 보고 있는 딸의
마음을 헤아리고 있었다. 그녀 역시 남편인 빙백신군(氷魄神
君)과 어렵게 맺어진 터라 딸의 애절한 마음을 고스란히 느낄
수 있었다.

모진 폭풍우에 대항하려는 것처럼 그 자리에서 우뚝 서 있
던 만석이 빗줄기가 만들어내는 물안개 사이로 사라질 때까지
누구도 그 자리에 못 박힌 듯 움직일 수 없었다.


만석이 무작정 달려 북동쪽의 울창한 숲 속을 통과했을 때
문득 짙은 안개에 휩싸인 계곡의 입구가 눈에 들어왔다.

‘웃, 차갑구나!’

목덜미에서 등으로 스며드는 차가운 빗방울이 만석의 정신을 일깨우자 만석은 그제야 안력을 돋우어 사방을 훑어보았다. 숙소에서 멀리 나온 듯 주위의 풍경은 무척이나 낯설다.

‘음? 여기가 어디지? 무림맹 내에 이런 곳이 다 있다니.’

크게 뜬 만석의 눈에 들어온 장면은 괴기로운 빗속의 풍경이었다.

그의 좌우와 후면은 빗줄기가 만들어내는 두터운 물안개 속에 섬처럼 시커멓게 떠 있는 백양나무 원시림이 전개되어 있었고, 앞쪽은 수십, 수백 겹의 연무로 전혀 깊이를 알 수 없는 계곡이었다.

‘이 냄새는 대체 어디서 나는 거지?

가만히 주변의 동정에 주의를 기울이던 만석이 이상스런 기분에 몸을 부르르 떨었다.

머리 위로 우산처럼 드리워진 울창한 가지에 막혀 빗방울은 떨어지지 않았지만 그렇기에 칙칙한 공기가 머물러 있는 곳이었다. 그런데도 어디선가 계곡 쪽에서 청량한 기운이 간헐적으로 흘러나와 숨을 들이켜면 시원한 기분에 가슴마저 활짝 열리는 것 같았다.

‘묘한 일이구나. 계곡에 무엇이 있길래?

만석의 발길이 저도 모르게 계곡 쪽으로 다가갔다.

그러다 시간이 흐를수록 만석의 발걸음은 나는 것처럼 빨라졌다.

‘이거야… 진짜 뭐가 보여야 해먹지.’

장님이 문고리를 더듬듯 조심조심 걸음을 떼며 만석은 혀를 내두르고 있었다. 본연의 신력과 합쳐져 거의 일 갑자에 이르는 만석의 공력이라면 아무리 안개가 짙더라도 최소한 일 장 사방은 또렷이 보여야 정상이었다. 그런데 그렇기는커녕 팔을 쪽 뻗으면 손가락 끝도 안 보이는 것이다.

게다가 눈앞에 뭉실뭉실대는 안개를 보면 어쩐지 살아서 움직이는 생물처럼 보이는 것이다. 이것은 결코 좋은 기분이 아니었다.

“휴유. 도대체 언제 끝이 나올 것인가?”

만석이 소리 내어 중얼거렸다.

벌써 한 시진에, 거리상으로는 약 오 리 정도 들어왔을 것이다. 그런데도 아직도 계곡의 끝은 보이지 않았다.

원래 무림맹 주변의 북령산 줄기는 얕은 야산답게 깊은 골짜기도 없을뿐더러 완만한 지형을 이루고 있었다.

다만 북령산의 주봉인 제마봉(制魔峰)으로 가는 길만은 양쪽으로 깎아지른 듯한 절벽이 펼쳐져 있고 백여 장 높이의 비룡폭(飛龍瀑)이 엄청난 수량의 물줄기를 쏟아낸다고 전해진다.

실상 백 년 전 이곳에서, 죽림마원 등 마도를 물리친 태양신군 금성혼이 피아를 구별하지 못하도록 뒤엉킨 수천 구의 시신을 세인의 눈에서 감추려고 천무금쇄진(天霧禁鎖陣)을 전개했다는 것을 강호 경험이 짧은 만석이 알 리가 없었다.

좔좔좔!

그때 만석의 귓전에 세차면서도 맑은 개울물 소리가 들렸다.

"쯧… 가까이에 개울물이 있다는 것도 몰랐다니."

만석이 세차게 혀를 찼다. 어디에 홀렸기에 이제야 개울물 흐르는 소리를 듣는단 말인가? 어쨌든 만석을 잡아끄는 듯한 청량한 냄새가 점점 짙어지는 것으로 봐서 그 냄새의 근원도 멀지 않은 듯했다.

이윽고 거의 한달음에 개울가에 다다른 만석이 개울의 너비를 저울질해 보았다. 개울물 너머에는 뭐가 있을까? 아무것도 알 수 없다. 함정이 있을지도 모르고 상상도 못할 크기의 거대한 뱀이 붉은 아가리를 떡 벌리고 만석이 들어오길 기다리고 있을지도 모른다. 아니, 당장 무언가 묘한 기운이 겨드랑이를 간질이는 느낌은 사람을 환장시킬 지경이었다.

쉬이이이!

계곡의 사면에서 날카로운 칼바람이 불었다.

수천, 수만의 한 많은 혼백이 한군데 뭉쳐 기괴한 소리를 질러대는 느낌에 만석은 모골이 송연해졌다.

"훗훗훗. 세상에 두려울 것이 없다고 큰소리를 치더니 겨우 이 정도로 두려움을 느끼느냐!"

만석이 소리 내어 스스로를 질책했다. 그러지 않고는 심장이 터져 버릴 듯한 압박감을 견디지 못할 것만 같았다.

그때 만석의 가벼운 발걸음 소리에,

'가만, 여기도 지키는 자들이 있었던가?'

“거기서 멈추어라!”

만석이 막 신형을 띄우려 했을 때 갑자기 옆쪽 바위 뒤에서 뛰쳐나와 길을 막는 장한들이 있었다.

나뭇잎 색깔과 같은 밝은 녹의를 걸친 세 명의 무사가 만석을 품 자 형으로 둘러싸자, 만석이 천천히 고개를 들어 세 사람을 둘러보았다.

뚜렷하게 보이지는 않지만 젊음으로 팽팽한 기세에 꽉 짜인 체구에서 풍기는 기도는 매우 정연하다. 무림맹 내에서 이렇듯 공공연히 활동하는 무리는 금기린의 수족인 청천대밖에 없다.

‘역시 뛰어난 기도를 가진 자들이구나.’

그렇게 생각하니 만석의 마음이 순간 답답해졌다.

지금은 무적 문도가 되어 있는 과거 흑수채의 수적이나 단한방의 수하들은 숫자만 많을 뿐 오합지졸에 불과했다.

배일도에게 철저히 훈련시키고 무공을 전수해 누구도 무시 못할 전력을 갖추라고 당부를 전하긴 했지만 대체 어느 세월에 이들과 같은 기도를 갖추게 될 것인가.

지금 당장 이들과 만석의 수하들이 붙는다면 전부 개죽음을 면치 못할 것이다.

‘시간, 시간만 주어진다면 못할 것은 또 무엇인가?

“이놈이 가는귀가 먹었나! 멈추라는 소리를 못 들었느냐?”

만석이 잠시 움찔하다 세 사람을 뚫고 나가려는 몸짓을 하자 뒤로, 옆으로 물러나면서도 나오는 소리는 당당하다.

“너희들이 나를 막는 이유가 뭔가?”

만석이 왼쪽 옆구리에 찬 목봉을 왼손으로 가볍게 쓰다듬으며 말하자 원형길의 눈이 자기도 모르게 좌우로 돌아갔다.

좌측에는 말상의 용모를 한 정정대(丁正大)가, 우측에는 삐죽한 얼굴의 조영(趙泳)이 있었다.

'어떻게 하지? 우리가 저자를 당해낼 수 있을까?'

'그렇지만 여기서 놈을 그냥 보낼 수는 없잖아.'

거의 태어날 때부터 함께 자란 친구 사이다. 눈짓만 보아도 서로의 마음을 안다. 세 사람이 서로 머리를 끄덕하며 자세를 바로잡았다. 잘못하면 여기서 목을 내놓아야 할 지도 모른다.

그러나 상대는 하나고 자신들은 셋이다. 게다가 놈은 천한 출신에다 마도와 결탁했다는 의심을 받고 있다. 아니, 원래부터 무공의 연원이 불분명하다니 사마의 주구일지도 모른다.

무림의 구성이며 정도의 하늘인 낙양금가의 무사라는 자부심 말고도 그냥 참고 지나치면 칼밥을 먹고사는 무인 자격이 없는 것이다.

그리고 그들의 임무는 어디까지나 만석의 발길을 막고 시비를 거는 것. 원형길은 재삼 금기린의 명을 상기했다.

삽시에 생각을 마친 원형길이 두 사람의 눈에서 똑같은 감정을 읽고 냅다 소리를 질렀다.

"너! 방금 너희들이라고 했냐? 이 새끼가 죽고 싶어 몸살을 하는구나!"

고릴라처럼 생긴 원형길이 큰 소리를 지르자 그 바람에 콧구멍 위로 빗물이 튕겨 나갔다. 이미 세 사람의 손아귀에는 보기만 해도 섬뜩한 예리한 검이 쥐어져 날카로운 기세를 담아 만석의 전신 요혈을 노리고 있었다.

'만만치 않다! 하나라면 모르지만 상대는 셋. 금세 호흡 소리를 하나로 일치시키는 것을 보면 고도의 합격술을 익혔다는 것인가?'

싸움에 임해서는 앞뒤를 재는 성격이 아니다. 만석이 냉큼 허리의 박달 목봉을 꺼내 한 바퀴 빙글 돌리며 자세를 잡았다.

"핫하하. 실로 내가 목불인견임을 자각시키려고 애쓰는 자들이로구나. 좋다! 미친 개새끼한테는 몽둥이질이 약이지!"

"이, 이자가?"

세 사람은 발을 박차고 뒤로 물러나 만석을 좀 더 멀리서 포위하면서도 어이가 없었다.

놈이 몸둥이를 치켜든 자세는 허술하기 짝이 없었다. 그렇다고 몸에서 풍기는 기세 역시 미약하기만 해서 전혀 위협적인 느낌이 안 든 것이다.

"형편없는 놈. 겨우 이 정도 수준으로 큰소리쳤나?"

"개새끼가 왈왈대니 천지가 개소리로 진동하는구나. 자, 개소리 말고 내 몽둥이나 받아라!"

만석이 형편없이 커다란 몸짓으로 목봉을 머리 위로 떨쳐 내리자 푸른빛이 도는 청살검(靑煞劍)을 들어 가볍게 막는 원형길의 자세에는 여유가 넘쳤다.

"크훗. 천한 놈 입에서는 개소리만 나온다니까."

원형길은 여유가 넘치다 못해 만석을 비웃을 정도로 자신감으로 무장하고 있었다.

싹둑! 하면서 저 만석이란 놈의 목봉이 잘리면 곧바로 화룡점두(火龍點頭)의 수법으로 저놈의 모가지를 잘라줄 생각이었다.

원형길은 탁! 하고 자신의 검에 부딪치는 목봉을 느끼고는 두터운 입술을 옆으로 쭉 찢으며 흡족한 미소를 흘렸다. 아니, 그렇게 하려고 했다.

깨갱!!

그러나 그의 입에서 나온 것은 단말마의 개소리였다.

원형길의 검이 그의 손아귀에서 떠나 안개 속으로 사라져 버렸다. 떨어지는 소리마저 들리지 않을 만큼 엄청나게 멀리 날아갔는지 풍덩, 하고 물에 빠지는 소리가 들린다.

그러나 손에서 검을 놓쳤다는 의식보다는 원형길은 검을 잡았던 오른손을 마구 주무르며 혼비백산하고 있었다.

"끄으으!"

만석의 시커먼 몽둥이와 원형길의 검이 부딪치는 순간 원형길은 손아귀가 뭉개지는 듯한 충격을 받고 있었다.

그때부터 시작이었다.

만석의 매질은 인정사정이 없었다.

원형길은 빠악! 소리에 머리를 붙잡고 주저앉아야 했고, 퍼억! 소리가 나면 옆구리를 붙잡고 뒹굴어야 했다.

"저, 저, 저……?"

좌우에서 엉거주춤 검을 들고 있던 정정대와 조영은 발을 동동 구르기만 할 뿐이었다. 도대체 시커먼 게 번쩍 하기만 하면 깨갱 소리가 나며 원형길이 바닥을 기고 있으니 함부로 끼어들 상황이 아니었다.

깨개갱!

바닥에 모로 쓰러졌던 원형길이 이제까지보다 훨씬 큰 소리를 지르며 바닥에서 펄쩍 뛰었다. 아니, 뛴 것이 아니라 만석의 손짓에 따라 허공을 한 바퀴 돌며 정정대와 조영을 향해 날아간 것이었다.

"끄아악!"

정정대가 바닥에 납작 엎드려 원형길의 몸을 피하는 그 순간 그의 머리통에 굉렬한 아픔이 터졌다.

"으헉!"

조영 역시 예외가 아니었다. 원형길의 몸이 털썩 소리를 내며 그의 옆 지면에 떨어져 내렸을 때, 그의 입에서 고통스런 비명이 터져 나오기 시작했다.

만석의 몽둥이는 보는 이가 끔찍할 만큼 그들의 머리통부터 온몸을 두드리기 시작했고, 그들이 정신을 잃을 때까지 계속되었다.

거의 만신창이가 되어 지면에 널브러진 세 사람을 훑어보던 만석이 문득 입을 열어 소리쳤다.

"서두르지 않으면 이자들의 생명이 위험할 것이다!"

아마도 십여 명쯤 되리라. 그를 향해 다가오는 예리한 살기를 느끼자마자 만석은 발길을 돌렸다.

이미 만석의 마음을 잡아끌던 청량한 냄새는 관심에서 떠나 버렸다. 그렇다고 만석은 당장 친구들이 있는 곳으로 돌아갈 생각이 없었다.

'좋아. 하여간 이상스런 냄새를 풍기는 곳이니 미리 주변을 살펴보는 것도 좋을 것이다.'

계곡에서 숲 속 방향으로 물러 나와 산길을 타고 북령산 자락으로 올라가는 만석의 발걸음은 무척이나 신속했다.


"무엇이? 대견 만석이 혼자서 혈루곡을 거쳐 북령산으로 올라갔다고?"

"예, 그러합니다, 소가주."

금기린의 집무실, 그의 앞에 무릎을 꿇고 보고를 올리는 장한의 행동거지는 지극히 공손하다.

"으음. 그자가 무슨 생각으로?"

금기린은 잠시 망설이며 명을 내리는 데 주저하고 있었다.

얼마 전에 보고를 받기로는 짐을 꾸린다고 했었다. 그런데 다른 자들은 그대로 있고 혼자 북령산으로 갔다?

"저, 그게 놈이 등짐은 메고 있지 않은데, 밀착 감시하던 원형길 향주 등이 혈루곡에서 정신을 잃은 채 발견되었다고……."

"뭐, 뭣이? 네놈이 죽고 싶어 환장한 것이냐? 어찌 진짜 시급한 사항을 나중에 보고한다는 말이냐?"

"주, 죽을죄를 졌습니다!"

장한이 몸을 바르르 떨며 이마를 바닥에 박았다. 충정을 보이려는 듯 머리를 바닥에 세게 박다 보니 그의 이마는 피투성이었다.

그러나 이미 금기린은 거기에 관심이 없었다.

다만, 수하가 이마에서 피를 흘리는 것을 보고 야릇한 희열이 피어오르는 것을 느끼다가 금방 떠오른 생각에 얼굴을 잔뜩 찡그렸다. 놈이 짐을 두고 간 것은 상대를 속이려는 수작일 것이다.

'흥. 네놈의 그 알량한 수작에 내가 속아 넘어갈 성싶으냐?

만석이 도망친다면 그를 가운데 놓고 꾸미던 음모가 시작부터 망가질 위험이 있었다. 그렇다면 만석을 수하들에게 맡겨 놓고 자신은 두 다리 뻗고 앉아 있을 수가 없다.

실은 오해였지만 금기린의 입장에서는 그렇게 생각할 수밖에 없는 것이 지금의 상황이었다.

"쯧. 그 진창길을 내가 가야 한단 말이야?"

"예?"

수하가 머리를 찧다 말고 의아해서 묻자 금기린이 손을 저으며 소리쳤다.

"너는 지금 즉시 그놈이 도망쳐서 내가 직접 놈을 쫓아갔다고 맹주님께 보고드려라!"

말하는 즉시 금기린의 신형이 번뜩하니 실내에서 사라졌다.

# 第七章

## 인연난측(因緣難測)

　북령산 중의 깊은 숲 속은 촘촘하게 가지를 드리운 백양나무들이 하늘을 가리고 있어 억수처럼 쏟아지는 빗줄기도 간간이 쉬어가는 듯하였다.

　눈길을 가로막는 희뿌연 물안개를 헤치며, 발길을 막아서는 깊이 파인 물웅덩이를 넘어가던 만석이 잠시 발을 멈추고 위치를 가늠해 보았다. 삿갓을 위로 젖혀 넓어진 시야로 빗물에 젖어 반들반들 윤기나는 백양목의 흑갈색 줄기들이 짙은 물안개 속에서 둥둥 떠다니는 것 같았다.

　'쿠쿳…….'

　왠지 저 허공중을 헤엄치는 듯한 나무들과 함께 만석의 몸도 덩달아 떠밀리는 느낌에 만석이 씁쓸하게 웃었다.

쉼없이 억수같이 퍼붓는 빗줄기는 과거 천무세가주 송백과 함께 흑수채의 배일도 등을 쫓던 그때를 연상시키고 있었다. 사람이 절망에 빠지면 옛일을 떠올리며 거기에서 헤어나지 못한다고 하던가.

"우습군… 정말 우스운 일이야."

지금껏 이루었다고 믿었던 모든 것들이 소이와 우거형을 잃으면서 흔적도 없이 사그라졌다는 느낌에 만석이 투덜거리며 웃었다.

'참으로 사람의 감정이란 신변의 하찮은 변화에도 이토록 흔들리는가.'

소태를 씹은 것처럼 입 안이 씁쓸해진 만석이 옆구리에 찬 목봉을 가만히 쓰다듬었다. 질펀한 물기가 흐르는 목봉은 오늘따라 서럽게 울고 있는 듯하였다.

천 길 물속에 떨어진 한 개의 모래알이 된 느낌은 만석의 정신을 혼몽하게 만들고도 남았다.

그때,

'가만, 이 기운은?

비감에 잠겨 있던 만석의 오감이 갑작스런 공기의 파동에 아우성치며 깨어났다.

들리는 것은 울부짖는 듯한 비바람 소리, 거센 바람을 못 이겨 나뭇가지들이 부딪치며 내는 소리뿐.

보이는 것이라고는 희끗한 형체를 드러낸 나무줄기와 천지를 감싸고 도는 두터운 물안개였다.

그러나 축축하게 가라앉는 무거운 공기와 알싸한 나뭇잎 냄새가 어우러져 콧구멍을 들쑤시는 느낌은 만석의 감각을 현실로 끌어내었다.

‘백 장 앞에 적어도 오십 명이 넘는 자가 은신하고 있다.’

최대의 기감을 집중한 만석의 감각에 걸려든 기운들. 어젯밤 금혜지를 만났을 때만 해도 없었던 자들임이 분명하다. 그러나 다른 삼면은 평지로 이어져 있으니 달리 갈 길도 없다.

‘그렇다면 놈들의 목표는?

생각하던 만석이 한심스럽다는 표정으로 머리를 흔들었다.

경비가 목적이라면 놈들의 기운은 사방으로 분산되어 있어야 했다. 그러나 그들의 기운은 틀림없이 일방, 그것도 만석의 방향으로 향하고 있었다.

‘놈들은 나를 기다리고 있어.’

만석이 기감을 폭넓게 펼쳐 좌우로 칠팔십 장에 이르는 반월형의 포위망을 차례로 점검해 보았다.

가장 약한 기세가 풍기는 곳을 전격적으로 파고들어야 피해를 최소화할 수 있다.

‘이런! 어렵군.’

가장 약한 쪽은 만석의 정면 방향이었다. 포위망 형태로 봐서 아무런 소리를 내지 않고 중앙을 돌파하려고 해도 양옆에 은신한 자들에게 들키지 않을 수 없었다.

그렇다면 애써 약한 곳을 찾을 이유가 없는 것이다.

‘응? 근데 이게 무슨 냄새지?’

만석은 빗물에 젖어 선명하던 생나무 냄새가 어느덧 바뀐 것을 감지했다.

무언가 퀴퀴하고 코를 찌르는 고약한 냄새였다.

"크홋홋. 이제 보니 귀하로군?"

만석이 알아듣기 힘든 낮은 목소리로 웃자, 나무줄기가 벗겨지는 느낌이 들며 농부처럼 초립을 쓰고 도롱이를 걸친 왜소한 인영이 드러났다.

"제기. 어떻게 알았지?"

무중살객 운산의 실낱같은 눈이 초립의 구멍을 뚫고 삿갓을 쳐든 만석의 눈과 정면으로 마주쳤다. 멀리 포위망을 형성한 자들을 의식한 그의 음성도 모깃소리만큼 작다.

"냄새가 다르더군. 이 청정한 산중에 갑자기 야릇한 똥 냄새가 풍기니 귀하가 생각날 수밖에."

"제기랄. 정말 지랄 같은 냄새야. 개울 바닥의 부드러운 모래를 긁어 피부가 벗겨지도록 비벼댔는데도 이틀이 지나도록 냄새가 빠지지 않아."

"그러게 누가 똥통 속에서 사람을 노리라 그랬소? 한심한 짓을 하고는 냄새 타령이나 하니 참으로 우습군."

"제길. 진짜 우스운 건 자네야. 난 처음에는 저놈들이 누굴 기다리는지도 몰랐어. 근데 자네가 오니 졸지에 살벌해지더란 말이야."

"핫핫하. 내가 우습다는 것이 그것하고 무슨 상관이오?"

"춧. 저놈들이 누군지 알아? 바로 금기린이 대주로 있는 청천대란 말이야. 자네하고 금기린 사이의 일이야 모르는 사람이 없지. 크크크. 무림맹주의 아들에게 첨부터 잘못 보였으니 자네도 참 한심한 사람 아닌가.”

두 사람은 시답잖은 농담을 하는 것 같으면서도 포위망의 움직임을 예의 주시하고 있었다. 그러나 그들은 그 자리에서 못 박힌 듯 아무런 움직임도 없었다. 상대가 움직이는 기미가 보이면 따라 움직이고 상대가 조용하면 같이 침묵한다. 실로 훈련이 잘된 자들이었다.

청천대의 동정을 예리하게 살피던 만석이 지나치는 말투로 대답했다.

“그럴지도 모르지. 하지만 예상보다 금기린의 그릇이 작군. 내가 도망치는 것으로 오해나 하고, 나 하나 잡자고 이 엄청난 빗속에 청천대를 동원하다니, 나중에 비웃는 자들도 많을 것 같소만, 그렇지 않소?”

“크크. 아니야. 자네는 아직도 스스로의 가치를 모르고 있어. 자네들의 무용(武勇)이 소문나면서 신분이 미천해서 능력에 비해서 낮은 지위에 머물고 있는 자들이 들썩이고 있네. 무가(武家)의 종이나 하인들이 주인을 보는 눈빛도 심상치가 않아. 그리고 나도 얼마 전에야 알았네만 청천대는 낙양금가의 무사들로 이루어져 있다는 거야. 무림맹과는 관계없이 쥐도 새도 모르게 죽을 수도 있다는 것이지.”

“쥐도 새도 모르게 죽는다……? 크흣. 좋은 얘기요. 능력이 부족하면 죽어야지 별수가 있겠소.”

농조로 대답하면서도 만석의 말투는 딱딱했다.

무중살객 운산이 앞에 한 얘기는 충분히 알고 있었고, 그렇게 유도해 왔지만 그의 뒷얘기는 실로 의외였다.

현재 무림맹의 유일한 무력인 청천대가 맹주의 가문인 금가의 무사들로 이루어졌다는 것이니 이건 무슨 뜻일까?

"제길. 고아한 척, 세속에 욕심이 없는 척하지만 실상 무언가 커다란 흑심이 있을지도 몰라. 혹시 무림제패 같은 것일지도 모르지."

운산의 말에 만석의 고개가 절로 끄덕여졌다.

"귀하의 말이 맞을 것 같소."

실은 그의 말이 아니더라도 금태원의 처사는 충분히 의심할 여지가 있었다.

무림맹을 강화시키면 자신들의 가문이나 문파가 약해지는 것은 말할 것도 없다. 때문에 다른 거대 문파에서는 일부 수장급 인물들만 무림맹에 파견하고 일반 무사들은 군소문파 출신으로 채우는 것이 상례였다. 제팔차 무림맹이 죽림마원에게 여지없이 밀리고 각 문파들이 각개격파당했던 것도 다 이런 이유가 있었던 것이다. 실로 이기적인 행태였지만 어차피 잡다한 파벌이 모여서 형성하는 무림맹의 태생적인 한계이기도 하였다.

그런데도 낙양금가에서 백여 명에 이르는 자가 무사들을 파견해서 무림맹의 청천대를 구성했다면 여기에는 모종의 저의가 엿보이기도 하는 것이다.

‘어쩌면 매우 중요한 정보인지도 모른다.’

하지만 지금은 이곳을 빠져나가는 것이 급선무였다. 자욱하게 뇌리 속을 채우는 의문을 접어둔 만석이 운산에게서 시선을 돌려서는 천천히 발을 떼어놓았다. 일단 경공을 최대한 빨리 펼쳐 상대의 전열을 흐트러뜨려야 했다.

"아니, 어디로 가려고?"

운산이 말리는 표정으로 자신을 보자 만석이 의아한 눈초리로 그를 보았다.

"어디로 가다니요? 놈들을 뚫고 나가야지요."

말을 듣자마자 운산이 손을 저었다.

"도망칠 수는 있더라도 치명상을 입을 가능성이 크지. 어떤가, 이쯤 해서 내가 자네에게 진 빚을 갚게 해주겠나?"

"…빚을 갚는다……?"

"그래. 난 남을 쫓는 게 직업이지만 도망치는 데도 타의 추종을 불허하네. 그러니 내가 자네를 가장해서 포위망을 뚫고 나가는 것이지."

"흐음. 좋은 생각이오만 당신의 체구만 보면 바로 들통이 날 것 같소만……."

"그 정도야 어렵지 않지."

말과 더불어 뿌드득 소리가 나며 운산의 체구가 위로 늘어나고 옆으로 퍼지기 시작했다. 얼추 보면 만석의 체구하고 흡사하게 몸을 늘린 운산이 얄팍한 입술을 쭉 찢으며 웃었다.

"어떤가?"

"오호? 정말 대단하오. 근데 얼굴은 그냥 두어도 되겠소?"

"크크크. 이러면 되겠나?"

"저, 저런!"

만석의 얼굴에 놀라운 기색이 가득 깃들었다. 바로 눈앞에 있다고는 절대 믿기지 않을 만큼 운산의 얼굴은 짙은 안개를 두른 듯 모호하게 보였다.

"근데 그 무공의 이름은 뭐라고 하지요?"

'어엉? 무공의 이름이 뭐냐고?'

이 급한 상황에 어울리지 않는 한가한 물음이다. 그러나 운산은 이 짧은 말에서도 만석의 남다른 배포를 느낄 수 있었다.

"아아… 이거? 크크크. 천변만화공이라고 하네. 세상천지를 다 뒤져봐도 이처럼 신비한 무공을 찾기는 힘들 거야."

"대단하오. 그 정도면 자랑할 만하군."

운산이 자신만만한 말투로 대꾸하자 의미심장한 미소를 짓던 만석이 머리에 썼던 삿갓을 벗어 재빨리 운산에게 건넸다.

'응? 이것은?'

"나를 대신하려면 확실해야 할 거요. 자, 그리고 내 옷도 받아 입으시오."

만석이 이어 자신의 겉옷을 벗어 운산에게 넘기자 운산의 가는 눈이 보이지 않을 정도로 찌푸려들었다. 이건 예상과는 너무 다르다. 운산이 자신을 대신하겠다고 하니 잘됐다는 듯이 냉큼 삿갓과 옷까지 벗어서 넘긴다.

"이, 이보게. 다른 사람 같으면 한 번쯤 거절을 해야……."

운산이 왠지 억울한 마음에 얼굴을 바락 찌푸리자 그가 대신 건네준 겉옷을 받던 만석이 빙긋이 웃으며 대꾸했다.

"귀하가 빚을 갚는다고 하니 나는 받았을 뿐이오."

"엉?"

'제길. 이게 뭐야? 그러니 주고받는 거니 고마울 것도 없다는 얘기야?'

운산이 너무도 어처구니가 없어 멍하니 사라져 가는 만석의 넓은 등만 응시할 때, 만석이 고개를 돌리며 발을 멈췄다.

"참, 귀하의 이름은?"

'큭. 그럼 그렇지. 저도 여린 심장을 가진 사람인데 고맙다고 하면서 제발 살아서 만나자고 하겠지?'

"아아, 난 운산, 무중살객 운산이라 하네."

"알겠소. 만약 운이 나빠 당신이 죽는다면 묘비에 이름이라도 새겨주리다."

"뭐, 뭐라구? 내 묘비에 이름을……?"

"그러니 죽더라도 너무 애통해하지 마시오. 죽어도 당신의 이름을 남기니 이 어찌 복받은 삶이 아니겠소?'

그 말을 끝으로 만석의 형체는 짙은 물안개 속에 묻혀 버렸다.

'제기. 나 혼자 가서 죽어라 이거지?'

운산은 툴툴거리며 웃었다. 그런데 왜 이렇게 포근한 마음이 들까. 묘비에 자신의 이름을 새겨주겠다는 만석의 약속 때문일까?

　무림맹 영내의 북쪽 경계인 북령산(北靈山)의 가파른 절벽 길 옆에 은신한 두 사람이 있었다. 최소 수령 삼백 년은 넘을 것 같은 낙락장송 주변은 축축 늘어진 굵은 가지로 빗방울이 침투하지 못하고 있어 주변과는 전혀 딴 세상처럼 보인다. 그들이 앉아 있는 곳은 약간의 습기 외에는 땅도 말라 있었다.

　'놈이 포위망을 뚫고 나온다면 이 길밖에 없다.'

　금기린이 오른쪽에 앉은 심복 원길을 돌아보며 뭔가 말을 하려고 할 때, 귓구멍을 찌르는 것 같은 날카로운 피리 소리가 적막한 공간을 뚫고 들려왔다.

　"놈이 행동을 개시한 모양입니다."

　원길이 약간의 긴장된 표정으로 말을 했지만 금기린의 태도는 어디까지나 여유가 만만했다.

　"훗. 놈이 도망치려고 온갖 수단을 다 쓰겠지만 내가 있는 한 어림도 없어. 절대 네놈을 놓아줄 수 없다."

　"글쎄요. 청천대를 총동원했습니다. 놈이 아무리 신속하게 움직여도 최소한 대여섯 개의 방어망에 맞닥뜨린다고 볼 때 여기까지 오기는 어렵지 않을까요?"

　"단순히 무공만 가지고 보면 그렇겠지. 하지만 그자는 볼 때마다 위험한 느낌이 들어. 내가 직접 나온 것은 놈에게 그만한 대접을 해줄 필요가 있기 때문, 절대 방심은 금물이지."

　"그럴까요?"

　원길이 말 대가리처럼 긴 얼굴을 갸우뚱했다. 금기린의 말을 반신반의하는 표정.

"그대는 믿기지 않는 모양이군. 하지만 두고 봐. 놈은 틀림없이 여기까지 온다."

금기린이 어깨에 걸친 도롱이를 벗어 신경질적으로 빗속으로 내던졌다. 놈과의 정면 승부! 기다리던 바다.

'쓱. 비를 졸락 맞아야겠군.'

금기린은 그것이 못내 싫었다.


슈카칵!

빗물을 튀긴 세 자루의 검이 각기 다른 방향에서 운산의 전신을 짓쳐왔다.

'크크. 어림도 없지!'

운산이 환영보법을 펼치자 그의 신형이 흐릿하게 변하며 검세를 비껴 나갔다. 공격해 왔던 세 명의 무사가 움찔하며 주변을 둘러보았다.

"이자가 어디 갔지?"

눈을 침침하게 만드는 흐릿한 물안개 때문일까. 아니면 삿갓의 눈구멍으로 떨어지는 빗방울 때문일까, 금방 공격을 받은 상대는 사라지고 없었다.


운무에 싸인 운산의 흐릿한 신형이 주변을 통과했지만 그의 모습을 눈치 챈 무사들은 없었다.

"이게 어떻게 된 거야?"

“놈이 나오다가 도로 들어갔나?”

“아니, 그렇다고는 해도 병장기 부딪치는 소리는 들려야 할 것 아냐?”

틀림없이 놈이 통과한다는 신호를 받고 움직인 중앙의 무사들은 당혹감을 감추지 못했다. 도대체 놈이 물안개가 되어 하늘로 치솟았는지, 아니면 빗물이 되어 땅으로 스며들었는지, 실로 귀신이 곡할 노릇이었다.

‘크크크. 자식들. 완전히 눈뜬 소경이라니까.’

운산은 기분이 매우 좋았다. 벌써 옆으로 지나친 자들만 이십여 명, 이제는 막아설 놈들도 없는 것이다.

눈을 뜨기 힘들 만큼 거세게 퍼붓는 빗줄기, 자욱히 피어오르는 물안개, 그리고 숲 속이라는 지형상의 잇점에다 안개 속에 모습을 숨기는 환영신법까지, 이토록 완벽한 조건은 없었다.

숲 속을 거의 통과해서 낭떠러지 방향으로 길을 잡던 운산이 아차 하며 발을 멈추었다. 전혀 들키지 않았다고 좋아할 일만도 아니었다. 이쯤에서 기척을 내서 만석이 탈출했다고 놈들에게 인식을 시켜야 하는 것이다.

“어이쿠!”

운산이 일부러 돌부리에 채인 척하며 소리를 내자 전면만을 응시하던 무사들의 눈이 일시에 뒤로 돌려졌다. 시끄러운 빗소리 속에 금방 묻혀 버리긴 했지만 돌멩이 구르는 소리와 운산의 나직한 신음 소리는 그들의 경각심을 일깨웠던 것.

"아, 아니, 저기 있어!"

청천대 무사들의 눈에 황급히 풀숲으로 모습을 감추는 삿갓을 쓴 훤칠한 인영이 잡혔다.

"잡아라!"

그때부터였다. 지금까지 조용하던 산중이 급작스런 발소리와 풀잎과 나뭇가지가 부러지고 흔들리는 소리로 소란스러워졌다.


"놈이 오는 모양입니다!"

백여 장 아래 산중에서 벌어지는 소동에 원길이 끝이 두 갈래로 갈라진 기형도를 뽑으며 입을 열었다.

"그래. 이번에야말로 놈에게 확실하게 된맛을 보여준다. 자다가도 내 이름을 들으면 소스라쳐 깨어나도록 말이지."

원길은 금기린의 다짐하는 말을 들으며 자기도 모르게 고개를 끄덕이고 있었다. 과연 놈의 능력은 뛰어났다. 신호 소리가 들린 한참 후에야 놈의 종적이 발견된 것이다.


'제길. 너무 일찍 종적을 드러냈나?

운산은 후회막급이었다. 이제는 운무 속에 몸을 숨길 것도 없이 뒤쫓는 자들과 무작정 거리를 벌려야만 했다. 그러나 실상 환영신법은 빠르기보다는 안개를 피워 올려 눈속임에 주력하는 신법, 이를 펼치는 데는 엄청난 내공이 소모된다. 어쩔 수 없이 놈들과 거리가 점점 좁혀지더니 무수한 암기가 머리 위를 덮쳐 오는 것이다.

파파박!

나뭇가지나 지면, 물웅덩이고를 가릴 것 없이 빗줄기와 함께 곤두박질치는 암기들의 기세는 무서웠다. 이미 모두 일류에 이른 검사들. 수십 명이 한꺼번에 내던지는 암기는 교묘하게 운산의 움직임을 구속하고 있었다.

"끄으윽……!"

그중 몇 개가 운산의 아직 다 낫지 않은 어깨와 허벅지에 틀어박히자 운산은 억눌린 비명 소리를 내지 않을 수 없었다.

불에 벌겋게 단 인두로 지지는 듯한 고통이 암기에 맞은 부위에서부터 일어 온몸으로 확산되고 있었다.

"놈이 암기에 맞았다!"

뒤이어 터져 나오는 희열에 찬 환호 소리는 운산의 암울한 앞날을 말해주는 것 같았다.

놈들과의 거리는 점점 좁혀져 이제는 겨우 삼사 장의 거리.

이십여 장 앞으로 깎아지른 듯한 낭떠러지가 보이고 있었지만 그전에 잡히고 말 것이다.

'제기. 놈들을 너무 얕봤어. 원숭이 흉내 내다 나무에서 떨어지고 만 셈인가?

이제는 환영신법을 펼칠 엄두도 못 낸다.

'힘이 남아 있을 때 한 놈이라도 죽이고……?

그러나 그건 아니다. 설혹 쏟아지는 암기에 고슴도치처럼 되어 죽더라도 확실하게 만석을 대신해야 하는 것이다.

"끄으윽……!"

또다시 우박처럼 쏟아지던 암기 중 몇 개가 운산의 전신에 틀어박혔다.

'제, 제기, 끝장인가?


'크아악! 저놈이 왜 이쪽으로 달려오냐?'

묘하게 구부러져 비바람을 피할 수 있는 굵은 나뭇가지 안에서 비명이 터져 나올 듯하였다.

탐화랑 무무성은 죽을 지경이었다.

비바람이 이토록 거센 상황이면 아무래도 무림맹 경비를 하는 자들의 이목이 무뎌지게 마련. 이때를 틈타 만석의 방해로 못다 했던 일을 하려고 은신하고 있었는데, 행동을 개시하려는 찰나 자신의 앞길을 청천대의 무사들이 둘러싸는 것이었다.

그러나 그들이 자신을 등지고 전면에만 신경을 쓰는 것으로 봐서 아무래도 무림맹 내부에서 나오는 자를 기다리고 있음을 바로 눈치 챈 무무성이었다.

그래서 무슨 일인가 싶어 비도 피하고 구경도 할 겸 이 높은 나뭇가지에 올라 있었는데 쫓기는 자가 하필이면 그가 숨은 곳을 향해 똑바로 달려오는 것이었다.

'가, 가만있자, 저놈은?'

나무들 사이로 드러났다 숨었다 하면서 달려오는 훤칠한 키의 장한은 어쩐지 눈에 익었다. 무무성이 눈을 크게 치켜뜨며 입술을 질끈 깨물었다.

'틀림없어! 내 일을 방해한 그 대견 만석이란 놈이야!'

장한을 보는 무무성의 눈빛이 독랄하게 변했다.

어떻게 된 사정인지는 모르지만 놈이 금기린의 청천대에게 쫓기고 있는 것이다.

달려오는 모습을 보니 벌써 여러 차례 암기에 격중된 듯 움직임이 거북해 보였다. 이윽고 무무성이 숨은 곳으로 다가온 놈이 힘이 거의 다했는지 질퍽한 지면에 쭉 미끌어져 바닥에 넘어져 버렸다.

'에라, 모르겠다!'

무무성은 일단 저 원수 같은 놈을 구하기로 마음먹었다. 구한 다음에 놈을 자근자근 씹어 먹으리라! 무무성이 급히 나뭇가지를 차더니 그 반동으로 빠르게 지면에 떨어져 내렸다.

"크윽, 누, 누구냐?"

넘어져 바둥거리던 운산이 자신의 뒷덜미를 잡아채는 손길에 부지불식간에 입을 떼었을 때, 무무성은 다급히 손으로 코를 가리고 있었다.

'어흑! 이게 무슨 냄새야?'


"저, 저놈은 또 뭐야?"

간발의 차로 운산을 잡지 못한 무사들은 발을 동동 굴렀다.

그들도 미끄러운 숲 속을 전력을 다해 쫓아온지라 이미 상당히 지쳐 있어 무무성의 빠른 몸놀림을 구경만 하고 있을 뿐이었다.

게다가 나타나자마자 번뜩하니 사라져 버린 무무성의 신형을 어떻게 감지할 수 있으랴. 비록 극성에 이르지는 못했지만 이처럼 비가 억수처럼 쏟아지는 상황에선 무무성의 환상비 신법이 더욱 큰 효과를 발휘하는 것이다.

'케케케. 자식들, 멍청하니 서서 쫓아올 생각도 못하는구나.'

무무성은 너무도 흡족했다. 이제 꿈속에서도 나타나던 이 얄미운 만석이란 놈을 자기 마음대로 괴롭힐 수 있는 기회를 잡은 것이다.


"음? 소주(少主)! 누군가 대견을 구한 것 같습니다."

원길이 다급히 전음을 날리자 금기린의 태양처럼 빛나는 눈에 곤혹감이 깃들었다. 겨우 이십 장 정도의 거리, 이곳에서 보자면 숲 속의 정경이 빤히 내려다보인다.

일부러 숨는다면 모습은 드러나지 않겠지만 만석을 구한 놈은 틀림없이 자신들이 있는 방향으로 달려오고 있었다. 하지만 비바람 소리 외에 놈의 모습은 눈에 띄지 않고 있었다.

'경공으로 봐서 놈은 마도의 인물 같군. 역시 대견이란 놈이 마도와 끈이 닿아 있었단 말인가?'

그렇게 보자면 역시 만석이 마도로 의심되는 녹림총채주 우창출을 죽이지 않은 이유도 쉽게 이해가 됐다. 놈이 무초 대사의 제자라는 것은 어느 정도 밝혀진 상태였다. 그 무초 대사가 파계했다는 것은 곧 마도와 통했다고 보아도 될까?


'어헉!'

무무성은 자신의 앞을 가로막는 강력한 기세에 놀라서 발을 멈추었다. 공간을 빈틈없이 막아버린 담장처럼 무무성은 앞으로 나갈 수가 없었다.

'그, 금기린!'

무무성이 헛바람을 들이켜며 금기린의 시선을 비꼈다. 정면으로 보기에는 놈의 눈빛이 너무 강렬했다.

'이놈이 나의 행적을 꿰뚫어 보았다는 말인가?'

무무성은 당장 그렇게 생각하지 않을 수 없었다. 그만큼 무무성의 앞길을 차단한 금기린의 자세는 견고해 보였다.

"마졸(魔卒)! 네놈의 정체를 밝혀라!"

금기린의 깃털 부채가 묘한 움직임을 보이자 하이얀 광채가 폭출되어 무무성의 전신으로 밀려왔다.

"허엇!"

무무성이 돌발적인 비명을 토하며 뒤로 쭉 미끌어져 나갈 때, 그의 등허리로 엄습하는 거친 도기가 있었다.

기형도를 빼 든 원길이 기회를 놓칠세라 출수한 것.

'크윽… 이놈도 대단하구나!'

미처 방비할 생각도 못한 무무성이 공중으로 몸을 날려 원길의 공격을 피했을 때, 촤라락!

새가 날갯짓 하는 소리가 들리며 십여 개의 깃털이 빗줄기를 한순간에 가르며 무무성의 하체로 쏟아져 들었다.

"제기랄!"

그러나 경호성을 터뜨린 것은 무무성이 아니라 아직 정신이 있던 운산이었다. 무무성이 자신의 옆구리를 껴잡고 있어 금기린이 날린 깃털이 자신에게 먼저 닥쳐오는 것이었다.

소리와 함께 운산이 공중에서 몸을 비틀며 무무성에게서 떨어져 나가자 오히려 다급해진 것은 금기린이었다.

예기치 않은 운산의 움직임에 짓쳐 가던 깃털이 허무하게 허공을 가르며 떨어져 내리고 있었는데, 운산이 낭떠러지 방향으로 몸을 날리는 것과 동시 무무성이 반대편으로 떨어져 나갔던 것이었다.

"저자를 쫓아라!"

금기린이 소리치며 운산이 날아가는 방향으로 몸을 날리자 원길이 급히 무무성의 뒤를 쫓았다.


운산의 뒤를 쫓아가던 금기린은 얼마 쫓아가지 못하고 발을 멈추고 말았다.

"아아아아악!!"

놈이 절벽에서 떨어지며 내지르는 모골이 송연한 비명 소리와 함께 황토색 장삼이 펄럭인다는 느낌을 끝으로 절벽 위로는 황량한 비바람만이 불고 있었다.

"이렇게 해서 끝났나?"

전혀 믿기지 않는 대견 만석의 비참한 최후였다. 최소한 삼백 장이 넘는 낭떠러지다. 이 혈루곡(血淚谷)의 바닥에는 비수를 세운 것 같은 형용할 수 없이 험한 바위들과 날카로운 돌로 가득 찬 깊은 계곡수가 흐른다. 더욱이 천무금쇄진 때문에 비가 내리지 않아도 항상 짙은 운무에 싸여 앞뒤를 분간하기 어렵다.

때문에 이처럼 미친 듯한 비바람까지 몰아치는 날에 만석의 시신을 찾는 것은 미친 짓이었다.

그러나 금기린이 계곡을 내려가서 찾지 않는 이유는 달리 있었다. 이제 천무금쇄진이 풀리면 만석을 무림공적으로 선포하고, 백 년 전에 증조부가 명했던 일을 실천에 옮겨야 하는 것이다.

쉬이이잉!

그때 낭떠러지 밑에서 돌개바람이 불어와 커다란 삿갓이 솟구쳐 올랐다.

"응? 놈이 썼던 삿갓?"

아마도 놈이 떨어지면서 삿갓이 벗겨져 나와 바람에 휩싸인 모양이었다. 얼른 허공섭물로 삿갓을 끌어당긴 금기린이 삿갓을 붙잡아 살폈다.

"응? 이건 또 무슨 냄새야?"

콧구멍을 짓뭉갤 듯한 이상 야릇하고 지독한 냄새였다.

"에이. 자식이 천한 놈답게 더러운 냄새만 묻혀서 다니는구나."

이어 기분이 나빠져서 삿갓을 버리려던 금기린이 '아니지'
하며 고개를 흔들었다. 삿갓을 가져다가 이게 만석의 것인지
알아봐야 하는 것이다.

"내 손으로 놈을 죽여 버렸어야 했는데."

아쉬운 눈길로 절벽 사면을 살피던 금기린이 홧김에 손을
떨치며 돌아섰다.

콰아앙! 소리가 나며 절벽 한 면이 와르르 무너져 내렸지만
금기린은 뒤를 돌아보지도 않고 절벽을 떠났다.

잠시후,

"끄으으으……!"

고통에 찬 비명 소리와 함께 절벽 한쪽이 들썩이며 일어나
고 있었다.

"개, 개자식. 가려면 그냥 갈 것이지."

터져 나가 검붉은 핏물이 철철 흐르는 옆구리를 부여잡은
운산은 정신이 혼미해지는 것을 느꼈다. 혼이 송두리째 나락
으로 떨어지는 느낌.

'크흐. 여기서 끝인가……?

운산의 몸은 더 이상 거센 비바람을 견디지 못했다. 사시나
무처럼 흔들리던 그의 신형이 가랑잎처럼 굴러 절벽으로 떨어
져 내렸다.


'대견 네 이놈! 내 너를 기다린 지 오래다.'

탐화랑 무무성은 사오 장 밑의 움푹 파인 곳에 있다가 떨어

지는 운산을 받아 들며 회심의 미소를 흘렸다.

'개자식! 감히 나의 중차대한 일을 방해하고도 온전하길 바래?'

놈이 떨어지지 않았으면 위로 올라가서 놈을 잡았을 것이다.

무무성은 위로 올라가면 청천대의 무리들에게 들킬 우려가 있다고 생각하고 끈으로 운산을 옆구리에 매달고 혈루곡으로 내려갈 수밖에 없었다.

내려가다 보니 천행으로 동굴을 발견한 무무성은 속으로 환성을 질렀다. 계곡물 소리가 힘차게 들리는 것으로 봐서 바닥과는 겨우 십여 장 거리밖에 안 될 것 같았다.

동굴 속으로 운산을 끌고 들어온 무무성은 징그러운 미소를 흘리며 운산을 내려다보았다.

"크흐흐. 그냥 놔둬도 죽을 것 같다만……."

운산의 몸에서는 거의 한 오라기의 내공도 느껴지지 않을 만큼 허깨비처럼 허약했다.

몇 군데 혈을 두드려 일단 운산의 정신을 차리게 하려던 무무성이 움찔하며 운산을 땅바닥에 떨구고 말았다.

"이, 이게 뭐야?"

내공이 사라지면서 길게 늘어났던 운산의 몸이 급작스럽게 오그라드는 것이었다.

"그, 그렇다면?"

왜소한 체구로 변한 운산의 봉두난발된 머리칼을 헤친 무무성은 한동안 너무 어처구니가 없어 정신이 멍하니 나가 버렸

다. 둥근 얼굴, 실낱같은 눈에 납작코, 그리고 메기입술. 거의
만석과 정반대되는 생김새의 사십대 초반 중년인이었다.

"개자식! 내 네놈의 사지를 절단 내서 죽지도 살지도 못하게
만들고 말겠어!"

무무성은 가슴을 치받아오는 살심이 뜨거운 열기로 끓어오
르는 것을 느꼈다.

이놈이 무슨 억하심정으로 그 대견 만석이란 놈을 가장했단
말인가? 무무성은 미칠 것같이 화가 나서 운산이 쓴 무공이 환
영살마의 천변만화공이란 사실을 간과하고 말았다.

그걸 알았다면 그가 죽림마원의 동료라는 것을 알았을 텐
데… 운산에게는 참으로 불행한 일이었다.


그날 밤, 고요한 정적이 가벼운 바람결에 흩어지는 아름다
운 밤이었다.

반월형의 칼 모양을 그린 상현달이 천공을 벨 듯이 기울어
가고, 깊은 하늘에 빼곡히 박힌 별들의 잔치가 파할 무렵,

절벽 하단에 있는 동굴 밖으로 나온 만석은 하늘을 쳐다보
며 회한에 잠겨 있었다. 절벽 끝에서 보는 밤하늘은 손에 잡힐
듯 가깝게 느껴졌다.

실로 오랜만에 광활한 하늘을 마주한 혈루곡이었다. 그러나
다시금 안개가 물컹거리며 퍼지는 것을 보니 금방 사위가 희
뿌옇게 가려지리라.

사흘 전 운산이 자신을 대신해서 북령산으로 향했을 때, 만

석은 이곳 혈루곡으로 들어와 몰래 운산을 따르며 도우려고 했었다. 하지만 만석은 층층이 시야를 막는 운무에 가로막혀 길을 잃고 말았고, 그렇게 헤매던 중 십여 장 높이의 절벽에서 무무성의 원독에 찬 웃음소리를 들었던 것이다. 이에 절벽을 올라가 보니 동굴 안에서 놈이 운산의 두 다리를 자르고 있었으니, 실로 한발 늦은 셈이었다.

만석은 그자가 도망치면서 하는 저주 어린 말에 또 다른 충격을 받고 말았다.


"크크큭. 네놈 대신에 저놈을 병신 만든 거다. 두고 봐라. 내 언젠가 네놈도 저렇게 만들고 말리라."


'크큭. 정말 나와 가까운 사람들은 모두 불행을 당하는가?

소이의 말이 다시금 가슴을 쳐오자 만석은 목구멍에서 치솟아오르는 오열을 삼키며 부들부들 떨었다.


비슷한 시각, 금기린과는 관계없이 살수의 흔적을 찾아 돌아다니던 제갈탄과 두건은 북령산에서 만석과 범인이 만난 흔적을 발견했다.

그리고 두 사람은 만난 직후 범인은 북령산으로, 만석은 혈루곡으로 향했다는 것도 알아낼 수 있었다.

그렇다면 혈루곡의 절벽에서 떨어진 것은 만석이 아니라 그 제갈추를 죽인 살수라는 얘기였다.

"역시 운수가 억세게 좋은 놈이로구나."

두견은 금혜지가 말리는 덕분에 금기린이 만석에게 손을 쓰지 못한 것을 알고 있었다. 이에 금기린의 지시를 받아야겠다는 생각을 했지만 놈이 여기서 도망치고 난 후 지시를 받으면 무슨 소용인가.

"난 들어가 봐야겠소!"

제갈탄은 망설이는 두견을 보고 고집을 부렸다. 사실 만석이 확실히 혈루곡으로 들어갔다고 해도 지금 그곳에 남아 있을 가능성은 거의 없었다.

그러나 막상 아버지 제갈용에게 형의 죽음을 알려야 한다는 생각이 들자 아무래도 뭔가 부족하다는 마음이 든 것이었다.

형이 죽었으니 자신이 소가주다. 하지만 제갈용은 제갈탄이 가주 그릇이 안 된다고 판단되면 가차없이 사촌 동생인 제갈상(諸葛祥)을 소가주로 책봉하려고 하리라.

어쨌든 제갈탄도 혈루곡이 금지라는 것을 알기는 했지만 돌아가 무림맹의 허락을 받아 다시 올 생각은 전혀 없었다.

두견이 제갈탄을 날카롭게 응시하다 슬쩍 운을 띄웠다.

"이 혈루곡이 금지라는 걸 모르지는 않겠지요?"

"물론 알고 있소. 하지만 그것은 벌써 백 년 전의 일. 그리고 당신만 모른 척 눈감아준다면 그만 아니오?"

"그래도 금지인 것은 변함이 없소."

"그대의 걱정을 모르는 바는 아니지만 만석이 놈은 내 철천지원수요! 놈의 흔적만 찾을 수 있다면 나는 지옥길이라도 마다하지 않겠소!"

이것이 대장부의 부러지지 않는 기개일 것이다. 하지만 두견은 실로 우습지도 않았다.

'쳇. 강제로 계집이나 겁탈하는 자가 말은 아주 그럴듯하군.'

"후우. 공자님의 결심이 그리도 단단하시니 내가 말려봤자 싸움밖에 안 나겠는걸요?"

"그, 그럼……?"

고심하는 표정으로 대답하는 두견을 보며 제갈탄의 얼굴에 희색이 돌았다.

"저하고 같이 들어가 봐요."

"고, 고맙소. 이 은혜 잊지 않겠소."

두견이 선선히 앞장서자 제갈탄이 기뻐서 소리쳤다.

바로 옆 사람도 형체만 보이는 혈루곡에서 만석들의 흔적을 찾는 것은 불가능에 가깝다.

그러나 기이한 능력을 가진 두견과 동행하면 상황이 달라지지 않을까. 실패해도 형을 찾으려고 최선을 다했다는 최소한의 변명거리가 생기는 것이다.

혈루곡은 예상과는 달리 엄청나게 넓었다.

대충 깎아서 박은 듯한 험하게 생긴 바위들 사이로 뱀처럼 구불대는 계곡수는 물길이 깊고 물살은 세차기만 해서 제갈탄은 몇 번이나 발을 헛딛어 아찔한 순간을 넘겨야 했다.

게다가 여기저기 패어 있는 물웅덩이에서 솟아오르는 것은 시신이 썩는 것 같은 고약한 냄새였으니 조금만 맡아도 머리가 지끈거리며 어지러웠다.

"젠장. 답답해 죽겠다. 에이. 어서 만석이 놈이 튀어나왔으면 좋겠다."

벌써 제갈탄의 얕은 인내심은 바닥이 나 있었다. 괜히 들어왔다는 후회로 연신 투덜거리는 그의 목소리는 끝이 갈라져 있었다.

'에휴. 꼭 땅속으로 끌려가는 느낌이 드니, 정말 기분 더럽군.'

태어나서 이제껏 풍족하고 귀하게만 살아온 제갈탄에게 혈루곡의 한 걸음 한 걸음은 고역이 아닐 수 없었다.

게다가 처음에는 지면에 도톰하게 튀어나와 발에 툭툭 채이는 것이 단순히 굳은 흙더미인 줄 알았다.

'그, 그러고 보니 아직 다 썩지 않은 해골 더미잖아?'

그렇지 않아도 냄새가 야릇하고 가슴살을 헤치는 으스스한 바람에 간이 콩알만 해졌는데 발길에 차이는 것이 해골이라고 의식되자 오금마저 저렸다.

더욱이 바람에 따라 뭉클거리며 얼굴을 씌워오는 칙칙한 안개덩이가 꼭 귀신의 형상처럼 느껴지는 것이다.

"제, 제기랄. 진짜 귀신이 나올 것 같아."

'계곡에 들어가자면서 고집 부릴 때는 언제고 이제 와서 지랄이야.'

기이한 능력을 가졌다고 해도 두견도 사람이니 그가 투덜대는 소리에 짜증이 나지 않을 수 없었다. 계산대로라면 무려 백 여 년 만에 살아 있는 사람의 발길이 닿는 셈이니 길이 있을 리 가 없다.

한 걸음 걸으면 이끼가 낀 날 선 바위요, 한 걸음 더 걸으면 자갈밭에 개울이며 늪이었다. 계곡 바같은 날이 훤한 아침인 데 이곳은 두터운 연기 같은 안개에 싸여 눈앞이 그저 희뿌옇 기만 하다. 졸졸거리는 개울물 소리가 아니라면 지옥 길을 헤 매는 느낌이었다.

"아이쿠! 끄으윽. 무릎이 남아나지 않겠다."

제갈탄이 뼈가 시린 듯한 신음을 내뱉으며 넘어진 곳에 주저 앉아 열심히 다리와 무릎을 주물렀다. 벌써 몇 번 넘어졌는지 모른다. 여기저기 찰과상 때문에 온몸이 욱신거리며 아파 왔다.

'에휴. 그만 가자고 할 수도 없고……'

제갈탄은 후회막급이었다. 백 년 전의 해골들만 가득한 곳 에 뭐 하러 들어와서는 이 고생을 한단 말인가.

게다가 주변을 가득 채운 안개뿐만 아니라 숨을 쉴 때마다 흡입되는 고약한 공기는 틀림없이 시체가 썩는 냄새였다.

아마도 길을 잃었거나 절벽에서 발을 헛디뎌 사람이나 짐승 들의 시신이 계곡 안에 적지 않게 있는 모양이었다.

게다가 짙은 연무에 싸인 공기는 어찌나 후텁지근한지 삽시 에 땀으로 흠뻑 젖은 속옷은 몸에 찰싹 달라붙어 기분을 더욱 더럽게 만들고 있었다.

"젠장! 덥기는 정말 지랄같이 덥구나."

“제발, 조용히 해요! 주변에 진짜 만석이 있으면 우린 꼼짝 없이 죽은 목숨이오.”

“헉! 그, 그게…….”

두견으로서는 무척 드문 강경한 말투에 막 발작하려던 제갈탄이 찔끔하며 입을 다물었다.

짜증이 나서 함부로 말을 뱉기는 했지만 만석이란 이름은 그에게는 두려움 그 자체였다. 정면으로 만석을 상대하는 것은 자살행위라는 것을 그는 잘 알고 있었다.

제갈탄이 황급히 입을 다물고 자세를 낮추며 주변을 살피는 시늉을 하자 두견의 눈꼬리에 비웃음이 묻었다.

‘쳇. 만석이란 이름만 들어도 발발 기면서 들어오자고 고집은 왜 부려?

이후에도 계속 수시로 넘어지고 자빠지는 제갈탄을 보며 내심 고소해하던 두견이 한순간 자갈 바닥에 납작 엎드렸다.

얼추 절벽 위에서 만석을 가장한 운산이 떨어진 밑바닥일 것이다.

‘아니? 저자가 갑자기 왜?

자기도 모르게 두견을 따라 자세를 바짝 낮춘 제갈탄이 두견의 옆모습을 살폈지만 그의 굳은 안색은 쉬이 풀리지 않았다.

‘이 냄새는 사람 냄새야!

# 第八章

## 추격은 꼬리를 물고

‘으음… 역시 두 놈이다.’

만석이 있는 동굴과 두 사람의 위치까지는 직선으로 겨우 삼십 장 정도였으니 만석은 처음부터 어렵지 않게 인기척을 느낄 수 있었다.

‘그리고 한 놈은 제갈탄! 확실하다.’

목소리만 들어도, 아니, 발소리만 들어도 누군지 안다.

‘제갈탄! 저놈이 왜?

옆에 있는 자는 누군지 몰라도 고양이처럼 민첩했다.

제갈탄이 십여 차례 넘어지는 동안 그는 한 번도 자세를 흩트리지 않았다. 어쩌면 무중살객 운산을 연상시키는 자였다.

‘으음. 그러나……’

만석은 애써 운산의 기억을 떨쳤다. 무릎부터 양다리가 잘려 나간 운산은 다시는 민첩한 행동을 보이지 못할 것이다. 만석이 대라무적공의 진기요상법으로 애써 치료를 하긴 했지만 피를 그치게 하고 상처가 덧나지 않게 처치를 한 것이 고작이었다. 다행히 동굴 끝에서 청량한 바람이 불어오고 있어 상처를 치유하는 데 약간의 도움이 되고 있었다. 확신은 하지 못했지만 우연히도 만석은 전에 맡았던 냄새를 이곳에서 느낄 수 있었다.

'먼저 저 고양이같이 날랜 놈을 해치운다!

상대하기 껄끄러운 자를 먼저 해치우는 것이 싸움의 기본이다.


'으음… 혹시……?

두견은 속으로 신음을 흘리며 엎드린 자세대로 풀쩍 뛰어 뒤로 물러나면서 이제는 앞이 된 제갈탄을 쳐다보았다.

그러나 살기는 자신에게만 보내졌는지 제갈탄은 그를 느슨한 표정으로 흘낏거리고 있다.

'놈의 표적은 나란 말인가?

그렇게 생각하자니 두견은 갑자기 소름이 쪼옥 끼쳤다.

놈이 공격하기 전에 살기부터 먼저 보냈다는 것은 곧 '너는 나에게서 결코 벗어날 수 없다!' 는 충만한 자신감이었다. 두견은 뱀 앞의 개구리가 된 심정으로 긴장감을 숨기지 못했다.

확실히 대견이란 자는 부담스러운 존재였다.

‘좋아! 어디 보자.’

두견은 상대를 시험해 보기로 했다. 그가 뻣뻣하게 굳어가는 몸을 가볍게 풀어 의미없는 동작을 취해보았다.

그의 예상대로 왼쪽으로 움직이려고 하면 왼쪽으로, 뒤로 물러서려고 하면 뒤쪽으로 살기가 엄습한다.

‘역시!’

그러는 새 제갈탄을 슬쩍 보니 그제야 뭔가를 깨달은 듯 그가 잔뜩 똥 마려운 표정으로 허리의 청강검을 붙들고 좌우를 둘러보고 있었다. 그러나 괜히 검을 뽑다가는 상대를 자극할 지도 모른다는 조심성이 엿보인다.

‘저런 자가 제갈세가를 이어나갈 자라니, 참으로 한심하구나.’

촉망 중에서도 두견의 뇌리에 떠오르는 생각이었다.


‘켈켈. 고거 진짜 재미있는걸?’

제갈탄이 도망칠까 봐 한시도 그의 주변을 떠난 적이 없는 예의 괴노인이었다.

실은 제갈탄에게 몸의 모든 창자가 가볍게 꼬여서 죽는 독약을 먹인 터, 수틀리면 사흘에 한 번씩 먹게 되어 있는 해약을 안 주면 되니 앉아서 제갈탄을 기다리면 된다.

그러나 제갈세가의 몫으로 배정된 숙소에서 남들 눈치나 보고 있기도 그렇고, 좀이 쑤시기도 해서 뒤를 따르다 보니 재미있는 녀석을 발견한 것이다.

남들이 보면 미쳤다고 수군대겠지만 자신의 생각으로는 장난을 좋아하는 그로서는 범인보다 냄새는 백배나 더 잘 맡고, 눈은 가히 독수리 눈을 방불케 하는 자에 대한 호기심을 참기가 힘들었다. 그래서 조심조심 안개 속을 나아가는 두 사람에 앞서 골짝 안에서 기다리고 있었는데, 이렇게 약간의 시험을 해보니 역시 놈의 반응은 기대 이상이었던 것이다.

'하여간 녀석의 코를 개 코로 바꾸고 눈은 돼지 눈을 끼워서 시험해 봐야지.'


한편 괴노인의 생각을 알 리가 없는 두견은 바짝 긴장해서 상대의 동정을 살피고 있었다. 공간 가득 겹겹이 쌓여 스멀거리는 안개와 방향을 종잡을 수 없이 불어대는 바람으로 상대의 형체는 물론 냄새를 맡기도 힘들다. 그런데도 두견은 상대의 냄새 한 자락을 벌써 감지하고 있었다.

'근데 어째 냄새가 이상한걸? 대견이라면 겨우 내 나이 또랜데 이건 꼭 노인네 몸에서 나는 냄새 같아.'

두견이 고개를 갸우뚱하면서 머리를 바삐 굴리고 있을 때, 괴노인은 뒤에서 접근하는 다른 기운을 느끼고 흠칫했다.

'엥? 다른 놈이 있었나?

지극히 은밀한 움직임. 그러면서도 주변의 지리에 익숙한 것처럼 거침이 없었다.

'원래 여기서 사는 놈인가?

그러나 골짜기가 깊고 넓다고는 하지만 사시사철 두터운 안개로 덮여 있는 곳에 사람이 살 턱이 없었다.

'헐. 이놈이 누군지 골 아프게 생각할 일이 뭐가 있냐?'

생각과 동시에 노인이 갈고리 같은 양손을 활짝 펼치더니 안개 더미를 헤치듯 휘저었다.

그러자 갑작스레 안개 더미가 일 장 너비로 밀리며 안개 속에 커다란 구멍이 뚫리며 차가운 기운이 연속해서 만석에게 밀려왔다.

'헛!'

갑자기 뼛골을 얼릴 듯한 냉기가 전신으로 휘몰아치자 만석이 대라무적공을 전신으로 유포하며 양손을 어지럽게 떨쳤다.

이른바 소림의 천수여래장(千手如來掌)을 응용한 대라유성장(大羅流星掌)이었다.

그러자 은빛의 장영 수십 개가 만석의 장에서 튀어나와 괴노인이 발출한 냉기를 향해 정면으로 부딪쳤다.

푸식!

양 기운이 정면으로 부딪쳤지만 무저갱으로 바람이 빨려드는 것 같은 미세한 소리만이 중인의 고막을 파고들 뿐이었다.

그때,

"크허헉!"

짙은 안개 속에서 움직임은 제대로 볼 수 없었지만 두 사람의 기운이 부딪친 곳에서 강력한 소용돌이가 생겨 주변으로 확산되자 제갈탄과 두견은 황급히 뒤로 물러나지 않을 수 없었다.

'으으음. 두 사람 다 절정 급에 다다른 고수다!'

두견과 제갈탄이 동시에 떠올린 생각이었다.

'이들은 누군가?

서로 모습을 드러내자마자 일장을 격돌한 것을 보면 절대 친구는 아니다.

"어떻게 하겠어요?"

두견이 제갈탄에게 전음을 날리자 곧바로 제갈탄의 대꾸가 있었다.

"잠시 기다렸으면 좋겠소. 둘 중 하나는 만석이란 자 같지만 확인을 해야 하지 않겠소?"

나타난 사람들이 같은 편이 아니란 생각이 들자 제갈탄도 안도하고 있는지 대답하는 그의 목소리는 안정되어 있었다.

"좋아요. 그러나 언제라도 도망칠 준비는 해야 해요."

두 사람이 얘기를 하는 도중에도 두 사람의 격돌은 이어지고 있었다.

한 번, 두 번, 세 번…

괴인영의 공격은 한 번으로 끝이 아니었다. 다섯 번까지 괴노인의 장풍을 막던 만석이 신형을 좌우로 흔들며 자신의 공격을 비껴 나가자 괴인영이 한순간 움찔하며 그 자리에 섰다.

"크큭. 애송이가 제법이구나!"

말은 아무렇지도 않게 들렸지만 노인의 놀라움은 컸다.

자신의 구류한빙장(九流寒氷掌)에 담긴 지독한 음기는 상대가 대응하기도 곤란하지만 아홉 번 연속으로 이어지는 공격은 끝날 때까지 상대를 놓아주지 않는다.

제법 강한 고수라도 서너 번의 장공이 이어지면 맞은 곳이 한순간에 얼면서 순식간에 전신이 한 덩이의 얼음으로 화해 깨져 버릴 만큼 끔찍한 위력을 자랑했다.

그런데도 무려 다섯 번이나 자신의 공격을 견디다 가볍게 공격권을 벗어나 버리다니.

게다가 수십 개에 이르는 은빛 장영(掌影)이 어지럽게 짓쳐 오자 그 자신도 크게 곤란을 겪어 공격에 틈이 생겼던 것.


'으음. 저자가 누구이기에 이토록 강한 무공을 갖고 있단 말인가?

한편 괴노인의 공세를 피해 물러선 만석은 크게 놀라워하고 있었다.

연속으로 이어지던 장공의 괴이함은 물론 그 차가운 기운은 송두리째 만석의 전신을 끌어당기는 흡입력이 있었다.

하마터면 어어 하는 사이에 끝장이 날 뻔하였던 것이다.

그들의 생각한 시간은 그야말로 촌각이었다.

괴노인의 공격을 기다리지 않고 이번엔 만석이 허리춤의 목봉을 꺼내 들며 천천히 좌우로 휘둘러보았다.

"하압!"

그리고는 가볍게 기합을 날리자 갑자기 귓전이 뚜르르 울리며 두개골이 함몰되는 느낌을 받은 노인의 안색이 대변했다.

'이, 이것은 뭐지?

소림의 사자후를 응용한 대갈창(大喝唱)의 수법으로 두개골이 깨지는 듯한 고통을 느끼게 한다.

상대가 더욱 만만치 않다는 것을 깨닫자 노인은 다시 생각하지 않을 수 없었다.

'끄으음. 아쉽지만 이놈하고 다투고 있을 때가 아니지.'

만만치 않기에 오히려 처참하게 굴복시키고 싶은 마음을 간신히 억누른 노인의 뇌리에 떠오르는 이름이 있었다.

제갈탄 등이 혈루곡으로 들어온 목적을 상기했던 것.

'그럼, 이 녀석이 혹시 대견 정만석이라는 놈?'

제갈탄의 뒤를 따르면서 여러 번 들어본 이름이라 절로 뇌리에 떠오른다.

"야, 이놈아! 네가 만석이란 놈이냐?"

괴노인이 전음으로 묻는 척하며 뒤편에 있던 만석에게 슬그머니 접근했다. 칠팔 장의 거리에서 이제는 겨우 삼사 장의 거리. 그만큼 노인네의 몸놀림은 빨랐다.

'웅? 이 노인이 나를 안다?'

만석은 놀라는 가운데서도 만리파(萬里波)의 경신술로 몸을 한번 뒤집어 훌쩍 이삼 장 옆으로 비켜섰다.

삼사 장 정도의 거리는 고수에게는 순식간에 접근할 수 있는 짧은 거리니 비켜서지 않으면 당할 수도 있었다.

아니, 그보다는 짙은 안개 때문에 형체만 보이는 상황이니 미리 조심해 두자는 게 만석의 생각이었다.

"켈켈켈. 어린아이가 겁은 많아 가지고. 그냥 있으면 누가 잡아먹기라도 하나?"

노인은 실실 웃으면서 농지거리를 했지만 만석은 긴장의 끈을 늦추지 않았다. 뭔가 섬뜩하기도 하고, 피부에 소름을 돋게 하는 요상한 기운은 이른바 마기(魔氣)라는 것일 게다.

마기라고 느끼자 만석은 이 기운이 어딘가 익숙하다는 느낌이 들었다. 비슷한 종류의 내공을 익히면 풍기는 기운도 비슷한 것이 상례다.

‘기운으로 봐서는 환로 어르신이나 운산과 비슷하군.’

갑자기 나타난 노인의 진실한 정체는 모르지만 그것을 느낀 만석이 슬쩍 노인을 떠보았다.

“노인장도 죽림마원 출신이오?”

“뭐, 뭣? 그게 무슨 소리냐?”

노인의 반문 소리가 기대 이상으로 크게 들렸다.

‘역시 그렇구나!’

그의 반응에 확신을 한 만석이 딱 부러지게 말을 끊었다.

“어떻게 아는지 궁금하십니까? 그렇다면 소생의 일에 방해 놓지 말고 잠시 기다리시오.”

“끄으음. 저 녀석들을 어떻게 하려고 하느냐? 설마 다 죽이려는 것은 아니겠지?”

“저 고양이 같은 놈은 죽이고, 제갈탄은 살려서 물어볼 게 있습니다.”

일단 말로는 기선을 빼앗겼지만 노인의 성격상 쉽게 양보할 리가 없다.

“그건 안 돼! 저 고양이 놈은 내가 쓸 데가 있다. 하여간 너

는 그냥 지켜보고나 있거라. 내가 두 놈을 모두 제압할 테니
그 다음에 네가 죽림마원을 어떻게 아는지 들어보자.”

“좋습니다. 그렇게 합시다!”


두 사람이 잠시 대화를 나누고 있을 때, 두견과 제갈탄은 더
이상 들어가기는 틀린 것을 알았다.

저들의 은밀한 동작과 강력한 기세는 결코 이 눈앞도 제대
로 보이지 않는 곳에서 당적할 상대가 아니었다.

그렇다면 먼저 공격하는 척하고 튀는 것이 상수다.

“내가 먼저 공격하고 뒤로 몸을 빼겠소!”

제갈탄이 손에 들었던 애검 청룡을 괴노인을 향해 막 들어
올리려고 할 때, 그의 콧구멍으로 비린내 같은 냄새가 감지되
었다.

‘음? 이게 뭐지?

냄새를 맡자마자 정신이 핑 돌면서 어지러워졌다. 손발이
금방 마비가 되더니 온몸이 뻣뻣해진 것을 느낀 제갈탄이 그
대로 정신을 잃고 쓰러지고 말았다.

털썩!

‘아니?

옆에서 제갈탄이 쓰러지는 소리를 듣자 두견의 안색에 다급
한 표정이 떠올랐다.

오른쪽에 있는 자는 틀림없이 만석이다. 그러나 지금 손을
쓴 자는 왼쪽, 노인네의 냄새가 나던 자였다.

원래부터 아는 사이인지, 아니면 서로 타협을 보았는지는 몰라도 두 사람 사이에 감돌던 일촉즉발의 긴장이 사라진 것을 느낀 두견은 잔뜩 긴장하고 있었다.

그런데 노인이 공격을 하는 낌새도 없었는데 초일류고수인 제갈탄이 맥없이 쓰러져 버린 것이다.

'으음. 잘못하면 저 마두(魔頭)에게 잡히고 만다.'

처음에 살기를 보낼 때와는 달리 괴노인은 별다른 기운을 흘리지 않고 있었다. 그러나 노인의 몸에서 희미하게 떠도는 칙칙하고 음한 기운은 두견의 마음을 사정없이 끌어당기는 느낌마저 든다.

'더 이상 여기 있다가는 싸우지도 못하고 당한다. 전력을 다해 이곳을 탈출한다!'

스스슥!

두견의 신형이 갑자기 사라졌다.

'엥? 이놈 봐라?'

괴노인의 안색이 설핏 찌푸려졌다. 거의 극성에 다다른 마기를 흘려내 놈의 정신을 흐트러뜨리겠다는 시도가 어긋나 버린 것이다.

괴노인이 두견이 섰던 자리에 서더니 기를 귓구멍으로 모아 가늘게 내보내기 시작했다.

놈이 어떤 은신술이나 잠형술을 썼든 살아 있는 자라면 절대로 빠져나가지 못한다. 노인의 천지지청술이 펼쳐진 것.

'으음. 대단하다!'

바위에 스며든 몸을 이상한 기운이 스멀거리며 위아래로 훑는 느낌이 들자 두견이 석화공(石化功)을 써서 완전히 호흡을 멈추었다. 아직은 절정의 경지에 도달하지는 못했지만 최소한 반 시진 정도는 견딜 수 있으리라.

"허어. 이런!"

기감으로 방원 삼십여 장을 세세히 훑은 괴노인이 참지 못하고 장탄식을 발했다. 극성의 천지지청술을 펼치면 심지어 땅속에 있는 작은 벌레들이 움직이는 소리도 들린다. 그런데도 천지지청술의 한계인 사방 삼십 장을 이 잡듯 뒤졌는데도 두견이라는 놈을 감지하지 못한 것이다.

괴노인이 고개를 설레설레 저으며 만석에게 고개를 돌렸을 때, 만석은 키보다 약간 큰 바위 옆 모퉁이를 짚고 주변을 둘러보고 있었다.

"놈! 뭔가 발견한 것이 있느냐?"

노인이 물에 뜬 지푸라기라도 잡는 심정으로 만석을 향해 물었다.

오륙 장 정도의 거리라 형체만 간신히 보이는 만석의 표정은 알 길이 없었지만 괴노인은 만석이 웃는다는 느낌을 받았다.

'웃어……?'

"노인장. 놈은 기껏해야 우리의 삼사 장 주변에 있지 않겠습니까?"

"그, 그야……."

만석이 말하는 의도를 몰라 괴노인이 말꼬리를 흐리자 만석이 단언을 내리듯 말했다.

"그렇다면 무얼 망설이십니까? 제가 서 있는 곳만 빼고 주변을 초토화시켜 버리면 놈이 움직이지 않고 배기겠습니까?"

"오, 오잉? 그, 그래! 그런 방법도 있었구나!"

실로 무식한 방법이었다. 하지만 다른 수가 없다고 생각한 노인이 두 손을 높게 쳐들며 손목을 한 바퀴 돌리는 순간,

번쩍!

노인의 양 손바닥에서 튀어나온 반투명한 물방울 같은 기운이 어린애 머리통만큼 커지더니 갑작스레 수백 개의 작은 물방울로 갈라져 지면을 강타했다.

파싸삭!

작은 새가 풀숲을 스치는 것 같은 미약한 소리였다.

그러나 노인이 서 있는 작은 공간만 남겨놓고 좌우 오륙 장지경은 바위가 으스러지고 지면이 깎여 나가 작은 분지처럼 변해 있었다.

"핫하하. 정말 놀랍습니다. 그 정도면 무의 신(神)이라고 해도 믿을 수밖에 없겠군요."

만석이 엄지손가락을 치키며 말을 걸자 과다한 진력을 쓴 대가로 잠시 거친 호흡을 다스리고 있던 괴노인이 이맛살을 잔뜩 찌푸리며 소리쳤다.

"쓸데없는 소리! 그래, 놈의 종적은 찾았느냐?"

"아아… 그, 그건……."

뭔가 말을 하려던 만석이 모른 척 손을 옮겨 바위의 한곳을

찔렀다.

'커흑! 이, 이놈은 알고 있었어!'

견정혈을 찔려 삽시에 몸이 뻣뻣해지자 두견은 눈앞이 컴컴해지고 말았다.

"잠시 기다려라! 네놈이 쓴 수법이 누군가와 닮아서 말이야."

"아무래도 놈은 벌써 이 계곡을 벗어난 모양입니다."

"으음. 할 수 없지. 우리도 계곡을 벗어나고 보자. 자, 앞장서거라!"

만석이 혹여 도망칠세라 노인이 바짝 접근했지만 만석은 별로 신경이 쓰이지 않는 모양이었다.

"이자는 제가 데리고 가지요."

만석이 쓰러진 제갈탄의 상체와 하체를 동시에 잡아 올리려고 하다 몸을 움찔했다.

그냥 스치고 간 느낌이지만 제갈탄의 두 다리 사이에서 느껴지는 것은 남자라면 누구나 달려 있는 양물이었다.

'이자가 어떻게?

한 번에 삼사 장씩 날아올라 절벽 틈에서 비틀리며 자라고 있는 나무줄기를 잡고 위로 오르면서도 만석은 내내 의아했다.

한편 만석의 뒤에서 주위를 살피며 날아오르는 괴노인의 신법은 놀랍기만 했다. 만석과 달리 절벽에 줄을 매달고 올라가는 것처럼 그의 손이나 발동작은 거침이 없었다.

'역시 범상치 않은 노인이구나.'

실로 초로나 환로를 연상시키는 괴노인이기에 더욱 궁금증이 이는 만석이었다.


만석과 괴노인의 기척이 사라지자 땅바닥 근처에서 뭉클대던 안개 더미가 불쑥 헤쳐지는 느낌이 들며 왜소한 인영이 두견의 옆에 나타났다.

'틀림없다! 아까 저자가 쓴 수법은 폭류공(暴流功)!'

그러나 몸의 자세와는 달리 인영의 시선은 흙과 돌덩이가 떨어져 내리는 절벽 위로 향해져 있었다.

정(正)이 삼 척이면 마(魔)는 삼 장이라는 격언대로, 백 년 전 중원무림에 궤멸적인 타격을 입혔던 죽림마원 무리들이 속속 등장하고 있는 것이었다.

초로가 이맛살을 잔뜩 찌푸린 채 고개를 돌리자 두견의 눈이 커졌다. 정확히 보이지는 않지만 매우 익숙한 형체. 맹주 금태원도 어려워하는 바로 그 노인이다.

"아, 아니, 어르신께서는……?"

이윽고 놀란 두견이 입을 열자 초로의 가늘게 째진 눈자위가 씰룩했다.

"놈! 조용히 해라. 금기린 녀석의 그림자라고 해서 대단한 줄 알았더니 만석이 놈에 비해서는 애송이에 불과했구나."

"그, 그게……."

자신의 마혈을 풀어주는 대두개의 손길을 느끼며 마비되었던 몸을 흔들어보던 두견의 앳된 얼굴이 한순간 새빨개졌다.

"됐다. 그렇지만 그 노물에게는 들키지 않았으니 그리 부끄러워할 것은 없다."

만석의 초인적인 감각에는 평소 초로 역시 감탄하고 있던 터라 그의 위로는 진심이었다.

"저기, 대두개 대장로님은 그 괴노인을 아세요? 느낌으로 봐서는 마도의 인물 같던데 말예요."

"짐작은 가지만 확실히 누구라고 말하지는 못하겠구나. 나도 들은 얘기라서 말이야. 자, 그럼 노부는 제갈탄을 구해야겠으니 나중에 보자꾸나."

무거운 표정으로 말을 잇던 초로의 신형이 번뜩하더니 기척이 사라져 버렸다.

"도대체 무슨 일이지……? 아무래도 심상치 않은 일들이 일어날 조짐이 보여."

얼굴을 깊숙이 찡그리며 초로가 사라진 곳을 응시하던 두견이 무슨 생각이 들었는지 눈이 반짝했다.

'나도 그냥 돌아갈 수는 없잖아?

곧이어 괴노인과 만석이 향하던 절벽을 타고 오르는 그의 몸놀림은 실로 은밀했다.


"엥? 저놈은 또 뭐냐?"

만석의 뒤를 따라 동굴에 들어서던 괴노인이 뜻밖이라는 듯 중얼거렸다. 사람 키 높이의 작은 동굴은 안개가 입구에만 머물고 있었는데 마른 나뭇잎들이 두터이 쌓인 동굴의 안쪽 끝에는 작은 체구의 장한이 누워 있었던 것이다.

입구는 좁았지만 안쪽은 대여섯 명이 들어갈 정도로 넉넉해 보여 눈앞이 갑자기 훤히 트이는 듯한 느낌을 준다.

'그것참. 이 동굴 안으로는 안개가 안 들어오다니 거 이상한 걸?

그러나 노인은 곧 그 이유를 알 수 있었다.

잠시만 서 있어도 동굴 안쪽에서 불어오는 청량한 바람이 안개를 밀어내고 있었던 것이다.

'어딘가 바깥쪽으로 연결되어 있다는 것인가?

그러나 팔월 초의 한여름에 차가운 바람이 부는 것은 평지가 아니라 산과 계곡이니 색다른 일은 아니다.

한편 입구에서 주춤거리는 괴노인을 힐끗 일별한 만석이 수혈이 짚여 혼몽 중에서 깨어나지 못하는 운산의 상처를 살폈다.

'휴우. 아직은 상처가 덧나지 않았구나.'

만석이 운산의 용태를 살피고 있자니 어느새 접근한 노인이 혀를 차며 수선을 피웠다.

"쯧쯧. 이놈아! 양다리 다 끊어진 병신을 이대로 놔두면 어떡하냐?"

그러면서 운산의 무릎 부위를 세세히 살피더니 날카로운 눈으로 만석을 노려본다.

"이놈의 떨어진 두 다리는 어디 갔냐? 너 혹시 구워 먹은 거

아냐?”

“예?”

다짜고짜 다리를 찾으면서 엉뚱한 소리나 하는 노인을 보며 만석이 자기도 모르게 머리통만 한 구멍을 가리켰다.

“저 안에 넣어두었습니다만…….”

“그, 그래?”

노인이 누가 채갈세라 급히 움직여 구멍 속에 손을 집어넣다 움찔하며 손을 빼냈다.

구멍을 통해 나오는 바람은 실로 믿기 힘들 만큼 매서웠다. 거의 이 갑자에 달하는 내공을 지닌 자신의 손이 금세 얼어 시퍼렇게 변해 있었다.

“아, 이놈아! 끊어진 다리를 여기에 집어 넣으면 어떡해. 다리가 얼어 터져서… 엥? 터지지는 않았고… 멀쩡하네?”

이윽고 두 다리를 끄집어낸 노인이 핏물이 떨어질 듯 생생한 무릎 아래 단면을 보며 머리를 갸웃했다.

‘이, 이럴 리가 없는데……?’

최소한 닷새는 지난 끊긴 다리가 아직도 피둥피둥한 느낌을 주니 알다가도 모를 일이었다.

“이놈아! 혹시 이 끊긴 다리에 뭔가 수작을 부렸냐?”

“그럴 리가요. 단지 그냥 내다 버리기엔 마음이 찜찜해서 구멍 속에 집어넣었을 뿐입니다.”

‘허어. 알다가도 모를 일이네? 이 구멍 속에 혹시 전설의 빙정(氷精)이 들어 있나.’

고개를 갸웃하며 운산의 다리와 구멍을 쳐다보던 노인이 설핏 만석을 보더니 눈에 쌍심지를 돋우며 소리쳤다.

"아, 네 이놈! 대체 뭐 하는 짓이냐? 사내놈의 양물을 꺼내서 뭘 그리 열심히……?"

"아, 됐습니다! 멀쩡한 사람을 변태로 몰지 마슈! 근데 어째 보면 볼수록 이상하네?"

노인의 말허리를 끊으며 소리치던 만석이 모를 일이라는 듯 고개를 흔들었다.

제갈탄의 가랑이 사이에 붙어 있는 양물은 길쭉하고 맷출하기만 해서 도무지 끝에 두드러진 데가 없었다. 물론 사람의 양물도 얼굴 생김새와 마찬가지로 천태만상, 조금씩 다 다르다. 하지만 제갈탄의 가랑이에 붙은 양물은 그걸 감안해도 뭔가 이질적으로 보이는 것이다.

"이놈아, 이상하게 볼 거 없다. 저놈이 달고 있는 건 개 불알이야!"

"예? 개, 개 불알?"

그러고 보니 어린 시절 먹을 게 없으면 개를 끄슬려 먹은 적도 있어 기억 속에 냉큼 떠오른다.

"켈켈켈. 왜, 이상하냐? 놈이 불알을 잘렸는데 구멍이 맞는 게 없어서 개 불알을 붙였다."

노인의 말이 쉬이 믿기지는 않지만 엄연히 실례가 있으니 믿지 않을 수도 없었다.

"아니, 저게 제대로 기능을 한단 말입니까?"

"아, 이놈이 노부를 돌팔이로 아나! 내 이놈을 그냥! 네 다리를 떼어다 저놈의 다리에다 붙여줄까?"

노인의 긴 머리칼에 가려진 세모난 눈에서 벌겋게 번질거리는 안광이 튀어나왔지만 만석이 아무렇지도 않게 빙긋 웃으며 도리질한다.

'저놈이 호랑이 불알을 삶아 먹었나, 완전히 통 불알일세?

"그건 되었고, 저는 한시름 놓았군요. 정말 세상에 다시없는 신의를 만났습니다. 자, 어서 저 사람을 치료나 해주시죠."

"컬컬컬. 이놈아, 내가 괜히 생사마의(生死魔醫)겠냐? 그러니 걱정 탁 놓으란 말이야."

'이 괴노인이 생사마의라고?

만석도 막상 노인의 정체를 알게 되니 순간 경악하지 않을 수 없었지만 이내 고개를 끄덕였다. 어쩐지 성격이 종잡을 수 없는 노인이란 생각이 들었지만 제갈탄에게 개 불알을 붙인 하나만 봐도 인세에 보기 드문 신의인 것이다.

아무리 강호의 역사나 일화에 대하여 무식한 만석이라도 백년 전의 죽림마원 수뇌부의 이름을 모를 리가 없었다.

이미 환로나 운산을 만나 죽림마원 사람들과 접촉을 해온 셈이었지만 살아 있는 절대십마의 일인을 만나다니!

절대십마 중 맏이인 생사마의 고이한(高以寒).

그 매섭고 독랄한 손속으로 우는 아이의 울음도 그치게 했다는 무서운 마두(魔頭)였다. 그럼에도 죽은 자도 살린다는 그 고절한 의술로 죽을 병에 걸린 사람들이 꿈속에서도 만나기를 학수고대했다고도 전한다.

"켈켈. 아, 네놈도 놀랄 줄 아느냐?"

"핫하. 저는 뭐 사람이 아닙니까? 정말 백 년의 긴 세월이 흘렀어도 이렇듯 정정하게 살아 계시니 만인의 홍복입니다."

"클클클. 네놈이야 좋아할지 모르지만 정파 놈들이 알면 당장 공적으로 몰아 죽이려고 할걸?"

"물론 그렇겠지요. 하지만 나하고는 관계가 없는 얘깁니다."

만석이 웃으며 고개를 흔들자 고이한이 괴이한 눈빛으로 만석을 응시했다.

'실로 특이한 녀석일세?

"클클. 네놈은 간덩이가 부었거나 감각이 무딘 놈이 틀림없구나."

한데 만석의 찬사에 양팔을 걷어붙이며 채비를 하던 생사마의 고이한이 동작을 뚝 멈추며 머리를 갸웃했다.

'가, 가만있자. 내가 왜 이놈 말을 듣고 저놈을 치료하려 하는 거지?

그러고 보니 말도 안 된다.

고이한이 주춤거리며 망설이고 있자 만석이 급히 재촉했다.

"아니, 지금 뭐 하시는 겁니까? 한시가 급한 일입니다!"

고이한의 눈이 삐딱하게 돌아가더니 눈썹이 역팔자로 변해 꿈틀거렸다.

"이놈아! 한시가 급해도 네가 급한 게지 내가 급할 게 뭐가 있냐?”

일견 지당한 말이지만 만석은 어이가 없어하며 고이한을 빤히 쳐다본다.

“이, 이놈아! 아, 그 고얀 눈초리 냉큼 지우지 못하겠느냐?”

마인이긴 하지만 그래도 일말의 양심은 남았는지 만석의 눈길을 슬쩍 외면하는 고이한이었다.

“큭. 죽림마원도 이 정도면 다 되었군.”

‘아, 아차. 이놈이 아까 죽림마원 운운했었지?’

“이놈아! 나 말고 죽림마원 사람을 만난 적이 있느냐?”

죽림마원이라는 말에 정신이 번쩍 든 고이한이 급히 묻자 만석이 입을 크게 벌리며 풀썩 웃었다.

“저 사람이 누군지 아십니까?”

“그래, 저놈이 누, 누구란 말이냐?”

“저 사람은 바로……”

“바로?”

“환영살마의 전인입니다.”

“뭐, 뭣이? 화, 환영살마라고……?!”

“사부는 이십 년 전에 돌아가셨다고 하는데 그가 쓰는 무공이 바로 천변만화공이라고 하더군요.”

“끄으음……!”

‘놈이 벌써 죽었다는 말인가……?’

고이한의 번질거리는 눈이 일순 깊은 감회에 젖는 것처럼 보이자 만석이 바닥에 아무렇게나 쓰러져 있는 제갈탄에게 눈을 돌렸다.

'너도 참으로 불쌍한 인간이로구나.'

개 불알을 붙이고 천신만고 끝에 살아났지만 이제 다시 만석의 손에 떨어지고 말았다. 재수가 없는 놈은 앞으로 넘어져도 뒤통수가 깨진다는 속담 그대로였다.

"이놈아! 괜히 심각한 척하면서 농땡이 칠 생각 말고 깨끗한 물이나 떠와!"

졸지에 농땡이 치는 놈팡이가 되었지만 만석의 기분은 그리 나쁘지 않았다.

만석이 가죽 물주머니를 들고 혈루곡으로 내려갔다. 그가 가장 먼저 찾은 것은 두견을 잡아둔 바위 옆이었다.


'허어, 그놈. 잘못하면 산통을 깨겠구나.'

동굴의 입구 옆에 박쥐처럼 달라붙은 초로는 반대편에 익숙한 형체가 보이자 속으로 혀를 찼다.

어쨌든 오래 이러고 있을 수는 없는 노릇. 물을 뜨러 내려간 만석이 두견이 사라진 것을 발견하고 금방 올라올 것이다.

"이놈아, 노부가 저 노괴물을 유인할 테니 너는 제갈탄을 구해라!"


두견이 사라진 것을 발견한 만석의 뇌리가 급히 회전했다.

'놈이 스스로 마혈을 풀고 도망쳤단 말인가?'

그러나 만석은 이내 머리를 저으며 자신의 생각을 부정했다.

안개 속에는 고이한도 있었고 자신도 있었다. 그렇다면 또 다른 사람이 없었다고 누가 장담하랴.

어쨌든 두 사람의 이목을 숨기고 접근한 것을 보면 역시 만만치 않은 무공을 가진 자일 것이다.

만석이 물을 천천히 뜨며 주변의 동정을 살피고 있을 때,

퉁!

북채로 가죽 북을 가볍게 두드리는 소리에 만석이 그 자리를 박차고 뛰어올랐다.


"거기 서라!"

"켈켈. 내가 강아지야? 서란다고 서주게. 어림도 없지!"

예의 켈켈거리는 웃음소리는 초로가 틀림없었고 칠팔 장 뒤에서 쫓아가는 노인은 바로 생사마의 고이한이었다.

북령산의 외길을 따라 점점 더 깊은 산중으로 들어가는 초로의 경공은 실로 대단했다. 이른바 만리비행술이라 하여 그가 사부 무적초자의 진전을 이어받아 유일하게 제대로 터득한 무공이었다.

그야말로 길도 없이 나무와 넝쿨들로 하늘을 가린 숲 속을 무인지경으로 달리는 초로를 쫓다 보니 고이한은 어느새 길을 잃은 것을 알았다.

"제에기랄!"

어디인지는 모르지만 벌써 이십여 리는 쫓아왔을 터였다.

눈앞의 무성하고 조밀한 나무숲이 안개에 싸여 허공에 붕

뜬 것처럼 보였다. 거리로 봐서 북령산을 반 바퀴 돌아 혈루곡의 반대편 절벽으로 왔다는 것이었다. 그것을 깨달은 고이한 이 땅바닥에 주저앉아 다리를 쭉 펴고 누워버렸다. 실로 이렇게 달려본 것도 백 년 만인 듯했다.

한편, 부리나케 동굴로 올라간 만석은 제갈탄이 없어진 것을 알았다. 다행히도 운산은 그대로 있었는데 잘려진 두 다리가 무릎 부분에서 맞춰져 있었고 다리 양쪽에 부목을 대어 고정시켜져 있었다.

'과연 본래대로 회복이 될 수 있을까?

만석이 마른 수건을 꺼내 구슬 같은 땀방울을 줄줄 흘리는 운산의 얼굴을 닦아주었다. 아마도 무의식중에 엄청난 고통을 겪고 있으리라.

'이대로 얼마 동안 있어야 할까……'

이미 노출된 동굴이지만 운산을 함부로 다른 곳으로 옮기면 운산의 다리 상태가 어떻게 변할지 알 수가 없다. 동굴에서 꼼짝도 할 수 없다고 생각하니 아무리 담대한 만석이라도 조바심이 나는 것은 어쩔 도리가 없었다.

"할 수 없지. 놈들이 우리가 이곳을 떠났다고 생각하기만을 바랄 수밖에."

그렇게 얼마나 시간이 흘렀을까? 희뿌연 안개 사이로 나뭇잎이 붉게 물들고 있어 때는 황혼 무렵인 것 같았다.

만석이 운산의 용태를 본 후에 다시금 동굴 입구로 나와 서

성거리고 있을 때 세찬 바람이 일며 한 인영이 떨어져 내렸다. 상황으로 봐서는 절벽 위에서 내려온 듯하니 그의 경신술은 과연 놀라울 지경이었다.

"아니, 마의 어르신!"

만석이 반색하자 고이한이 급한 표정을 지우지도 않고 대뜸 물었다.

"노부가 없는 새에 무슨 일이 벌어졌느냐?"

"대체 어떻게 된 일입니까?"

만석이 제갈탄이 있던 자리를 가리키며 되묻자 고이한이 알겠다는 듯이 머리를 끄덕였다.

"켈. 그러고 보니 놈들의 유인에 빠져 버린 셈이야. 진짜 약삭빠른 늙은이였어. 놈의 꽁무니나 쫓다가 길을 잃고 헤매다 간신히 돌아올 수 있었다."

"어떤 자들일까요?"

만석이 약삭빠른 늙은이라는 말에 주목하며 묻자 고이한이 고소를 지었다.

세상천지에 고이한의 이목을 속이고 가까이 접근할 수 있는 자가 얼마나 될까. 눈을 빤히 뜨고도 당해 버렸으니 참으로 창피한 노릇이었다.

"늙은이는 모르겠지만 제갈탄을 구해간 놈은 틀림없이 두견이라는 놈일 게다."

얼굴이 벌겋게 된 고이한이 만석을 지나쳐 서둘러 운산에게 다가갔다.

“크흐음… 실로 다행이로구나.”

쪼그리고 앉아 운산의 다리를 면밀히 살피던 고이한이 그 답지 않게 안도의 한숨을 길게 내뿜었다. 소란 통에도 아직 의식이 없는 운산의 자세는 변함이 없었던 것. 만약 부목을 댄 다리가 조금이라도 비틀렸다면 대라신선이 와도 고칠 수 없었으리라.

“켈켈. 생김새가 제 스승하고 흡사하단 말이야.”

다시금 옛일이 떠오른 듯 운산의 용모를 뜯어보던 고이한이 퍼뜩 고개를 들고 만석을 쏘아보았다.

“이놈아! 멍청하니 서 있지 말고 물이나 다시 떠와!”

고이한의 기색에서 운산의 상태가 나쁘지 않다는 느낌을 받은 만석이 빙긋 웃으며 몸을 돌렸다.

만석이 동굴을 들락날락하며 물을 십여 번이나 떠오다 보니 어느새 밤중이었다.

“크으음, 그만 됐다. 이제 며칠만 안정을 시키면 되는데…….”

다리의 지혈된 혈맥을 풀어 탁한 피를 물로 깨끗이 씻고, 마무리로 송진 가루 같은 하얀 가루를 무릎의 이음새 부위에 골고루 뿌린 고이한이 그 자리에 주저앉아 내기(內氣)를 골랐다.

언제나 그렇듯이 단순한 치료도 아니고 떨어졌던 신체 부위를 교묘하게 붙여서 제 기능을 찾게 한다는 것은 참으로 엄청난 심력(心力)을 소비하는 일이었다.

특히 이번에는 절대십마의 막내였던 환상살마의 유일한 후인을 치료하는 일이니 더더욱 신경이 쓰였다. 기력이 쭈욱 빠져 왠지 허탈한 심정이 된 고이한은 자연스럽게 만석을 떠올리고 있었다.

'그놈. 참으로 성정이 담대하고 대찬 물건이야.'

원래 정파인이란 마도(魔徒)는 괴물이나 귀신같은 무리로 보고, 사파는 천박하고 사악한 범죄자로 간주하고는 둘 다 상종하지 못할 무리나 없어져야 할 악의 뿌리나 잔재로 본다.

이렇듯 스스로가 정의라고 생각하는 정파인들의 사고방식은 은연중 다른 일반 백성들에게도 영향을 끼쳐 정(正)은 선(善)으로, 사마(邪魔)는 악(惡)이라는 이분적인 인식과 선택을 강요하는 것이다.

그런데 만석은 그가 죽림마원 출신임을 알고서도 그 태도는 한 점 스스럼이나 주저함이 없으니 기이한 느낌을 받지 않을 수 없었다.


한편 만석은 치료의 막바지에 도달하자 따로 할 일이 없어졌다.

거의 반 시진은 걸린다고 하니 정신을 잃은 상태에서도 고통스럽게 비명을 질러대는 운산의 옆에 있기도 괴로웠다.

만석은 동굴 입구에 나와 온 이목을 집중해서 주변의 동정을 살피면서도 신경은 동굴 속으로 가 있었다.

한낮에도 층층이 싸인 두터운 안개로 인해 바로 옆 사람도 형체만 보이는 계곡은 사방을 온통 시커먼 먹물로 채운 것처럼 손끝 하나 보이지 않는 어둠 속에 잠겨 있었다.

"훗. 하기야 우리가 벌써 여길 떠난 줄 알겠지."

만석이 자기도 모르게 중얼거리며 예민해지는 신경을 달래고 있을 때,

"이놈아. 그건 그렇지가 않아!"

'헛! 이 목소리는?

만석은 귀를 울리는 쩽쩽한 전음에 금세 한 사람을 떠올릴 수 있었다. 초로, 바로 일 개월여 전에 헤어진 초로였다.

"어르신께서 여기는 웬일로……?"

"잔말 말고 내가 있는 방향으로 오너라. 얘기 좀 하자."

'으음. 그렇다면 마의 어르신을 유인한 것이 바로 초로 어르신?

충분히 가능성이 있는 얘기였다. 그렇지 않다면 자신이 손가락도 보이지 않는 어둠 속에서 만석을 알아볼 리가 없다.

"이놈아! 이 주변에는 노부밖에 없으니 냉큼 따라오너라."

그래도 만석이 쉽게 자리를 뜨지 않자 초로의 화난 듯한 음성이 들렸다.


만석이 초로가 부르는 계곡 안쪽으로 오 리쯤 들어가자 폭포수 소리가 더욱 커지면서 바람에 날린 차가운 물방울이 만석의 전신을 뒤집어씌운다.

"어헛차!"

만석이 저도 모르게 유쾌한 소리를 발하자 이삼 장쯤 떨어

진 곳에서 초로가 낄낄거리며 웃는 소리가 들렸다.

"켈켈, 놈! 꼭 물에 빠진 생쥐마냥 우스꽝스럽구나!"

"핫하. 제 모습이 보이지도 않을 텐데 그걸 어찌 아십니까?"

"시끄럽다, 이놈아. 너는 네가 무슨 짓을 하고 돌아다니는지 알기나 하고 떠드냐?"

갑자기 꾸중하는 초로의 말투에 불끈한 만석이 퉁명스럽게 대꾸했다.

"모르겠습니다."

"몰라? 이놈이 아예 마의 무리와 접촉하다 보니 놈들이 가진 위험성을 망각해 버렸구나! 생각해 봐라. 너와 같이 있는 자는 절대십마 중 생사마의란 놈이다. 과거 일백 년 전 그자의 독수에 얼마나 많은 인명이 살상되었는지 아느냐? 게다가 놈은 의술 실험을 한답시고 수십여 정파인들의 사지를 뗐다 붙였다 하면서 죽지 못할 고통을 준 자다. 너도 알다시피 과거 내 사부님의 손에서 간신히 목숨을 건진 절대십마 중 대형인 생사마의라는 자가 등장했다는 것은 무엇을 뜻하는지 아느냐?"

이례적으로 길게 얘기를 한 초로가 잠시 말을 멈추고 만석의 반응을 구했지만 만석으로서는 당장 뭐라고 할 말이 없었다. 실상 만석으로서는 말만 하면 정의니 뭐니 하며 명분에 죽고 사는 정파의 고귀한 무리들보다는 잡초 같은 느낌을 주는 이들 마도의 인물들이 더 마음에 드는 것이었다.

"난세가 되면 모두가 파멸이야. 그들은 사람의 생명을 벌레처럼 우습게 여기는 자들이야. 곧 피가 강물이 되어 흐르고 시체가 산을 쌓는 일이 부지기수로 벌어지겠지."

쉽게 뭐라고 반론을 하기 어려운 말이었다.

'그러나… 과연 그것이 전부일까……?

묵묵히 초로의 말을 듣던 만석이 그제야 입을 열었다.

"그럴지도 모르지요. 하지만 지금의 정파와 세상이 썩었기에 마도가 등장하는 것이 아니겠습니까?"

"허어, 놈! 노부의 말을 듣고도……!"

"애꿎은 생명이 죽는 것은 최대한 막을 겁니다. 하지만 사람의 사상이나 믿음은 아무리 누가 뭐라고 해도 쉽게 바뀌지 않는 것입니다. 제가 어르신 같은 사고방식을 갖는다고 해도 제 출신이 변하지 않는 것처럼 말이지요. 난세는 없는 자들에게 기회를 주지요. 그들 중에 저도 있습니다."

"끄으음……."

초로는 잇새로 신음을 흘리며 눈을 찢어질 듯이 부릅뜨고 만석을 노려보았다.

끝내 말을 안 들으면 더 크기 전에 놈을 죽여 버려야 한다.

난세에는 길이 다르면 해악이 될 뿐이다. 놈이 정파의 무림에 소속되지 않겠다는 것은 곧 앞으로는 적이 될 가능성이 크다는 뜻.

보이지 않는 상황에서 두 사람의 눈싸움이 계속되었다. 아니, 눈싸움이 아니라 의지의 싸움이리라.

거의 반 각의 시간이 흐른 후에 초로가 지친 듯이 스르르 눈을 감았다.

'허어허. 사실이 그러한 것이야. 내가 녀석에게 높은 기대감을 품고 있는 것도 사실은 놈이 어느 쪽에도 치우치지 않아서가 아닌가. 놈이 악마가 되지 않는 것만 해도 실로 다행스러운 일인 것이야.'

만석은 초로의 눈이 있는 부분에서 쏘아지던 강렬한 살기가 어느덧 사라진 것을 느꼈다. 몸에서 갑자기 긴장이 턱 풀리며 다리가 비틀거렸다. 그만큼 만석도 온 심력을 기울이고 있었다.

"헛허허. 그래, 강요하지 않으마. 네 양심에 비추어 부끄럽지 않다고 하면 네가 어떤 일을 하든 말리지 않겠다."

만석이 조용한 자세로 고개만 약간 숙여 보였다.

"이해해 주시니 다행입니다. 그런데 어르신께서 갑작스럽게 이 일에 개입하신 연유는 무엇입니까?"

"겔겔. 그걸 알고 싶냐?"

벌써 물었어야 할 것을 지금에야 묻는다. 때가 되기를 기다리는 인내뿐만 아니라 특유의 고집스러움도 느껴진다.

초로가 메기입술을 길게 찢으며 웃었다.

"겔겔겔. 제갈탄이 지금 죽으면 안 되기 때문이지."

만석은 왜냐고 묻지 않았다. 다만 초로의 간단한 말에 깊은 의미가 있음을 자각할 뿐이었다.

"네가 사부의 서신을 보았다면 금성혼의 야망을 알 것이다. 무림제패, 그리고 군림천하! 그 금성혼의 야망을 금태원이 그대로 이어받았지. 무려 백 년. 놈들이 이 오랜 세월 동안 자중한 이유는 죽림마원의 잔당을 뒤쫓고, 우리 무적초자 일문의 동태를 살피는 데 있었다."

만석이 여전히 입을 다물고 자신의 입만 쳐다보는 느낌이 들자 초로의 얼굴이 심술궂게 변했다.

"에잉, 쯧. 이놈아! 네놈은 아무 소리 안 할 테니 다 털어놓으라 이거지?"

"핫하. 물론입니다. 저야 뭐 여기에 대해서 아는 것도 없으니 당연한 얘기 아니겠습니까?"

"좋다, 좋아. 시간도 그리 많지 않으니 간단하게 얘기하자."

만석이 별로 궁금하지 않은 표정을 지었지만 초로의 말은 매우 진지했다.

"제갈세가주 제갈용은 효웅이지. 게다가 제갈탄은 사람이 가볍고 여색을 밝히는 놈이야. 그렇기 때문에 질투도 잘 하고 다른 사람의 꼬임에 쉽게 넘어간다. 놈과 얘기하는 중에 녀석이 금기린을 질투한다는 느낌을 받았다. 즉, 그 녀석과 제갈용을 부추긴다면 금태원이나 금기린에게 상당한 부담이 될 것이다."

그 외에도 초로는 현금 마도의 종주 노릇을 하고 있는 남북쌍마, 즉 무명서상의 기련쌍마를 언급했고 북해빙궁의 빙백신군이나 남해 보타문의 야심까지 말한 다음에 한숨을 돌렸다.

"겔겔겔. 그리고 바로 이곳 혈루곡의 존재가 향후 무림 판도에 많은 영향을 끼칠 게야."

"그게 무슨 말씀이십니까? 혈루곡은 단지 태양신군 금성혼이 수많은 시신과 피로 물든 산천이 너무 흉해서 금지로 선포한 곳으로 압니다만."

"웃기는 소리! 희대의 사기꾼 금성혼이 겨우 그걸로 금지를 선포하고 천무금쇄진으로 출입을 막았다고?"

'그렇다면 여기에도 무슨 비밀이 있다는 말인가?'

"노부가 짐작하기로는 이곳은 금성혼이 금지로 선포하지 않을 수 없었던 비밀은 바로 이곳 지하에 있을 빙정(氷精)과 관련이 있을 것이다."

"예? 이곳에 진짜 빙정이 있다는 말입니까?"

"노부는 그렇게 생각하고 있다. 네가 머물러 있는 동굴만 해도 천무금쇄진에 의해 만들어진 안개가 근접을 못했지. 그 외에도 몇 군데 그런 곳이 있는데 한결같이 차갑고 청량한 기운이 떠돌고 있었어. 이것이 무엇을 뜻하는지는 사기꾼 금성혼의 행적을 떠올리면 쉽게 알 수 있는 문제다. 다만, 이러한 현상으로 봤을 때 지하의 어딘가에 빙정이 존재하리라는 추정을 한다만, 어쨌든 그자가 금지로 선포한 이유는 무언가 그럴 만한 커다란 목적이 있을 것이다. 그러나 수십 년간 노력했지만 아직도 그것이 무엇인지 모르고 있구나."

초로의 끝말은 거의 한탄조였다.

사실 빙정의 존재는 아주 중요한 사실이었다.

북해빙궁의 심처에만 있다고 알려진 빙정이 바로 이곳에도 있다면 음공(陰功)을 연마하는 무인들에겐 거의 축복이나 다름없다. 이러한 빙정의 근처에서 음공을 연마하면 다른 곳보다 보통 두세 배 이상의 효과를 얻을 수 있다는 것이 강호의 정설이었다. 그렇다면 이곳을 차지하기 위한 강호 제 세력들의 각축이 치열하게 벌어질 수밖에 없었다.

'으음. 혈루곡을 금지로 만든 이유가 거기에 있단 말인가?

단순히 그 정도라면 음공을 익히지 않은 만석이 여기에 관심을 둘 이유는 없었다.

그러나 만석은 초로가 그가 아는 모든 것을 자신에게 밝혔다고 믿기도 어려웠다. 아마도 만석에게 이곳에 대한 경각심을 일깨워 주려는 의도로 그가 알고 있는 일부만 밝혔으리라는 느낌이 들었다. 초로가 만석에게 얘기한 정도를 밝히는 데 무려 수십 년이 걸렸다고는 절대로 믿을 수가 없는 것이다.

'훗후후. 그리고 물어봐도 대답을 하지 않겠지.'

생각은 길었지만 거기에 걸린 시간은 짧았다.

금성혼이 팔차 무림맹의 본거지를 이곳에 옮긴 것이나, 금태원이 구차 무림맹을 창설하는 데 막후 노력을 기울인 것도 다 혈루곡의 비밀을 지키기 위한 것이 아닐까? 아니, 거기에서 더 나아가 또 다른 목적이 있었을까?

만석이 깊은 생각에 잠기는 듯하자 초로가 슬쩍 지나치듯 말했다.

"오십 년 전 팔차 무림맹이 해체된 이후, 이 주변을 금가에서 관리한 이유도 바로 혈루곡의 비밀 때문일 것이다."

지금 당장이라도 혈루곡 전체를 이 잡듯이 뒤지고 싶은 마음이 들지 않으면 그건 사람이 아닐 것이다. 그러나 초로가 수십 년간 노력해도 뚫지 못한 곳을 만석이라고 해서 뾰족한 수가 있을 리가 없었다. 게다가 만석은 자신을 잡아두려는 금기린의 생각을 알고 있는 데다 빨리 천무세가로 돌아가 홍자려를 만나고 천중산에서 무적초자의 흔적을 찾아보고 싶었다.

"어르신의 말씀은 잘 알겠습니다. 하지만 당장 여기서 뭔가를 해야겠다는 생각은 들지 않습니다."

"겔겔. 내 말이 워낙 갑작스러웠으니 그럴 수도 있겠지. 다만, 빨리 이곳을 떠나거라. 잘못하면 불가측한 흉한 일에 말려들지도 모를 일이야."

만석이 고개를 숙여 그의 염려에 감사를 표하자, 몸을 돌리던 초로가 주춤하며 다시 말을 이었다.

"아무래도 마음이 이상해. 뭔가 터질 것 같다는 생각이 든다. 그러니 더 늦기 전에 이곳의 비밀을 온 무림에 공개해야 할 듯하다. 언제나 행동에 신중을 기하여라. 마도의 무리들과 가까이 지내면 너의 목숨도 위험해져."

비슷한 말을 되풀이한다. 아무래도 한 번 말해서는 안심이 안 되는 모양이었다.

'어르신께서 모종의 결심을 하신 것 같구나.'

초로의 반복되는 말은 이미 결심을 굳혔다는 뜻에 다름이 아니었다.

'고맙습니다. 어떤 일이 있어도 살아남아 대업을 이룰 것입니다.'

꼭 조부가 손자에게 말하는 것 같은 염려에 만석의 마음이 찡해졌다.

만석이 동굴로 돌아왔을 때는 아무도 없었다. 남아 있는 것이라고는 짓눌린 마른 낙엽 더미뿐. 사람이 없으니 동굴의 뒤에서 흘러나오는 공기가 더욱 차갑게 느껴졌다.
'아무래도 떠나 버린 것 같구나.'
그들이 떠난 것을 느낀 만석이 무의식중에 동굴 벽을 훑어보다 눈을 번쩍 빛냈다. 동굴 벽에 새겨진 글귀가 보인 것이다.

정말 고마웠네. 이곳은 위험한 곳이라 말도 없이 떠나는 것을 이해해 주게. 자네의 은혜는 잊지 않겠네. 그리고 제갈탄의 목숨 값만큼은 자네가 대신 받아서 내게 돌려주게나.

"나 이거야, 돈을 대신 받아서 돌려달라고?"
만석의 눈앞에 켈켈거리며 웃어대는 생사마의가 훤히 떠올라왔다.
'그런데 운산을 데리고 움직여도 괜찮단 말인가?
고이한이 아무리 귀신같은 의술을 가졌다고 해도 쉽게 이해가 안 되는 일이었다.
만석의 눈길이 절로 동굴 안쪽의 깊숙한 곳으로 향했다.
'음. 설마 저쪽에 다른 통로가 있는 것은 아니겠지.'

청량한 기운이 들어오는 것을 기이하게 여겨 만석도 동굴의 끝까지 가본 적이 있기는 했다. 하지만 동굴 끝에는 사람이 기어서 들어갈 정도로 좁은 틈이 나 있을 뿐이었다.

'초로 어르신의 말씀처럼 이 혈루곡에 큰 비밀이 있다면……?'

만석은 심중에 가득 쌓이는 의문을 일단 접어두기로 했다.

당장은 홍자려와의 만남이나 천중산에서 무적초자의 흔적을 찾는 것이 급한 것이다.


만석이 동굴 벽에 새겨진 글귀를 지우고 동굴을 떠난 것은 서서히 동이 터 오는 새벽 시간이었다.

혈루곡으로 내려온 만석은 보이지는 않지만 피부로 느껴지는 괴이한 냄새에 잠시 동안 미동도 않고 서 있었다. 그것은 바로 비밀의 냄새였다.

'훗. 당장이라도 혈루곡을 파헤쳐 모든 비밀을 알고 싶지만…….'

그렇게 생각하며 혈루곡의 입구에 다다른 만석이 보이지 않게 움찔하며 공기의 파동을 느꼈다. 무릇 모든 생명체는 독특한 생기를 발산하는 것이다.

'이건 인기척?'

십여 장 앞, 여명의 그림자에 잠긴 아름드리 나무 그늘에서 인기척이 느껴지고 있었다.

'살기는 없다.'

만석이 그렇게 느끼는 순간 인기척을 내던 인영이 쪼로롱 소리를 내는 듯한 몸짓으로 달려나와 그의 앞에 섰다.

"아니, 너는?"

"호호, 오라버니. 사부님께서 여기서 기다리면 만날 수 있다고 하시더니 정말 그렇네?"

커다란 눈을 반짝이는 더러운 거지 소녀. 다시 만날 일이 없을 것 같았던 추소연이 이른 아침 햇살에 건강하게 반짝이는 하얀 치아를 드러내고 웃고 있었다.

"아니, 네가 여긴 웬일이냐?"

"호호. 사부님이 오라버니를 따라다니래요."

"뭐, 뭐라고?"

그제야 만석은 당했다는 것을 알았다. 만석을 염려하는 척 잡다한 표정을 다 짓더니 실상 추수연을 맡기려는 술수였던 것이다.

"그 말밖에는 없더냐?"

"응. 앞으로는 오라버니가 먹여주고 재워주고 무공도 가르쳐 줄 테니 오라버니를 사부처럼 모시라고 하던걸?"

"뭐, 뭐야?"

만석은 골이 띵해지는 느낌에 절로 다리가 비틀거렸다.

노인네가 말 한마디로 덤터기를 씌운 것이었다.

# 第九章

## 혈루곡의 비밀

만석이 막 혈루곡을 빠져나온 그 시각, 무림맹은 엄청난 혼란으로 뒤끓고 있었다. 백 년 전 태양신군 금성혼이 천무금쇄진을 설치한 이유가 서서히 밝혀지고 있었다.

개방의 전전대 장로인 대두개가 그 진실의 발설자였다.

혈루곡 지하 어느 곳에는 거대한 빙정(氷精)이 있으며, 만년빙과(萬年氷果)라는 천고의 영약이 있다는 것이었다.

최소한 수천 명은 될 것이다. 같은 문파 사람들이나 아는 사람들끼리 모여 수군덕거리는 장내의 분위기는 매우 격앙되어 있었다.

"제기! 무려 백 년간이나 우리를 속여왔다 이거지?"

"누가 아니래? 쳇. 무림의 구성은 커녕, 욕심만 가득 찬 무림
의 해충 아냐?"

"쉿! 아무리 그래도 맹주님을 그렇게 욕하면 어떻게 하나?"

이렇게 금태원 편을 드는 사람이 있으면,

"이거 보게. 자네 그 사람한테 뭐 얻어먹은 것이 있어?"

"아, 아니, 내가 뭘 얻어먹었단 말이야?"

"그럼 입 다물어. 크게 경 치기 전에 말이야."

이렇듯 거의 대부분의 사람들이 맹주 금태원과 금가를 비난
하고 있었으니, 참으로 사람의 인심이란 조변석개한다는 말이
거짓이 아니었던 것이다.

"하여간 연락이 닿은 각 문파의 수장님들이 대표로 맹주와
담판을 짓고 있으니 금방 진실이 나올 거야."

군중들이 기다리는 것은 대표들이 밝혀낼 진실이었다.


맹주의 집무전인 창룡전(蒼龍殿)에 칩거한 금태원을 면담하
기 위해 소림의 무우 선사와 무당의 청허자, 그리고 남궁세가
주 남궁기와 팽가주 팽대붕이 집무실에 들어간 상태였다.

실내에는 모두 여섯 명. 맹주의 집무실답지 않게 꼭 필요한
집기만을 구비한 실내에서 유일하게 눈에 띄는 것은 나무의
결을 그대로 살린 자단목 탁자였다. 그러나 이 탁자도 실은 무
림맹의 비품이라기보다는 낙양금가에서 실어온 물건이라 하
니 맹주 금태원의 담백한 성격을 그대로 말해주고 있었다.

그 기다란 자단목 탁자를 사이에 두고 모두 여섯 명의 인물

이 앉아 있었다.

상석에는 물론 맹주 금태원이, 그의 바로 우측에는 조원형 대군사가 앉아 있었고, 좌측 밑으로 소림의 무우 선사와 남궁기가, 그리고 금태원의 우측 아래로 무당의 태진자, 팽가의 팽대붕이 쭉 째진 눈을 부릅뜨고 앉아 있었다.

"좀 속 시원히 말해주시오, 이게 대체 무슨 일인지."

팽대붕의 걸걸한 음성이 굳게 닫힌 방문 밖으로 튀어나갔다.

"아, 잠시 기다리면 어련히 말해주실 건데 왜 그리 재촉을 하시오?"

탁자를 사이에 두고 맞은편에 앉은 남궁기가 얼른 금태원의 역성을 들며 나서자, 팽대붕이 삿대질을 하며 소리쳤다.

"아, 이거 봐요! 그걸 말이라고 하시오? 재촉이라니, 이미 진실은 밝혀졌는데 빨리 모든 것을 털어놓지 않는 맹주가 잘못된 게 아니오?"

"이봐요. 당신이 무슨 자격으로 맹주님을 윽박지르는 거요!"

"뭐야? 보자 보자 하니까 이 작자가 돌아가는 상황도 모르고! 꼭 똥인지 메주인지 먹어봐야 안단 말인가!"

팽대붕의 독수리같이 날카로운 눈이 길게 쭉 째지며 남궁기를 노려보자, 남궁기의 말쑥한 얼굴이 보기 싫게 일그러졌다.

나이는 팽대붕이 쉰다섯으로 남궁기보다 세 살이 위지만 가문의 세를 따지면 남궁가에 비해 크게 빈약한 팽가였다.

"당신 그 말에 책임을 질 수 있소?"

"쳇. 책임을 지라면 못 질 것은 뭐가 있어. 궁한 쥐가 고양이를 문다고 하지. 아니, 그렇다고 내가 쥐새끼라는 얘기는 아니야."

그러나 팽대붕은 고집이 세기로 유명한 인물, 쉽게 뒤로 물러서지 않는다.

"아미타불. 두 분 이제 그만 하시오. 본승이 듣기로 남북쌍마 등 사마의 무리들도 혈루곡을 향해 달려온다고 들었소. 잘못하면 백 년 만에 정마대전이 발생할 위험도 있는 터에 우리끼리 싸우면 어떻게 한다는 말이오."

태산북두 소림의 무게다. 게다가 성승이라는 칭호를 들을 만큼 무우 선사의 무게감도 컸다. 세수 여든. 나이를 따져도 두 사람에 비해 한 배분이 높으니 뭐라고 반박하기도 어려운 것이다.

두 사람이 황급히 서로를 외면하며 입을 다물자, 무우 선사가 이번에는 상석의 금태원을 돌아보았다.

"맹주께서도 이 일이 한두 마디의 말로 무마될 성질의 것이 아님을 잘 알 것이오. 과연 맹주께서 아는 바는 무엇인지 이 자리에서 속 시원히 털어놓으셨으면 하외다."

그러나 눈을 감고 고요히 앉아 있는 금태원의 얼굴은 전혀 감정의 변화가 없어 보였다.

"개겁도인, 허어, 맹주! 고집을 부릴 때가 아녀요. 지금 밖에서 난리를 치는 군웅들의 소리가 안 들려요? 이러다간 구차 무림맹이고 뭐고 공중분해될 뿐이에요. 결단은 빠를수록 좋아요. 어서 말씀을 하세요.”

태진자는 올해로 일흔, 나이가 십 년은 차이가 있지만 꼭 어린아이를 다루는 듯한 말투. 그러나 금태원은 꾹 참았다.

얼마나 오랫동안 기다리던 대계였던가. 아마 이 중에서 살아날 사람은 그와 대군사, 그리고 남궁기가 될 것이다.

시체를 두고 화를 내본들 무슨 소용일까? 금태원은 가소로울 뿐이었다.

그때, 콰앙 소리가 들리며 집무실의 문짝이 활짝 열리며 고함이 터져 나왔다.

“정말 보아하니 배알이 꼴려서 못 참겠다! 내 무림맹을 모조리 독으로 색칠해 버릴 거야!”

“오오, 당 형, 어서 오시오!”

사천당가주 당형문(唐瑩門)의 둥글넙적하고 혈색 좋은 얼굴을 대한 팽대붕이 반색하며 비어 있는 옆자리를 권했다.

털썩!

뚱뚱한 몸을 의자에 내던지다시피 하며 자리에 앉은 당형문이 팽대붕의 인사는 받는 둥 마는 둥 하며 금태원을 노려보았다.

“맹주! 무슨 꿍꿍이속인지는 모르겠지만 여기서 끝장을 냅시다. 계속 입이나 다물고 있으면 일이 해결될 것이라고 생각하시오?”

“헛헛헛. 내 오랜만에 당가주의 큰 소리를 들으니 내가 아직 살아 있구나 하는 생각이 드오이다.”

입을 전혀 열지 않고 있다가 나온 말치고는 엉뚱했다.

그러나 싫어도 맹주의 말이다. 못마땅한 얼굴을 할지언정 그의 말에 즉각 반박하는 위인은 이 자리에 없었다. 게다가 일단 금태원이 입을 여니 좌중의 공기가 부드러워진 듯한 느낌이 드니 과연 금태원의 무게감은 대단했다.

그러나 그에 대한 반응은 열린 문 틈 사이에서 나왔다.

“술이나 한잔! 살아 있으면 만나는 게 인생이라. 꺼억! 죽으면 이 맛있는 술맛을 어떻게 맛본단 말인가, 아니 그렇소, 맹주?”

개방주 취선개(醉仙丐) 유진천(劉眞天)의 등장이었다.

무림맹 개파대전에만 잠깐 얼굴을 보였다가 며칠 만에 나타난 그의 손에는 예의 술병이 들려 있었다.

당금 나이 예순다섯. 워낙 떠돌기를 좋아해서 한군데 붙어 있지를 못한다는 괴이한 성정. 그러나 얼굴도 잘 보이지 않는 방주에 대한 개방도들의 충성심과 존경심은 매우 높다고 하며 취팔선보를 극성으로 익혀 그의 옷깃을 잡는 것은 염라대왕의 수염을 잡기보다 어렵다는 소문이 있었다.

‘됐어! 취선개마저 왔으니 시작할 때가 되었구나.’

금태원이 취선개에게 고개를 끄덕이며 아는 척한 직후, 그의 옆에서 대군사 조원형이 천천히 자리에서 일어났다.

“아직 오시지 않은 분들이 많습니다만 더 이상 기다리기 어려우니 시작해 보기로 하겠습니다. 먼저 혈루곡에 대한 일은 제 스승이신 수경 선생께서도 알고 계셨으니 제가 말씀드리는 데 대해서 오해 마시기 바랍니다.”

“호오? 수경 선생도 아시는 일이었다고?”

“역시 무림의 현자라는 명성이 전혀 헛말이 아니로군.”

두세 사람이 감탄을 하자 조원형이 사람 좋은 미소를 흘리며 좌중을 둘러보았다.

“사실 혈루곡에 대해서는 길게 얘기할 것도 없습니다. 방금 오신 취선개 방주께서도 대략 아시는 일이기도 하지요.”

“뭐, 뭐요? 개방주도 아신다고요? 그런… 아, 아니지.”

팽대붕이 불쑥 반문하다가 아차 하며 입을 다물었다.

혈루곡의 비밀을 폭로한 것이 개방의 대두개니 방주가 모른다면 오히려 이상한 일이었다. 그 말 많은 취선개가 입을 다물고 경청하는 것을 보면 조원형의 말을 수긍한다는 표시였다.

“먼저 대두개 개방 장로께서 말씀하신 것처럼 혈루곡에 빙정과 만년빙과(萬年氷果)가 있다는 것은 확실한 사실입니다.”

“오오! 과연!”

“역시 그랬었구나.”

중인들이 분분이 감탄사를 터뜨리자 잠시 기다린 조원형이 다시 말을 이었다.

“그런데 혈루곡에는 그 두 가지 말고도 다른 두 가지가 더 있습니다. 이 문제가 바로 과거 태양신군께서 혈루곡을 폐쇄하고 무림의 금지로 선포한 중대한 이유입니다.”

"그, 그것이 무엇이오?"

"아, 아니, 대체 무엇이 있기에……?"

사람들이 놀라워하면서 조원형의 입만 쳐다보자 그가 의미심장한 미소를 지으며 여전히 눈을 감고 있는 금태원의 얼굴을 지나쳐 남궁기의 발아래 앉아 술병을 입에 처박고 있는 취선개를 응시했다.

"어떻습니까? 조사가 끝난 것으로 압니다만."

"크흠. 대군사, 이 늙은 거지는 좀 빼주면 안 되겠나? 술맛 떨어진단 말이야."

취선개가 못마땅한 기색으로 한마디 하곤 다시 술병을 입에 박았다.

"으핫하. 방주님은 여전하시군요. 좋습니다. 말씀드리지요."

그리고는 잠시 뜸을 들이면서 좌중 사람들과 눈을 한 번씩 맞춘다. 과연 사람들의 이목을 끌어들여 좌중을 자기 뜻대로 이끄는 조원형의 화술은 놀라웠다.

'자, 이제 시작해 볼까?'

"하나는 전설적인 동물이고 또 다른 하나는 무척 뜨거운 무생물입니다. 들으시면 바로 아실 겁니다. 아니, 여기까지 듣기만 해도 식견이 높으신 분들은 눈치를 채셨을 겁니다."

꼭 수수께끼를 내는 짓궂은 선생 같다. 하지만 어느 자리에서든 이 정도만 해두면 아는 척하며 나서는 사람이 있다. 바로 당형문이 그랬다.

"떠그랄. 그럼 혈루곡의 지하에 독각화룡(獨角火龍)이나 열화정(熱火井)이라도 있단 말이오?"

"이런! 벌써 알고 계셨소이까?"

조원형이 일부러 눈을 크게 뜨며 놀랍다는 표정을 지었지만, 좌중의 사람들은 놀라서 기절할 지경이었다.

"그럴 리가?"

"실로 고금에 없던 일이오."

"그, 그게 사실이오?"

여러 사람이 입을 떡 벌리고 놀랍다는 표정으로 설왕설래하자 조원형이 고개를 끄덕이며 확신하는 투로 말을 꺼냈다.

"그렇지요. 예전에 극음과 극양이 한군데에 존재한다는 것은 들어본 적도 없습니다. 때문에 조사에 오랜 시간과 많은 노력이 필요했습니다."

"개겁도인. 그렇다고 해서 무려 백 년이나 그 사실을 숨겨왔다는 것은? 에혀! 말도 안 돼요. 정말 중요한 일이에요. 그렇기에 본도는 대군사보다는 맹주님의 말씀을 듣고 싶어요."

맹주의 해명이 없으면 못 믿겠다는 우회적인 표현이었다.

조원형이 금태원을 돌아보며 어떻게 했으면 좋겠는지 눈으로 물었다.

그러자 천장을 쳐다보며 입을 다물고 있던 금태원이 나직하게 한숨을 내쉬며 입을 열었다.

"후우, 대군사의 말이 곧 본 맹주의 말이오. 경천동지할 저 반대되는 현상이 존재하면서도 아직 아무런 일도 벌어지지

않은 것은 바로 극과 극이 서로 균형을 이루고 있기 때문이
었소.”

“그럼, 지금에 와서 사실을 밝히는 이유는 무엇이오? 대두
개 노선배님의 말은 부인해도 그만 아니었소?”

다시 당형문이었다. 언제 어느 좌석에서나 속에 든 말은 참
지 못한다는 성정답게 곧바로 반박한다.

“팔십 년 만에 결성되는 무림맹이오. 제대로 된다면 그만큼
대단한 힘을 발휘할 것입니다. 그렇다면 무림맹 결성으로 손
해 보는 자들이 분명 있을 것이오. 지난번 본 무림맹 개파를
축하하기 위해서 경향 각지에서 무림맹으로 오던 수많은 공물
들이 거의 절반 이상 강탈당했음을 잘 알 것이오.”

좌중의 사람들이 하나같이 고개를 끄덕였다. 그것은 술병에
입을 처박고 있던 취선개도 예외는 아니었다.

“개방주님이 그 일에 대한 조사를 맡았는데 밝혀낸 일이 있
습니까? 본 맹주는 없는 것을 압니다만…….”

그 때를 타고 금태원이 슬쩍 취선개를 끌어들였다. 실로 능
수능란한 언행이었으니 사람들의 눈이 절로 금태원을 떠나 취
선개를 향했다.

‘엥? 이거 졸지에 내 차례가 되어버렸네?

묘한 눈초리로 금태원을 흘낏 보던 취선개가 뒤통수를 슬금
슬금 긁적였다.

“엉? 조금 전에 다 잡았는데 말야, 혹시 이놈들이 가출했다
가 돌아왔나?”

실로 엉뚱한 말에 사람들이 뒤통수를 만진 손바닥을 펴고 갸웃거리는 취선개의 눈길을 따라 그의 손바닥 쪽으로 눈을 돌렸다.

‘크윽. 더러운 노인네!’

금태원과 조원형을 제외하고 모두 벌레 씹은 얼굴로 변했다.

취선개의 손바닥에서 꼼지락거리는 것은 틀림없는 이였다.

“가, 가만있자, 한 마리는 느낌이 익숙한데 다른 한 놈은 영 낯서네?”

고개를 갸웃하던 취선개가 다른 손으로 무릎을 탁 쳤다.

“오오라! 요놈은 수놈이고 저놈은 암놈일세. 그러고 보니 놈이 밖에서 처자를 꼬셨구나. 참으로 기특한지고! 그렇지 않아도 안주가 부족했는데 놈이 ‘여기 있수’ 하고 생고기 안주를 덤으로 준비했을 줄이야.”

벌컥, 벌컥!

그러더니 취선개가 술병을 입에 처박고 꿀떡거리더니 냉큼 손바닥 위에 있던 놈들을 한입에 털어 넣었다.

그리곤 입을 오물오물거리자 금태원이 너털웃음을 터뜨렸다.

“엇헛헛! 과연, 과연! 취선개 방주님의 고상한 취미는 이 사람 언제나 감탄하고 있소이다.”

“클클. 고마운 말씀이오. 근데 머릿속이 가려운 것을 보니 가출한 놈들이 속속 돌아오는 모양이오. 맹주도 생고기 한 점

드시려오?”

“어허허허. 좋으신 말씀입니다만 다음에, 다음에 먹지요.”

“끄으음…….”

“커흠!”

두 사람의 실없는 농담을 듣던 사람들이 못마땅한 기침을 터뜨렸다. 말이 취선개지 술만 마시면 개가 되는 더러운 거지와 고상한 맹주의 대화는 이질적이면서도 묘하게 부합되니 그도 이상한 노릇이었다.

“맹주, 이 늙은 거지는 그만 실례하오. 기왕 고기맛을 봤으니 돌아다니면서 먹을 만한 놈들을 찾아봐야지.”

“아아, 그래요? 혹시 놈들을 찾게 되면 같이 나눠 먹읍시다.”

“클클. 응당 그래야지요. 그럼…….”

취선개가 바쁜 몸짓으로 황망히 자리를 물러나가자 그제야 중인들은 조금 전의 이상한 느낌을 다시 떠올리며 머리를 끄덕였다.

“마도의 움직임이 심상치 않소이다. 본 무림맹 근처에서 과거 죽림마원의 잔당들이 암약하고 있소.”

“뭐, 뭐라고요? 지금 죽림마원이라고 했소?”

“그게 사실이오?”

성질 급한 당형문과 팽대붕이 뒤질세라 거의 동시에 묻자 금태원이 고개를 천천히 끄덕이며 심각한 표정을 지었다.

“아미타불. 그럼, 본 무림맹으로 오던 공물들이 강탈당한 것은 대부분 놈들의 짓이었다는 것이오?"

눈을 감고 좌중의 얘기를 경청하고 있던 무우 선사가 눈을 가늘게 뜨며 물었다.

"그렇게 보아도 대차가 없을 겁니다."

이번에는 조원형 대군사가 대답했다.

"원시천존 개접도인."

그러자 가만히 있을 수 없다는 듯 무당 장문인 청허자가 끼어들었다.

"죽림마원에서 본 무림맹 주위에서 암약하고 있다는 것은 어떻게 알았소이까?"

"한 사람의 움직임을 보고 알았소."

"한 사람의 움직이라고? 그게 누구요?"

"바로 목불인견 중의 대견 만석이란 자가 놈들의 주구요."

조원형이 거의 단정하다시피 하자 무우 선사의 굵은 눈썹이 절로 바르르 떨렸다.

"어허? 빈승보고 그걸 믿으라는 소리요?"

"그렇습니다. 당초 천무세가의 만석이란 놈이 다시 모습을 드러낸 것은 행방불명된 지 십 년이 지나서였습니다. 우습게도 그 뛰어난 무공을 가지고도 장강표국의 쟁자수로 나타난 겁니다."

"그, 그건……?"

막 사형인 무초 대사를 언급하려던 무우 대사가 황급히 입을 다물었다.

만석 등이 무초 대사의 제자라고 알려주자면 무초 대사가 자신에게 방장 직을 물려주고 은거에 들어간 이유도 말해주어야 할 것이다. 이건 대소림의 위신에 관계된 문제이기도 하고, 잘못 꼬리를 물리면 무명서 속의 무적초자가 가공의 인물임이 밝혀질지도 모른다.

'끄으응…….'

무우 대사는 입을 다물기로 했다. 대를 위해서 소를 희생한다. 무림의 평화를 위해서는 어쩔 도리가 없는 것이다.

'할 수 없지. 만석 그놈이 사파의 인물들을 포섭하고 남북쌍마의 전인인 우창출을 살려주기도 했으니 이를 자업자득이라고 봐야 할 것이다.'

게다가 무초 대사가 만석들 외에도 과거 흑수채주였던 배일도 등을 제자로 받아들인 것은 또 어떻게 설명한단 말인가. 그야말로 깊게 들어갈수록 소림에 해가 될지언정 이로울 게 없었던 것이다.

"아, 아미타불……."

소태를 씹은 것처럼 입 안이 썼지만 무우 선사는 손안의 염주알을 천천히 굴리며 마음을 편안히 가지려고 애썼다.

'흐흣. 당신이 함부로 나설 수 있겠소? 만석이란 놈을 비호하다가는 소림의 신망만 추락할 텐데…….'

흘낏 무우 선사를 일별한 조원형이 알 듯 모를 듯한 미소를 지으며 말을 이었다.

"그 외에도 천마교의 종적은 물론, 사파에서는 대막의 혈사풍(血砂風)과 남해의 패룡방(覇龍幇), 광풍대(狂風隊), 그리고 살막(殺幕)의 살수 무리들까지 발견되고 있소이다.”

“그, 그럴 리가?”

중인들이 놀라서 웅성거리는 사이 맹주 금태원에게 회심의 미소를 보내는 것을 잊지 않는 조원형이었다.

‘크훗흐. 어리석은 무리들.’

두 사람의 오가는 눈빛은 분명 비웃음이었다.

“게다가 그 대견이라는 놈은 이미 혈루곡에 들어가 영물들을 찾고 있으니 시간이 촉박합니다. 잘못하면 주변 수백 리가 폐허로 변할 수도 있소.”

중인들의 안색이 핼쑥해졌다. 잘못하면 만석으로 인해 균형을 이루고 있는 지극열과 빙정의 기운이 충돌한다면 여기서 살아남는 것은 아무것도 없을 것이다.

“그, 그렇지만 혈루곡은 안개가 너무 짙어서 피아를 알아보기도 힘든데 어찌…….”

“그건 걱정 마십시오. 이미 천무금쇄진의 위력이 백 년 전에 비해서 아주 허약해져서 안개 외에는 별다른 위협을 주지 못합니다. 그리고 그 안개 역시 서서히 풀리고 있습니다.”

“그렇다면야…….”

“모두들 어서 혈루곡으로 달려가 봅시다! 그 만석이란 놈을 살려두어서는 안 됩니다!”

마지막 말은 당형문이 외치는 소리였다.

이렇게 해서 각 문파에서는 혈루곡으로 정예들을 총동원하기로 하고 자리를 뛰쳐나갔다.

그때,

"맹주님!"

그들과 엇갈려 중년의 무사가 달려들어 와 탁자 앞에서 무릎을 끓자, 얼굴을 설핏 찌푸리던 금태원이 무슨 말을 들었는지 눈을 부릅떴다.

"뭐, 뭣이? 대두개의 제자 애가 만석이란 놈하고 동행하고 있어?"

"옛!"

"으으음. 할 수 없지. 아이가 있다 해서 손속에 사정을 둔다면 놈을 놓칠 우려가 있으니… 둘 다 추살하도록 하라!"

"존명!"

장한이 명을 받고 물러나자 금태원이 눈빛을 날카롭게 빛내며 혼잣말로 중얼거렸다.

"하기야, 이래저래 죽을 것이니 불쌍해할 것도 없지."

"그렇습니다. 오히려 그 아이가 죽어 대두개에게 알려진다면 그의 본색이 드러날지도 모릅니다. 사람이 흥분하면 허점을 드러내게 마련 아닙니까?"

"허허허, 그야 그렇지. 하여간 의심스러운 노인이야. 가끔씩 무적초자 흉내를 낸다고 하니 진짜 무적초자와 뭔가 밀접한 관계가 있을 지도 모른다."

"훗후후. 정말 그랬으면 좋겠습니다. 무적초자의 얼굴을 직접 보고 싶군요."

"그가 살아 있다면 조만간에 보게 될 것일세."

"그렇겠지요?"

두 사람의 표정에는 뭔가를 기대하는 기색뿐 두려움은 없었
다.

# 第十章

## 지하 광장의
## 괴사(怪事)

　이미 혈루곡을 층층이 내리누르던 짙은 안개는 아지랑이같이 엷어져 햇빛 속으로 녹아들고 있었다. 이에 따라 시커먼 그림자를 드리운 나무숲과 한 팔 길이도 넘을 것 같은 물풀로 가득 찬 개울물, 그리고 삐죽빼죽 솟은 바위들이 지천으로 깔려 있어 계곡은 스산한 공기로 저물고 있었다.

　'가만!'

　만석이 일순 발길을 멈추며 귀를 쫑긋 세우는 시늉을 했다.

　계곡의 경사면에 든 만석이 주변의 동정에 귀를 귀울이고 있자, 숨을 돌린 추수연이 속삭이듯 말을 건넸다.

　"오라버니, 이렇게 도망치기보다는 놈들과 정면으로 부딪치는 것이 어때?"

"응? 핫하하. 요놈이 말이라도 못하면……."

만석이 알밤을 주려는 것처럼 중지를 세우자 추수연이 혀를 낼름하며 말을 받았다.

"흥! 나도 조금은 무공을 할 줄 안단 말이에요. 그러니 내 격정은 말라구요."

만석의 말이 무슨 뜻인지 대뜸 알아들은 추수연이 볼을 부풀리며 뾰로통하게 항의하자 만석이 다시금 소리 죽여 웃었다.

"녀석, 누가 아니라고 그랬냐? 상대가 많으니 정면으로 상대하기보다는 변칙적인 수법이 낫다는 얘기란다. 그러다 내가 위기에 처하면 네가 도와주면 되는 거다. 안 그래?"

"홋호. 맞아요, 맞아. 내가 오라버니 뒤를 단단히 지켜줄 테니 앞에 있는 놈들이나 상대해요."

추수연이 의기양양해서 떠들자 만석이 어쩔 수 없다는 표정을 지으며 이마의 땀방울을 훔치고 있을 때,

슈팍!

짧고 날카로운 파공성이 일며 십여 줄기의 은빛이 두 사람에게 쏟아져 왔다.

"으음. 놈들이 벌써?"

목봉을 흔들어 암기를 떨어뜨린 만석이 재차 있을 공격에 대비해서 바닥으로 몸을 굴리자 추수연이 재빨리 함께 굴렀다.

그러나 두 번째 공격은 없었다.

괴괴한 정적. 아무런 움직임도 느껴지지 않는 계곡은 서서

히 땅거미가 지고 있었다.

'놈들은 어디에 있는가?

만석이 암기가 날아온 방향을 중심으로 촉각을 곤두세울 때,

파파팍!

땅거죽이 일어나는 소리와 함께 지면을 덮은 풀 더미가 춤을 추듯 움직였다.

"지둔공(地遁功)!"

땅속 일 척 밑에서 몸을 움직이며 상대를 공격하는 수법.

금가의 암영대에서 흔히 쓰는 공격법이었다. 금가의 드러난 세력이 청천대라면 어둠의 그림자인 암영대는 혈루곡 속에 은신하고 있었던 것.

만석이 추수연의 손을 잡고 움직이려고 할 때 지척에서 젖은 흙 알갱이가 터져 나오며 날카로운 경기가 가랑이 사이로 파고들었다.

"조심해!"

만석이 목봉을 가랑이 사이로 찔러 넣으며 지면을 찌르는 반동으로 허공 삼 장 높이에 몸을 띄웠다. 추수연은 만석의 어깨에 매달려 눈을 꼭 감고 있었다.

파아아!

그러나 허공에서 몸을 움직이기도 전에 이번에는 수백 개의 암기가 머리 위를 덮쳐 왔다.

"천풍파(天風波)!"

큰소리와 함께 만석의 목봉이 일순간에 거대한 파랑을 일으

키며 암기를 향해 밀려갔다.

투투투툭!

검기의 기운을 못 이겨 사방으로 흩날려 떨어지는 암기들이 황혼 빛을 받아 벌건 잔영을 반사하고 있을 때, 손바닥만 한 갈고리들이 회선풍을 일으키며 두 사람의 전신으로 쏘아져 왔다.

"어헛!"

만석이 헛바람 빠지는 소리를 내며 옆으로 피하려고 했다.

그러나 그때 다가오던 끈이 매인 갈고리들이 서로 칭칭 동여매지며 만석을 가운데 두고 한꺼번에 덮쳐들었다.

'피할 수 없다!'

그렇게 생각이 들자 만석은 망설이지 않았다.

동그랗게 원을 그린 갈고리를 향해 만석의 신형이 팽이처럼 돌며 접근해 갔다. 일견 무모하게 보이는 육탄 방어.

파가각!

쇳덩이끼리 부딪치는 듣기 괴로운 소성과 함께 갈고리들이 산산이 부서져 내렸다. 대라무적공의 탄결인 무무탄강(無無彈剛)의 효능! 금기린에게 당한 이후 만석의 호신강기는 약간의 발전이 있었다. 강약의 조절이 손쉬워졌다는 것이다.

"죽일 놈들!"

내쳐 만석이 목봉을 십자형으로 흔들며 지면에서 머리만 내밀고 있는 인영들을 덮쳤다. 실로 솔개가 지면의 꿩을 낚아채는 듯한 엄청난 빠르기.

그와 함께 우우웅! 목봉에서 묘하게 파동 치는 소리가 들리는가 했더니 검은 하늘을 배경으로 하얀 빛줄기가 공간을 수십 가닥으로 자르는 것 같은 느낌이 들었다. 구경꾼들이 보면 너무나 아름답다고 탄성을 지르리라. 하지만 천풍우(天風雨)의 수법을 직접 당한 십여 명의 인영은 눈이 뒤집힌 채 입만 딱 벌리고 있을 뿐이었다.

"으아아악!!"

이어 모골이 송연한 소리와 함께 십여 개의 머리가 폭죽 터지듯 터지며 핏물이 안개처럼 허공을 수놓았다.

"크으윽!"

그러나 정작 답답한 신음 소리는 만석의 입에서 튀어나왔다.

"웨엑!"

입에서 줄줄 핏덩이를 게워내던 만석의 신형이 쓰러질 듯 비틀거렸다.

'크윽. 무리했어! 그러나… 아직 나는 죽을 수가 없어.'

"오, 라버니!"

만석의 등에서 여전히 그의 어깨를 붙잡고 있던 추수연이 외마디 소리를 지르며 만석의 등을 두드렸다.

"나, 나는 괜찮다. 걱정하지 마라……."

터져 버릴 듯 벌름거리는 가슴을 가까스로 진정시킨 만석이 얼굴을 돌려 안심하라는 미소를 지어 보인 후 신형을 뽑아 올렸다.

"이러고 있을 시간이 없다!"

잠시 후, 십여 줄기의 인영이 만석 등이 떠난 자리에 내려섰다.

"모두 죽었나?"

암영대주 마인걸이 눈을 가늘게 뜨고는 장내의 끔찍한 광경을 살폈다.

이미 날은 어두운 데다 산 그림자가 계곡의 전부를 덮고 있어 장내의 모습은 뚜렷이 보이지 않았지만 쓰러진 자들 사이로 거무칙칙하게 흘러내리는 것은 틀림없이 흥건한 핏물이었다.

동고동락하던 부하들의 최후. 혹시라도 생존한 사람이 없나 시신들 사이를 오가는 부하들의 모습을 보며 마인걸은 짜증이 왈칵 일었다.

"형편없는 놈들! 단 한 놈을 어쩌지 못하고……."

마인걸이 말을 하다 말고 무의식적으로 컴컴한 하늘을 올려다보았다.

"이런! 큰비가 오려나?"

방금 전부터 희미하게 한두 방울씩 떨어지던 빗방울이 목덜미에 뚜렷이 느껴지고 있었다.

"대주님!"

그때 이마 부위에 이 자(二字)를 아로새긴 복면인이 다가와 머리를 숙였다. 길고 가느다란 체구에 얼굴도 대충 길어 보이는 자였다.

"살아 있는 사람은?"

"불행히도 없습니다. 모두 단번에 죽은 것 같습니다."

"좋아. 놈의 도주 방향은?"

"안쪽으로 들어간 흔적이 있습니다."

복면인의 대답은 간단했다.

'음? 저것은?'

그의 대답을 들으면서도 고개를 돌려 주변을 빠짐없이 살피던 마인걸의 눈에서 이채가 발해졌다.

머리가 터져 죽은 자들로부터 일이 장쯤 떨어진 곳에서 또다른 핏물이 눈에 띈 것이었다.

"이호, 이것을 어떻게 보나?"

이호라고 불린 복면인이 그의 뒤를 따라 핏물 옆에 쪼그리고 앉았다.

"죽은 수하들 것은 아닙니다."

그의 대답은 즉시 나왔다.

"역시 그렇지? 이건 머리가 터져 나온 피가 아니라 내장에서 나온 것이야. 내상이 도진 흔적이지."

"그렇게 보입니다."

암영 이호 소묵언(消墨言)이 고개를 끄덕이며 발자국의 흔적을 손가락질했다.

"저 발자국이 놈의 것이라면 삼사 장을 건너뛰던 발걸음이 이 장 너비로 줄어 있습니다."

소묵언이 별일이 아니라는 듯이 말을 이었지만 이는 단순한 것이 아니었다. 만석이 십여 명의 암영대를 주살하다가 내상을 입고 몸이 정상이 아니라는 것이다.

'크흐흐. 놈이 가볍지 않은 부상을 입었다 이거지?

마인걸의 입가에서 가벼운 미소가 떠돌았다. 피해가 크긴 했지만 만석을 잡을 수 있다면 작은 희생일 따름이었다.

"부대주의 소식은?"

"없습니다."

"좋다! 시신은 일이 끝난 후 처리하도록 하고 즉시 그자의 뒤를 쫓는다!"


쏴아아!

굵어지던 빗방울이 폭우로 변했다.

쏟아지는 어둠과 빗물에 가려 눈앞마저 보이지 않았지만 만석은 악전고투를 벌이고 있었다.

골짜기는 깊어 처음 암영대의 무리들과 맞닥뜨린 곳에서 십여 리쯤 떨어진 곳이었다. 그러나 막상 들어와 보니 삼면이 칼날같이 험한 벼랑이라 더 이상 도주할 곳은 없었다.

'제길. 잘못하면 여기서 뼈를 묻어야 할지도 모르겠다.'

만석은 속으로 툴툴거리며 웃었다. 숫자는 비슷하지만 이들의 무위는 처음에 격돌했던 자들에 비해 최소한 한 수 위였다.

특히 이마에 일 자(一字)를 새긴 복면인의 무위는 만석이 정상이라고 해도 쉽게 상대할 수 없는 뛰어난 무공을 가지고 있었다.

“크으윽!”

또 다른 복면인의 머리통을 부순 만석이 허리가 갈라지는 듯한 고통에 몸을 크게 휘청였다.

‘으으으. 여기서 끝장인가?’

눈앞이 컴컴해졌지만 만석은 이를 악물고 신형을 옆으로 미끄러뜨려 상대의 공격을 대비했다.

추수연을 보호하는 데에 신경을 분산시켜야 하는 만석의 움직임은 시시각각 눈에 띄게 느려지고 있었다.

‘아직도 다섯 명!’

‘어떡해?’

추수연은 안타까웠다.

시끄러운 빗소리에도 선명하게 들리는 만석의 거친 숨소리와 진득하게 목덜미를 흐르는 피, 그리고 간신히 지탱하고 있는 만석의 신형은 그가 얼마 버티지 못할 것이란 위험신호였다.

추수연이 저도 모르게 만석의 팔을 잡고 힘을 주자 화급한 상황에서도 만석의 입가에 미소가 머물렀다.

‘녀석, 지금 얼마나 무서울까?’

만석은 입술을 굳게 깨물어 정신을 차리려고 애썼다.

깨물린 입술에서 찝찔한 핏물이 흘러나와 혀끝을 적셨다.

‘또 와. 어떡해……’

추수연은 땅을 디디고 있으면 발이라도 동동 구르고 싶었다.

만석은 앞의 복면인을 상대하느라 그것을 느끼지 못한 모양
이다. 만석의 옆구리를 찔러오는 흑검을 본 추수연이 만석에
게 매달린 채 그자의 몸을 걷어찼다. 거의 전력을 다한 발차
기.

"끄으윽!"

불시에 낭심을 걷어차인 복면인이 새우등처럼 몸을 구부릴
때, 만석의 목봉이 그자의 뒤통수를 후려갈기며 앞으로 몸을
굴렸다.

"오라버니……!"

만석의 몸에서 떨어져 지면에 처박힌 복면인 위에서 퍼뜩
고개를 쳐들던 수연이 비명 소리와 흡사한 목소리를 짜냈다.

"괜찮다. 마지막 남은 놈을 해치우고 잠시 탈진한 것뿐이
야."

"네, 네. 다행, 정말 다행이어요."

만석의 따뜻한 말을 듣던 추수연이 온몸이 가라앉는 느낌에
곧이어 의식을 잃었다.


"으으음… 또 다 죽고 말았나?"

마인걸은 어이가 없었다. 거센 빗줄기 속에 덩그러니 아무
렇게나 누운 시신들. 눈대중으로 숫자를 헤아리던 마인걸이
빗속을 돌아다니며 만석 등의 흔적을 찾고 있는 수하들을 보
며 눈살을 깊이 찡그렸다.

지척을 분간하기 힘든 폭우 속을 빠르게 움직이는 수하들의

모습은 마치 풍랑 속을 떠도는 조각배처럼 위태롭게 보였다.

"으음. 나 부대주까지……?"

뒤통수가 함몰된 머리통은 흙더미에 반쯤 파묻혀 있었지만 마인걸은 쉽게 그를 알아볼 수가 있었다.

마인걸이 그의 부릅뜬 눈을 감겨주며 이를 뿌드득 갈았다.

"네 원한은 내가 열 배, 백 배 갚아주리라!"

'야아, 우리 대주님도 저런 면이 있었네?

주변의 수하들은 그의 의외의 모습에 눈을 둥그렇게 떴다.

평소에는 부하들을 닦달하고 냉정하기 이를 데 없던 철면피 마인걸이었다. 그런데 막상 이를 갈며 복수를 다짐하는 마인걸이 새삼 감동을 주는 것이다.

"염병! 그놈의 빗줄기 더럽게 거세네."

빗물에 홀랑 젖은 옷이 새삼 거추장스런 느낌으로 다가오자 마인걸은 혀를 길게 차며 투덜거렸다.

"에이, 정말 지랄 같은 비라니까."

심중에 참지 못할 짜증이 일자 급기야 소리 내어 중얼거리는 마인걸이었다. 그의 목소리가 빗속을 울리자 자신을 부르는 소리로 느꼈는지 부대주 소묵언이 급히 달려왔다.

"놈이 이곳을 벗어난 지 얼마 되지 않았습니다!"

"어디로? 어느 방향인가?"

"그, 그게……."

항상 딱 부러진 대답을 하던 소묵언도 확실한 답변을 하지 못했다.

"왜 대답을 못하나! 이러다간 놓쳐 버리겠어!"

소묵언은 꿀 먹은 벙어리처럼 입을 열 생각도 못하고 시선을 바닥에 박았다.

"에에이! 쓸모없는 작자 같으니!"

큰 소리로 욕설을 하며 죽일 듯한 눈으로 그를 노려보던 마인걸이 고개를 들어 삼면의 절벽을 훑어보았다. 가파른 절벽의 언저리에는 희뿌연 물안개마저 끼어 있어 아무리 안력을 돋우어도 흐릿하기만 했다.

"크으. 그물에 걸린 고기를 놓쳐 버렸어. 도대체 이럴 수가 있나……."

만석이 처음 혈루곡을 들어올 때부터 천라지망을 펼쳤다. 그런데 이게 뭐란 말인가. 놈을 끝내 잡지 못하면 마인걸은 암영대주 자리를 내놓아야 할지 모른다. 그렇게 되면 파멸이다.

"저어… 어차피 멀리가지는 못했을 테니 두셋씩 조를 짜서 수색해 보는 것이 어떨까요?"

자신없는 태도로 말을 건네는 소묵언을 다시 한 번 째려본 후 마인걸이 고개를 끄덕였다.

"그 수밖에 없겠지. 그자를 잡기 전에는 절대 돌아갈 수 없다. 모두 명심하도록!"

"옛!"

수하들의 목소리는 빗소리를 뚫고 우렁차게 울려 퍼졌다.

'에이, 쓸모없는 자식들. 대답 소리만 요란하구나!

"자, 그럼, 인원을 나눈다!"

이어 인원을 두세 명씩 네 개 조로 만든 그들이 빠르게 전후 좌우로 갈라서며 몸을 날렸다.


"시신들을 뒤집어 보아라!"

마인걸은 화가 나서 견딜 수가 없었다.

절벽을 샅샅이 뒤져 가며 나가는 길을 찾았지만 벼랑 사이에는 사람이 빠져나갈 아무런 틈도 없었다. 중간중간에 나 있는 동굴까지 모두 수색한 결과 남는 것은 허탈감뿐이었다.

내상을 입기 전의 만석이라면 혹시라도 절벽을 올라 도주할 수 있겠지만 지금은 사정이 다르다.

그렇다면 추측할 수 있는 것은 단 하나. 수하들의 시신 아래에 숨어 있었다는 결론뿐이다.

"대군사님, 여기……!"

자세히 볼 필요도 없었다.

빗물로 고랑을 이룬 시신 밑에 움푹 패인 자리가 선명했다.

"추정 시간은?"

"일각 전입니다!"

"쥐새끼 같은 놈!"

으드득!

소리 내어 이를 갈아붙인 마인걸이 앞장서 달려나갔다.


"허어억, 허억!"

부르튼 입술에서 단내가 물씬거리며 피어올라 빗줄기와 부

딪쳤다. 겉으로 아무리 멀쩡한 체해도 이미 힘이 고갈된 발길
은 빗물에 미끄러질 뿐이었다.

극심한 피로와 고통. 여기저기 깊이 입을 벌린 상처에서 흘
러나오는 핏물은 생명의 기운을 갉아먹고 있었다.

우당탕! 풍덩!

급기야 만석의 발이 매끄러운 돌바닥을 딛다가 쭉 밀려 개
울물로 떨어져 내렸다.

"오라버니!"

만석의 옆에서 걸음을 옮기던 수연이 곧바로 칠팔 척 아래
의 물을 향해 몸을 날렸다.

툭 튀어나온 바위 옆의 퍼드러진 물풀 위에 얼굴을 처박고
있던 만석이 간신히 고개를 들고 있었다. 그야말로 형편없는
몰골.

"여어! 물맛이 시원한걸?"

그러나 만석의 목소리는 단순히 목이 말라 개울가에서 목을
축인 여행객처럼 여유로웠다.

허리춤까지 오는 물속에 쪼그리고 앉아 만석을 살피는 수연
의 얼굴은 걱정으로 뒤범벅되어 있었다.

"오, 오라버니, 진짜 괜찮으세요?"

"녀석! 괜찮지 않으면 내 어디가 부러지길 바랐다는 말이
냐?"

짐짓 아무렇지도 않은 듯 농을 했지만 만석의 기력은 거의
바닥에 이르고 있었다.

'더 이상 가봤자 붙잡히기 십상이다.'

그것을 깨달은 만석이 개울 속을 유심히 둘러보았다.

개울가에 울퉁불퉁 튀어나온 바위 밑에는 사람 한둘이 몸을 숨길 만한 작은 공간들이 있었다.

'그래, 저기라면……'

그들이 바윗돌 밑에 몸을 은신하자마자 추적자들의 기척이 가까이 닿아왔다.


길은 개울을 사이에 두고 두 갈래로 나뉘어져 있었다.

'적어도 가슴팍까지 올 정도의 깊이라면 개울물을 통해서 도주하는 것은 어렵겠구나.'

잠시 개울물의 깊이를 가늠하던 마인걸이 양쪽 길을 다시금 살폈다.

"어느 쪽일까?"

한쪽은 무림맹으로 통하는 길, 다른 편은 북령산중으로 올라가는 길이다. 그러나 빗줄기는 여전히 거세어 그들의 흔적은 말끔히 지워진 상태다.

"양쪽으로 나누어서 추격하면 어떨까요?"

소묵언의 제안은 고육지책이었지만 마인걸은 벌써 오십여 명의 암영대가 죽은 것을 상기하지 않을 수 없었다.

"좋아. 가자!"

두 편으로 나뉜 암영대 무사들이 빠르게 멀어져 갔다.

바윗돌 밑에서 어느 정도 기력을 회복시켜 가던 만석은 어느 순간 최소한 수백 명이 계곡 안으로 몰려드는 기척을 느꼈다.

'흣. 복장을 보니 참으로 잡다하구나.'

복장만 다른 것이 아니라 각종 억양이 섞여 있는 것을 보면 그들의 출신도 다를 것이다.

'조심해서 나쁠 것은 없지.'

만석은 먼저 추수연의 등을 밀어 숲 속의 큰 바위 틈으로 감춘 후 바로 뒤따라 들어갔다.

'음? 이상한데?'

막상 들어가서 몸을 감추고 있자니 바위 속이 인공이 가미된 것처럼 깎여 있는 것을 느낀 것.

추수연도 그걸 느꼈는지 만석에게 이상스럽다는 눈초리를 보내고 있었다.

'그래. 가보자!'

만석이 손을 잡자 추수연이 묵묵히 만석의 뒤를 쫓아왔다.

'녀석, 참으로 침착하구나.'

보통의 아이 같으면 벌써 울고불고 난리가 났을지도 모른다. 아니, 최소한도 정신을 잃고 만석에게 부담이 되었을 것이다. 그런데 아직도 만석을 응시하는 아이의 눈길은 초롱초롱하기만 했다.

바위를 통과하니 이번에는 두 사람의 어른이 간신히 통과할 정도 크기의 지하 통로가 나타났다. 천장이나 바닥은 모두 돌이었는데 만들어진 지 그리 오래되지는 않았는지 가끔 축축한 습기만이 느껴질 뿐 지하 동굴다운 음습한 기운은 대수롭지 않다.

안심해도 될 곳이라는 생각이 들자 만석이 그제야 아이에게 말을 건넸다.

"배고프지?"

"아뇨. 전혀 감각이 없어서 배고픈 줄 모르겠어요."

"핫하. 녀석. 아직 긴장이 덜 풀려서 그럴 거다. 조금만 더 있으면 견딜 수 없이 배가 고파질걸?"

"호호. 괜찮아요. 사부님이 안 계실 땐 사흘도 굶은 적이 있는걸요?"

"훗후후. 녀석, 이제는 나 때문에 굶게 되었으니 미안하구나."

"아뇨, 그건 오라버니 탓이 아니네요. 오히려 저 때문에 오라버니가 죽을 뻔했잖아요."

배시시 웃던 아이의 눈에 물막이 어리는 것을 보고 만석은 황급히 고개를 돌렸다. 눈물이 나올 뻔했다.

'그러고 보니 벌써 하루 종일 꼬박 굶은 것 같구나.'

대라무적공의 요상법으로 어느 정도 기력을 살렸지만 아직도 몸 상태가 정상은 아니다. 그러나 창자가 당기고 피륙을 저미어오는 고통보다는 배고픈 것이 더욱 견디기 어렵다.

그렇게 생각하자니 갑자기 뱃속에서 꼬르륵 소리가 들렸다.

"헤헤. 오라버니, 배에서 나는 소리가 요란하네요."

"녀석. 아무래도 허기부터 먼저 해결해야겠구나."

말을 하며 두 사람이 서로 희미하게 마주 보고 웃었다.

언제부터인가 아이가 누이동생처럼 생각되더니 같이 험한 일을 겪고부터는 새삼 친혈육처럼 가까운 느낌이 들었다.

두 사람이 왠지 포근해진 느낌에 잠겨 있을 때,

"놈! 네놈 때문에 아이까지 죽을 뻔했어!"

'응?'

화들짝 놀란 만석이 사위를 살폈다. 어딘가 익숙한 음성.

"노부 쪽으로 십여 장쯤 나오면 연못으로 통한다. 아이는 거기에 놔두고 너만 이쪽으로 와라. 누구라도 네놈과 함께 있으면 위험해. 너는 무림공적이 되어버렸어. 아까 몰려가는 사람들을 봤지? 다 너를 찾아 죽이려는 정파 놈들이야."

'아아. 초로 어르신?'

"으음… 무림공적, 공적이라 하셨습니까?"

"그래, 네놈은 마교의 주구로 몰렸다."

"어르신도 그걸 믿으십니까?"

"놈! 믿고 안 믿고가 문제가 아니다. 다른 사람들이 그렇게 생각한다는 것이 문제고, 금 맹주와 대군사란 녀석이 너를 점찍었으니 변명해도 소용이 없다."

이렇게 되니 궁금한 것은 소이와 우거형의 상태였다.

"혹시 제 친구들은 어떻게 되었는지 아십니까?"

"노부가 듣기로 네 친구들은 감금되지 않았다. 너만 마도로 몰아 무림공적으로 지목했으니 노부도 그 이유를 모르겠다."

소이와 거형에게는 손을 대지 않고 만석만 무림공적으로 지목해서 추적하고 있는 것이다. 친구들이 무사하다니 다행스럽기는 했지만 만석은 왠지 착잡한 마음이 들었다.

'그자들이 끝내……?'

끝내 그렇게 만들려고 그토록 집요하게 감시하고 목숨을 노렸던 것이다.

'너희들이 정 그렇게 나온다면 내 백 배, 천 배 이 원한을 갚아주마!'

만석이 저도 모르게 이빨을 부드득 갈자 추수연이 눈을 둥그렇게 뜨며 만석의 손을 잡았다.

'아차. 수연이가 있었지.'

"핫하. 걱정마라. 네 사부님의 말씀을 듣다 보니 나도 모르게 흥분했구나."

"어머? 소녀의 사부님이 오셨어요?"

"그래. 이제 너와 헤어져야겠구나."

"오, 오라버니, 같이 가면 안 될까요?"

"안 돼! 나는 아주 위험한 처지에 몰려 있다. 나와 함께 있는 사람은 목숨을 버릴 각오를 해야 한다."

"오라버니, 그렇지만……."

"핫하하. 녀석, 네가 걱정하는 마음은 안다만 나 혼자라면 그 누구에게서도 언제든지 도망칠 수 있다. 그러니 넌 네 사부를 따라가야만 해."

만석이 그녀의 손을 힘주어 잡으면서 다짐하듯 말했다.

"곧 다시 만나게 될 거다."

만석이 빙긋 웃어준 후 신형을 날렸다.

'부디 조심하세요. 우리는 꼭 다시 만나야 해요.'

수연은 입 밖으로 흘러나오려던 말을 꿀꺽 삼켰다. 왜 이리 불길한 마음이 들까?


동굴의 끝은 커다란 연못의 가장자리로 통해 있었다.

그러나 그 끝에는 아무도 없었고 기름종이 위에 아직 김이 모락모락나는 큰 만두가 몇 개 올려져 있었다.

'훗. 그래도 먹을 것은 챙겨주시고 사라지셨군.'

만석이 실소를 지으며 허겁지겁 만두를 입으로 가져갔다.

'실로 꿀맛이라더니 이를 두고 한 말이구나.'

만석이 만두를 다 먹자 다른 꼬깃꼬깃 접은 작은 종이가 눈에 들어왔다.

'이게 뭐지?'


갑작스러운 일인 줄 안다. 하지만 너는 어차피 금태원이 꾸민 음모의 중심에 서 있다. 네가 진정 장부라면 회피하지 말고 정면으로 뚫고 나가야 할 것이다. 혈루곡에는 강호를 뒤집어엎을 엄청난 비밀이 있을지 모른다. 그 첫걸음은 연못 속에 있다. 노부는 네가 이 시대를 이끌어갈 영웅으로 믿고 이 일을 맡긴다.


'훗. 영웅이라… 죄송하지만 나는 영웅이 될 수도 없고 되고

싫지도 않습니다. 어르신은 헛다리를 짚은 겁니다.'

만석이 속으로 실소를 짓다가 잔파랑이 이는 연못의 물결을 가만히 응시했다.

'연못, 연못이라…….'

만석은 속으로 몇 번이나 연못이란 말을 반복했다. 과연 금태원이 어떤 음모를 꾸미고 있을까? 아니, 금성혼으로부터 무려 백 년간 대를 이어 내려온 음모의 내막이 궁금하기도 했다.

게다가 자신을 무림공적으로 몬 금태원의 더러운 실체를 보고 싶은 마음도 점점 강해지고 있었다.

'좋아! 무엇이 있을지는 몰라도 물속으로 들어가 보자!'

곰곰이 생각한 뒤에 내린 결론이었다. 연못 밑에 다른 곳으로 통하는 지하 통로가 있지나 않을까 하는 추측. 만석은 연못의 물이 자신을 자꾸만 끌어당기는 느낌에 묘한 전율을 느끼고 있었다.

막상 물속으로 잠수하자, 딱딱하게 굳었던 몸이 노곤하게 풀리며 안온한 기분이 들었다.

'좋아!'

만석은 여유를 가지려고 애썼다. 조급해서는 될 일은 아무것도 없다. 만석은 일이 잘 풀릴 것 같은 기분에 물속을 유영하는 팔다리에 절로 힘이 들어갔다.

'저건……?'

내공을 눈동자에 모으고 어두컴컴한 연못 바닥을 면밀히 살피던 만석이 연못의 가장자리로 접근하며 눈을 빛냈다.

주의해서 보면 주변에 비해 약간 더 검을 뿐 공동(空洞)은 쉽게 눈에 띄지 않을 것이다. 만석의 눈에 구멍이 발견된 것은 우연에 불과했다. 오히려 물속 어둠이 눈에 익숙해지자 어디나 비슷하게 보이는 것이다.

'자, 간다!'

물과 상부의 지면 사이에 사람 하나가 빠져나갈 만한 그리 크지 않은 구멍이 있었다. 빨려들 듯 공동으로 들어간 만석이 몸의 균형을 잡으려고 손을 올려 윗부분을 잡았다.

'제길. 손아귀 사이로 미꾸라지가 빠져나가는 느낌이 드는 걸?'

손가락에 잡힌 것은 돌 바닥에 빽빽이 뿌리박은 매끌매끌한 물이끼였다.


'후우웁!'

만석이 긴 숨을 들이켜며 막혔던 숨 줄기를 틔웠다. 거의 일각이나 물줄기를 타고 밑으로 내려가다가 몸을 다시 떠올려 보니 작은 동굴이었다.

'크윽. 숨이 턱턱 막히는구나.'

수중 동굴 특유의 퀴퀴하고 습습한 공기가 만석의 콧구멍을 가득 채우며 밀려들었다. 동굴 천장은 매우 낮았고 경사가 져 있어서 만석은 동굴 속을 기지 않을 수 없었다.

'제기. 이러다가 너무 좁아서 더 이상 들어가지 못하게 되거나 막혀 있으면 끝장 아냐?'

그런데 만약 앞이 막혀 있으면 도로 연못으로 돌아가야 하는데 이번에는 물줄기의 방향을 거꾸로 해서 들어가야 한다. 슬슬 걱정이 되지 않을 수 없었다.

'이거야 원, 사람을 삶는 거야 얼리는 거야. 한 가지만 해주지.'

만석은 투덜거리며 열심히 손을 놀려 동굴 바닥을 길 뿐이었다. 동굴 바닥을 굽이굽이 내려오는 물줄기는 매우 뜨거워서 처음에는 몸이 삶아지는 듯했는데, 언제부터인가 동굴 벽을 타고 내려오는 물줄기는 얼어붙을 듯 차가웠다.

한편 살이 뭉개지는 느낌으로 끈적거리기도 하고 다른 한편 심장을 얼리는 차가움에 만석은 진저리를 쳤다.

'크홋. 꼭 지옥으로 빠져드는 것 같군.'

무저갱으로 들어가는 느낌이 이럴까? 동굴을 기어들어 갈수록 손끝도 보이지 않은 암흑 속에 홀로 팽개쳐진 왜소한 벌레가 된 느낌이 들어 만석을 못 견디게 했다.

'춧. 최악의 경우라도 죽기밖에 더 하랴!'

만석은 잠시 기는 몸을 멈추고 터질 듯 두근대는 가슴을 진정시키려고 애썼다.


'음? 이거 봐라?'

오르락내리락하며 거의 백여 장이나 수중 동굴 속을 기어들어가던 만석이 동굴이 갑자기 넓어지는 느낌에 저도 모르게 몸을 세웠다.

‘으윽!’

너무 급작스럽게 몸을 세웠나 보다. 동굴의 천장에 머리를 부딪친 만석이 머리를 감싸며 쪼그려 앉았다.

“큭! 바보 같으니.”

저도 모르게 중얼거리며 얼얼한 머리를 주무르던 만석이 안력을 돋우어 넓어진 동굴을 둘러보았다.

겨우 일이 장 너비의 작은 동굴이었다. 그러나 거의 기다시피 암굴을 지나온 만석으로서는 숨통이 열리는 느낌이었다.

“이거야 갈수록 태산이라더니……!”

만석이 그런 동굴을 한눈에 둘러보다가 금세 실망스런 신음을 토했다. 삼사 장 앞에서 동굴은 막혀 있었다.

그런데 실망스러워하던 만석의 눈에 동굴의 끝 쪽에 빼곡히 자란 물풀들이 들어왔다. 햇빛을 받지 못해 시커멓게 죽어가는 듯한 잎이 가늘고 날카로운 물풀.

‘응? 색깔이나 모양새가 이상하지만 저기서 물풀이 자란다면?’

지금껏 동굴 벽에 억수로 자라는 이끼만 보아오다가 잎사귀가 넓적한 물풀을 보자니 생경스럽기만 하다. 그러나 반가운 심정이 드는 것도 사실이었다.

‘어디 가보자.’

만석이 속으로 중얼거리며 재빨리 물풀에 다가갔다.

‘여기에 샘물이 다 있다니!’

물풀에 가려져 있는 작은 샘물. 어둠 속이지만 너무 맑아 보인다는 생각에 만석은 목이 말라왔다.

"에라, 모르겠다!"

갑작스런 갈증을 이기지 못한 만석이 샘물에 입을 처박고 물을 꿀꺽꿀꺽 삼켰다. 갑작스런 갈증을 해소하던 만석이 뭔가 떠오르는 생각에 머리를 갸웃했다.

"가만! 혹시?"

만석이 허리의 목봉을 빼내어 샘물 속을 휘저어 보았다.

"이거 팔이 어디까지 들어가는 거지?"

몸을 한껏 기울여 어깨까지 물속에 집어넣고 있던 만석이 묘한 눈빛을 했다. 깊다. 그리고 묵직한 물의 압력에 약간씩 밀리던 몽둥이가 돌덩이에 부딪치는 느낌과 더불어 왠지 허전한 느낌이 들었다.

'한쪽은 비어 있다!'

만석이 흥분된 표정으로 다시금 빈 느낌이 드는 공간을 휘저어 보았다. 몸이 들어갈 공간이 있었다.

'들어가 보자!'

생각이 떠오르자마자 만석이 다리부터 샘물 속으로 들이밀었다.


'크으! 대체 어디까지 내려가는 거야?'

구멍의 양쪽 돌 틈을 손으로 찌르며 어렵게 내려가던 만석이 탄식을 발했다. 그만큼 밑으로 뚫린 수직에 가까운 동굴은 매우 깊었다.

"허억, 헉!"

만석이 거의 백여 장이나 내려가니 온몸은 땀방울로 축축이 젖었고 실낱같이 몸속을 떠돌던 진기는 고갈되기 직전이었다.

그러나 다시 올라가고 싶은 마음은 없었다. 전혀 예상치 못한 모험이었지만 만석은 내려갈수록 마음을 잡아끄는 이상스런 기분에 취해 있었다. 살다 보면 가끔씩 하고 싶지 않아도 해야 되는 일이 있다. 그것이 만석에겐 더욱 강렬한 느낌으로 다가오고 있었다.

'그래! 지옥 끝이라도 가보는 거야!'


"끄아아아! 끄아악!"

'헉! 이게 무슨 소리야?'

막 발이 바닥에 닿았다는 느낌에 안도하던 만석은 소스라치게 놀랐다. 아니, 만석은 지금껏 무의식 속에서 기다리던 것이 왔다는 느낌에 전율하고 있었다.

'침착하자. 마음이 불안정해서는 되는 일이 아무것도 없어.'

만석이 차근히 눈을 감고 마음을 명경지수처럼 가라앉히며 온몸의 삼백육십 개 대혈로 외기(外氣)를 받아들이기 위해 노력했다.

이마에서 땀방울이 조금씩 솟아오르는가 싶더니 폭포수처럼 떨어지기 시작했다.

"후웁. 후우웁!"

만석은 온몸의 힘줄이 뒤틀리는 엄청난 고통에 그만 의식을 놓을 뻔했다. 얼굴의 심줄이 모두 부풀어 올라 시뻘겋게 변하고 있었다.

"끄으으으!"

그러나 여기서 중단하면 끝장이다. 만석은 잡생각이 들지 않도록 의식을 이끌었다.

'되, 된다!'

단전에서 나와 각 요혈에 두텁게 뭉쳤던 기운이 조금씩 빠져나와 실낱같은 줄기로 나뉘어 만석의 온몸을 천천히 돌기 시작했다.

내기와 외기를 삼백육십 개 대혈에서 합치되 내기를 다시 단전으로 끌어들이는 순간 외기를 흡수한다. 말은 쉽지만 그 순간은 그야말로 찰나간이라 고도의 집중력과 노력이 필요했다.

'됐다. 아주 미약하긴 하지만 청량한 기운이 삼백육십 개 대혈 근처에 머무르며 조금씩 빨려 들어오는 것 같구나.'

오늘은 몸의 진력이 거의 고갈된 덕분에 오히려 대라무적공의 운행이 쉬웠다.

그러나 지금은 대라무적공을 운기하는 데 몰두할 때가 아니었다.

만석은 적이 아쉬움을 느꼈지만 다음에 다시 시도해 보기로 하고 허전한 마음을 달랬다. 잠시 후 만석이 눈을 뜨자 벼락같은 섬광이 번쩍이다 금세 사그라졌다.

‘후우… 오히려 내상을 당한 것이 도움이 된 것 같구나.’

만석은 대라무적공에 대한 사부 무초 대사의 말을 떠올리며 안도했다.


“대라무적공은 내가 평생을 겪고 참오한 모든 것이 들어 있다. 그러나 아직 완성이 되지 않은 이론상의 심법이니 끊임없는 탐구와 노력이 필요하리라. 더욱이 대라무정공은 다른 심법과 달리 진력이 모두 고갈되었을 때에 그 단계를 높일 수 있다. 극히 위태로운 단계에 도달해도 결코 절망하지 말고 대라무적공을 운기하라. 전신 삼백육십 개 대혈로 내공을 흡입하게 되면 하늘에서 뇌의 기운을 받아 천풍뢰(天風雷)를 전개할 수 있으리라. 더 나아가 네가 온몸의 모공으로 세상의 기를 받아들일 수 있게 되면 그때서야 대라무적공의 극성을 익혔다고 하리라.”


옆으로 빠져드는 굴 모퉁이를 발견한 만석이 빠르게 몸을 돌렸다.

‘저, 저, 저건?

아무리 담대한 만석이라도 가슴이 덜컥 하고 내려앉을 정도로 충격적인 장면이었다.

삼사 장 아래에 드넓게 펼쳐진 지하 광장. 그리고 벽면 곳곳에 꽂혀 있는 횃불 아래 수백 명에 이르는 오체투지한 군중들이 한곳을 뚫어지게 응시하며 몸을 떨고 있었다.

거대한 뱀. 거의 십여 장 길이에 두 사람이 팔을 벌려야 겨우 닿을 만한 엄청난 몸통. 길게 찢어진 세모꼴 눈에서는 소름 끼치는 광망이 무섭게 번쩍인다. 핏물에 담근 듯 붉은 기다란 헛바닥 끝은 두 갈래로 갈라져 날름거리고 있었다.

만석의 눈이 뱀을 거쳐 아래로 내려갔다.

붉은 주렴이 넓게 깔린 제단!

뱀은 놀랍게도 제단 위에서 몸을 꼿꼿이 세우고 사람들을 내려다보고 있는 것이었다.

그리고 뱀의 몸통 바로 아래에는 삼사 장 크기의 커다란 향로에서 뿌연 연기가 끊임없이 숏아올라 대전 안을 떠돌고 있었다. 한편 청아하기도 하면서 코끝이 매워지는 향연(香煙).

"우우우우… 가가가가."

사람들은 무슨 소린지 알 수 없는 한숨 같은 주문 소리를 열심히 외우며 몸을 흔들흔들 떨고 있었다.

'저, 저런 일이……?'

만석의 눈에서 번개같은 안광이 뻗쳐 나갔다.

또 한 명의 불쌍한 사람의 몸통이 뱀의 쫙 벌린 아가리 속으로 삼켜지고 있었다.

사람을 삼킨 뱀의 목울대가 잠시 꿈틀거리다 이내 잠잠해졌다.

'저게 도대체 무슨 짓인가?'

만석은 너무도 어이가 없어 도무지 생시 같지가 않았다.

그러나 대전을 떠도는 안개처럼 모호한 향연 속에서도 만석은 이것이 현실이라는 것을 피부로 느끼고 있었다.

막 허리춤의 목봉을 꺼내 들던 만석이 흠칫하며 기억에 떠오른 것을 짚어 나갔다.

거대한 뱀! 이것이 바로 무적초자의 책자에 나온 뱀과 비슷한 놈이 아닐까?

일백 년 전 무적초자가 죽림마원의 본거지인 평정산(平頂山)에서 본 그 수십 마리의 구렁이. 전후 사정으로 보아 이 지하 세계는 태양신군 금성혼이 만들었다고 봐야 한다.

그렇다면 구렁이를 신봉하는 죽림마원과 금성혼은 어떤 관계란 말인가. 지금까지 알아왔던 모든 것들이 뒤죽박죽 얽히는 느낌. 그 느낌은 결코 기분 좋은 것이 아니었다.

'내 모든 것을 바쳐 파헤쳐 보이리라.'

초로는 무엇을 보라고 만석을 들여보낸 것일까? 저 밉상스러운 뱀을? 아니면 그 뱀 앞에 희생물로 바쳐진 있는 저 불쌍한 사람들을 구하라고? 왜? 저 사람들은 또 누구지?

그런데 왜 이리 어지러운 거지? 돌덩이를 얹어놓은 것처럼 눈꺼풀이 점점 무거워지고 있었다. 머릿속에 연기가 가득 찬 것만 같다. 게다가 온몸에서 힘이 주욱 빠져나가면서 다리가 휘청하자 만석이 세차게 머리를 흔들었다.

'제기, 이놈의 향 냄새 때문인가?'

그렇게 생각이 들자마자 호흡을 멈추고 모공으로 향 냄새를 밀어내니 심신이 가까스로 안정되면서 시야가 차츰 뚜렷해졌다.

'죽일 놈들!'

만석의 눈동자가 다시금 격렬한 화염을 내뿜었다.

뱀의 거대한 몸통 앞에 횡대로 엎드린 사람들의 몸이 떨리는 모습이 확대되어 다가왔다.

공포에 질린 사람들의 동공이 허옇게 열려 굳어 있었다.

'죽여! 저 사악한 놈을 죽여야 해!'

어디서 힘이 솟구쳤는지 모른다. 물에 젖은 솜처럼 지쳐 있던 몸의 한가운데에서 갑작스럽게 강력한 힘이 소용돌이치며 전신을 달구었다.

"천풍우!"

만석의 굉렬한 외침이 지하 광장을 메아리치는 순간 검과 일체가 된 만석이 뱀을 향해 짓쳐들고 있었다.

서릿발처럼 사방을 점하던 거대한 묵광이 줄기줄기 찢어지며 뱀의 전신을 난도질해 갔다. 빛무리의 폭우였다.

끄아아악!

고통에 질린 뱀의 비명 소리. 그리고 경악에 홉뜨여진 수백 쌍의 눈동자. 어디선가 한줄기 뜨거운 바람이 부는 것 같았다. 아니, 시공이 멈춰져 살아 있는 모든 것의 움직임이 사라져 버린 것 같았다.

넓은 지하 광장에 가득 찬 것은 오로지 거대한 적막감이었다.

이어, 간신히 제정신으로 돌아온 사람의 눈동자를 가득 점하는 것이 있었다.

"오오오오!"

피비린내가 왈칵 끼치며 뜨거운 핏줄기가 사방 십여 장을 덮고 피비를 내리고 있었다. 붉은 안개 더미처럼 사방에 휘뿌려지는 붉은 핏방울들. 조각조각 끊겨진 거대한 뱀의 동체가 한꺼번에 사람들을 덮쳐 갔다.

"으허헉!"

"으아아아!"

갑작스런 상황에 얼떨떨해하던 사람들이 괴이한 비명을 지르며 몸을 피했다. 허공에서 떨어지는 뱀의 핏물과 잘라진 몸뚱이로 장내는 삽시에 아수라장으로 변했다.

'아직 멀었어!'

후두둑거리며 떨어지는 뜨거운 핏물과 살덩이를 피해 몸을 뒤로 날리면서도 만석은 방금 전의 출수를 환상처럼 떠올리고 있었다.

한 호흡에 삼백육십 개로 이루어진 빛의 그물망을 만드는 것, 이것이 바로 천풍우 극성의 경지였다.

하지만 만석은 전력을 다하고도 백 개를 넘지 못했다.

'흥분이 지나쳤어!'

만석은 뱀을 죽여 사람을 구한다는 목적은 달성했지만 분노가 너무 커 이지가 흐려져 자기도 모르게 선천진기를 끌어냈던 것이다.

'크윽……'

뒤로 물러나던 만석이 가슴을 붙잡고 잠시 휘청했을 때, 장내의 소란이 가라앉으며 고함 소리들이 들려오기 시작했다.

“적이다! 침입자다!”

여기저기 수백 명이 한꺼번에 부르짖는 무지막지한 소리가 귓전을 때렸다.

‘아차! 이런 멍청이!’

이곳이 적지라는 것을 일순 망각해 버렸다.

정신이 번쩍 난 만석이 들어왔던 길로 되돌아가려다가 급히 방향을 틀었다. 뱀의 조각난 파편과 핏물에 흠뻑 젖어 제단 바닥에 머리를 박고 쓰러진 제물로 바쳐진 남녀들. 이들을 구해야 했다.

만석이 급히 그들을 향해 몸을 날리려고 할 때,

파파파파!

날카로운 파공성과 함께 수천 개의 암기들이 제물이 된 사람들의 머리 위로 쏟아져 내렸다.

타오르는 횃불을 받아 불그스름하게 빛나는 수천 개의 암기들.

“크아아악!”

“으아아악!”

그와 동시에 고통에 전 비명 소리가 장내의 후텁지근한 공기를 싸늘하게 얼렸다.

‘크으. 틀렸어!’

만석은 고슴도치처럼 빈틈없이 암기가 박힌 그들의 몸이 점차 핏물로 녹아드는 모습을 보고 망연자실했다. 침같이 생긴 암기에는 강력한 화골산이 발라져 있었던 모양이다.

“으으음. 악독한 놈들!”

잇새로 말을 내뱉는 만석의 눈초리가 험악해졌다.

그러나 수십여 명이 그들의 뒤로 숏구쳐 암기를 날려대며 접근하고 있어 한 치의 여유도 허용되지 않는 급박한 상황.

만석의 머리가 빠르게 돌아갔다. 중과부적! 수백 명의 인원에 포위된다면 그것으로 끝장인 것이다.

‘일단 자리를 피하고 보자!’

만석이 급히 뒤로 몸을 날려 제단 뒤의 휘장을 열어젖히며 튀어나갔다.

“놈이 도망친다! 쫓아라!”

연신 급박한 외침 소리가 만석의 뒷덜미를 잡았다.

‘출구는?’

만석이 휘장 뒤로 돌아가며 빠르게 출구를 찾았다.

‘저기다!’

컴컴한 어둠 가운데서도 약간의 빛이 어른거리는 곳. 그곳이 출구라는 걸 알아챈 만석이 전력으로 달려나갔다.

‘아니, 이것은?’

그러나 만석은 그 즉시 옆으로 곤두박질치며 돌아야 했다.

거대한 암경! 만석의 가슴을 때려오는 엄청난 기운이 그가 서 있던 자리를 강타했다.

파파팡— 콰직!

제단이 크게 무너지는 소리가 들리며 지진이 난 듯 바닥이 와들거리며 떨렸다.

‘대단한 고수!’

만석이 천장에서 쏟아지는 돌 부스러기를 피해 반대편으로 몸을 굴렸다. 상대의 공격을 미리 피해보자는 생각.

쿠콰쾅!

만석의 생각은 적중했다. 다시금 만석의 옆이 와르르 무너지며 나무 조각과 흙더미가 사납게 흩날렸다.

‘제기랄!’

이번에도 도리없이 잡다한 먼지와 파편을 뒤집어쓴 만석이 속으로 투덜거렸다.

“크카카카! 쥐새끼 같은 놈!”

분노에 찬 괴인의 괴이쩍은 음성이었다. 손가락도 안 보이는 칠흑 같은 어둠 속에서 만석의 종적을 찾기는 쉽지 않은지, 짐승같이 빛을 내는 두 눈만 허공 속에 떠올라 사방을 두리번거리고 있었다.


무너진 제단 사이로 몸을 숨긴 만석은 귀식대법으로 기파를 차단하고 있었다. 하지만 상대에게 들키는 것은 시간문제였다.

게다가 괴인이 공격을 하고 있자 휘장 안으로 들어오지 못한 무리들이 바깥으로 나가 거리를 두고 둘러싸는 기척이 분주하게 들리고 있었다.

‘좋아! 일단 놈의 주의를 분산시킨다.’

만석이 손가락을 들어 무음무풍의 지법인 오절지(五節指)를 시전했다.

그러자 소리없이 뻗어나간 지풍이 사오 척 옆의 제단을 뚫
으면서 미약한 소리를 냈다.

"놈!!"

괴인의 극도로 화난 음성이 사방을 쩌렁쩌렁 울렸다.

콰콰쾅! 와자작!

이번에는 천지가 무너질 듯한 엄청난 소리가 들리며 제단이
통째로 무너져 내리고 있었다. 아마도 흥분을 억제하지 못한
괴인이 전력을 다한 듯했다.

추우우웅!

사방의 기물이 발작적으로 떨어대고 있었다. 귀청을 갉아대
는 듯한 소리였다. 이 괴이한 소리에 괴인을 포함해서 모두가
귀를 막고 고통스러워하고 있었다.

'옳지, 됐어.'

이때를 틈타 만석이 제단 밑의 공간에서 빠르게 이동해 출
구 방향으로 접근해 갔다. 다행히 출구 쪽의 제단도 함께 무너
져 있어 몸을 빼내기는 수월했다.

'그래, 저기에 달라붙자.'

그때 눈에 들어온 대충 일 장 높이의 돌 천장은 삐죽삐죽한
자연 그대로의 굴곡으로 몸을 숨기기는 어렵지 않아 보였다.

만석은 복도로 나오자마자 천장으로 몸을 날려 박쥐처럼 몸
을 밀착시켰다.

군데군데 횃불이 걸려 있긴 했지만 만석이 숨은 곳은 시커

먼 어둠에 잠겨 있었다.

삐이익! 삐익!

급박한 휘파람 소리에 이어 지하 광장 출입구에서 횃불을 손에 든 장한들이 쏟아져 나왔다.

"양쪽으로 갈라져 놈을 찾는다!"

우두머리로 보이는 자가 소리 높여 외치자 일사불란하게 갈라져 위아래의 복도 방향으로 달려가는 복면의 무리들이었다.

지하 광장에서는 어둠 속에서 제대로 식별이 안 되었던 무리의 복장이 머리에서 발끝까지 흰색이라 일렁이는 횃불 아래에선 기괴하게 보였다.


'옳지!'

몸 바로 밑으로 바람 소리를 내며 달려가는 무리들을 내려다보던 만석이 한순간 눈을 번쩍 빛냈다.

아무리 일사불란하게 움직인다고는 하지만 꼭 뒤처지는 사람이 있는 법이다. 뒷간을 다녀왔는지 황급히 허리춤을 추켜올리며 달려오는 자가 만석의 눈에 띈 것이었다.

이미 양쪽으로 갈라진 무리의 종적은 모두 사라진 상황이다.

'자, 조금만 더!'

만석이 더욱 숨을 죽이며 다가오는 자를 노렸다.

잘못하다가 비명 소리를 내게 하면 곤란한 상황이 되어버린다. 조심에 조심을 기해야 했다.

‘됐다!’

바로 밑으로 바짝 다가온 놈을 보고 만석이 막 오절지를 시전하려고 할 때, 이상한 느낌을 받았는지 놈의 눈동자가 위로 치켜졌다. 마주친 두 사람의 눈동자!

‘헛!’

놀란 만석이 하마터면 출수할 기회를 놓칠 뻔했다.

복면에 뚫린 눈구멍 사이로 보이는 눈동자는 미치광이처럼 사이하게 번뜩이고 있었다.

상대의 뒤통수 마혈을 찍으면서도 만석은 의문을 금할 수 없었다.

‘혹시, 이지를 상실한 자들?’

자욱하게 떠오르는 의문을 접어둔 채 돌바닥에 쓰러지는 자를 순간적으로 잡아챈 만석이 도로 지하 광장의 제단 방향으로 몸을 날렸다.


복면인의 옷을 벗겨 재빨리 갈아입은 만석이 자기가 벗은 옷을 복면인에게 입히고 제단의 무너진 곳에 처박았다.

그리고 막 무너진 출구를 통해 나오려고 할 때 만석은 이상한 느낌에 멈칫했다.

‘이런! 또 누가 있었나?’

황급히 놀란 기색을 감춘 만석이 얼른 허리띠를 매는 척하며 고개를 숙였을 때,

“네놈은 여기서 뭐 하느냐?”

송곳으로 귓구멍을 파는 듯한 쨍쨍한 쇳소리가 들려왔다.

만석이 일부러 눈을 혼란스럽게 껌뻑이며 허리 밑을 가리키자 가까이 다가왔던 마른 복면인이 눈을 찡그리며 소리쳤다.

"한심한 놈! 어서 놈의 뒤를 쫓아라!"

만석이 아무 소리 없이 놈들의 자세를 흉내 내서 다리를 뻣뻣하게 세워 달려나가자, 이를 흘깃 보던 괴복면인이 금세 그 자리에서 사라졌다. 그야말로 유령처럼 나타났다가 사라지는 괴복면인이었다.

'휴우우. 큰일 날 뻔했구나.'

달려가면서도 그의 동정을 살피던 만석이 그제야 마음을 놓고 걸음을 늦췄다.

다른 무리들과는 달리 이마에 황금빛 태양을 수놓은 자였다.

순간적인 느낌이었지만 그자가 바로 만석을 공격하던 자 같았다.


요리조리 미로 같은 회랑을 따라 몸을 날리던 괴복면인이 어느 순간 걸음을 뚝 멈추며 뒤를 돌아보았다.

'그자! 그래, 냄새, 냄새가 달랐어!'

오랫동안 지하에만 기거했던 수하들이다. 그러다 보니 지하 특유의 퀴퀴한 냄새가 배어 보통 사람과는 체취가 전혀 달랐다.

그런데 그자의 몸에서 나는 냄새는 아주 엷었고 바깥에서

비를 맞은 듯 습습한 기운마저 풍겼던 것이다.

'응? 저자가 왜?'
마침 올라가는 층계를 발견하고 빠르게 몸을 날리던 만석이 급히 옆에 있는 석실로 몸을 감추었다.
느낌으로 보아 조금 전에 마주친 그자였다. 다급한 상황이었다.
마침 길쭉한 나무 궤짝 같은 것들이 줄지어 놓여 있어 재빨리 궤짝 사이에 숨은 만석이 숨을 멈추고 모든 기파를 차단했다.
손끝마저 보이지 않을 만큼 깊은 어둠 속이었다. 하지만 놈의 능력이라면 실낱같은 기척이나 숨결도 감지하리라.
'이럴수록 몸과 마음을 편안히 해야 한다.'
놈의 행동에 온 신경을 집중하던 만석이 편안히 몸을 늘어뜨리며 눈을 감았다. 잠시 후, 그자의 기척이 위로 멀어져 가고 있었다.

'응? 이게 무슨 냄새야?'
노곤한 몸을 누이고 휴식을 취하며 흐트러진 심신을 추스르던 만석이 묘하게 콧구멍을 파고드는 야릇한 냄새에 코를 씰룩거렸다.
무언가가 썩는 듯한 냄새. 한편으로는 시신을 염할 때 악취를 방지하기 위해 피우는 향내처럼 청량하면서도 코끝을 아리게 하는 냄새였다.

'혹시, 이 궤짝 안에서 나는 냄새?'

그렇게 생각하니 갑자기 몸이 오싹해졌다.

나무 궤짝이 아니라 시신을 담은 관이라면 만석은 썩어가는 시신들과 사이좋게 누워 있는 셈이었다.

'크훗! 죽으면 다 똑같아질 텐데 상관이 있나?'

피식 웃으며 마음을 가라앉힌 만석이 몸을 일으켜 어둠 속을 둘러보았다. 대략 이십여 개의 관이었다.

썩어가는 시신을 이렇게 방치하는 이유는 무엇일까? 갑작스런 궁금증이 샘솟듯 밀려나왔다.

'좋아! 열어보면 알게 되겠지!'

마음을 굳힌 만석이 힘주어 첫 번째 나무 관의 뚜껑을 잡았다.

'응? 못질이 안 되어 있네?'

만석이 고개를 갸웃하며 뚜껑을 열어젖혔을 때,

"크헛!"

만석은 간이 떨어질 듯 기겁을 하며 주춤주춤 뒤로 물러나고 말았다.

나무 관 안의 여인은 눈을 뜨고 있었다.

눈의 흰자위만 새파랗게 번들거리는 여인.

양 볼이 눈에 띄게 시커멓게 들어간 것으로 보아 살점이 거의 없는 듯하였고, 얼굴은 분을 두껍게 칠한 것처럼 하얗게 두드러져 있었다.

그러나 여인은 눈만 뜨고 있을 뿐 아무런 움직임도 없었다.

그녀의 동공에도 만석의 영상이 어려 있으니 지각을 못하는 상태로 보였다.

아무런 움직임도 없는 시체 같은 여인을 보고 놀라서 뒷걸음질까지 쳤다니.

'큭! 나도 어쩔 수 없는 속물이구나.'

만석이 자조 섞인 미소를 지었다. 아무리 담대한 척해도 본능적인 두려움은 숨길 수 없는 것이었다. 그러나 놀란 것은 잠깐, 만석은 금세 평정을 되찾고 있었다.

'살아 있다!'

만석이 안력을 돋우자 여인의 가슴이 미약하게 움직이는 것이 보였다. 어쩐지 금혜지를 닮은 것 같은 여인.

살아 있으면서도 죽은 것과 다름없는 여인에게 만석은 애처로움마저 느끼고 있었다.

'츳! 별생각이 다 드는구나.'

만석은 실소를 흘리면서도 다시금 여인의 얼굴을 훑었다.

꺼질 듯 가녀린 숨결이 희미하게 감도는 여인의 얼굴은 순간 어쩐지 홍조를 띤 것 같았다. 의식이 없는 가운데서도 사내의 눈길에 부끄러움을 느꼈던가?

만석이 여인에게서 고개를 돌려 짙은 어둠 속에 모서리만 보이는 관들을 응시했다.

여인의 상태로 보아 다른 관에 있는 이들도 비슷한 상태이리라.

‘도대체 왜?’

왜 이들이 가사상태로 관 속에 누워 있는 것인지 만석은 의문이 들었다. 이 의문을 풀지 않고는 발이 떨어질 것 같지 않았다. 그러나 만석은 고개를 흔들 수밖에 없었다.

‘여기서 오래 머물 수는 없다!’

지금은 이곳을 빠져나가는 것이 급했다. 밖에서 어떤 일이 벌어지는지 모른다. 아니, 또 다른 곳에서 뭔가 큰일이 벌어지고 있다는 불길한 느낌이 만석의 등을 밀어냈다.

‘언제고 다시 와서 비밀을 풀어보리라!’

지하의 괴상스러운 무리들. 과연 이들은 누구이며 어떤 목적으로 이 깊은 곳에 은신되고 있는 것인지. 그리고 제물로 바쳐진 사람들은 어떤 사람들인지……. 금방 떠오르는 의문은 많았지만 당장 밝힐 수 있는 문제는 아니었다.

아쉬움을 억누른 만석이 관 뚜껑을 가만히 덮은 후 출입구 쪽으로 발을 떼었다. 그런데 그때 쇳덩이를 비비는 것 같은 듣기 싫은 소리가 들리기 시작했다.

“이건 또 무슨……?”

만석은 급기야 소리 내어 중얼거리고 말았다. 연이어 엄습한 긴장감이 만석의 입을 열게 만든 것이다. 그러나 그 소리를 듣고 반응을 보이는 것은 없었다. 다만,

찌이이, 찌이!

자그맣게 들려오던 듣기 괴로운 소리가 점차 확산되더니 관 속에서 몸을 일으키는 소리가 귓전에 닿아오는 것이었다.

동시에 만석이 잊고 있었던 시체가 썩는 내음이 강렬하게 콧구멍을 들쑤셔오기 시작했다.

"이, 이건?"

부리나케 몸을 돌린 만석이 눈을 크게 떴다.

스무 개의 관 중 절반에서 상체를 일으킨 시체 같은 자들.

얼굴의 살점이 군데군데 떨어져 나가 희끄무레한 뼛골이 드러나 있었으며 이빨은 툭 튀어나와 금방이라도 물어뜯을 것 같았다.

츠릭, 츠리릭!

그들이 조금씩 몸을 움직일 때마다 수의 같은 낡은 옷자락이 비비적대는 소리는 듣기가 괴로울 정도로 껄끄러웠으며, 천장으로 치켜 올려진 눈동자에서는 귀신불 같은 파란 안광이 넘실거렸다. 그러나 그들의 동공은 아무것도 보이지 않는 듯 공허한 느낌을 주고 있었다.

우둑! 우두둑!

만석이 보고 있는 사이에도 그들의 움직임은 더욱 요란스럽게 변해갔다. 무언가를 잡으려는 듯 양손을 넓게 벌려 허우적거리며 눈을 자꾸만 껌뻑거리는 것이 무언가를 보려고 노력하는 것 같기도 했다.

"으으음!"

기어코 만석은 답답한 신음을 내며 뒤로 주춤주춤 물러났다.

십여 명의 시체 같은 자가 완전히 몸을 일으키자 걸치고 있던 옷들이 바스스 소리 내어 떨어져 내리더니 살점 하나 없는 푸르뎅뎅한 뼈대가 앙상히 드러나고 있었다.

끼이이이이! 끼이이!

그뿐만이 아니었다. 중간의 한 명이 괴이한 소리를 흘려내자 합창을 하듯 목소리를 내는 놈들을 보니 만석은 모골이 송연했다. 게다가 묘하게 코끝을 자각하는 냄새에는 환각제가 들어 있는 듯 차츰 몸이 마비되는 느낌에 만석이 얼른 숨을 멈추었다.

그러나 이미 흡입한 것만으로도 만석의 머릿속은 헝클어진 실타래처럼 혼란스러워졌다. 점차 힘이 빠져나가는 느낌. 삐그덕거리며 조금씩 만석에게 접근해 오는 해골 무리들.

'혹시 이놈들이 말로만 듣던 강시?'

한순간 만석의 가슴이 철렁했다. 특수한 제조 방법에 따라 도검불침의 괴물로 변한다는 강시였다. 진짜 이들이 강시라면 이들이 무림에 등장하는 순간 얼마나 많은 사람들이 죽어갈 것인가?

스승에게서 들은 과거의 강호 비사를 떠올린 만석이 진저리를 쳤다.

'혹시 이들이 바로 환생교(還生敎)의 현신?'

삼백 년 전 단지 십여 구의 강시만으로 무림을 대혼란에 빠뜨렸던 환생교. 죄없는 양민들은 물론 수천에 이르는 무림인들이 희생되어 당시 무림이 이들에 의해 멸망할 것이라는 얘기들이 공공연히 떠돌았던 무림의 암흑기였다.

환생교의 적은 정과 사가 없었다. 이에 환생교를 막기 위해 정사 양도는 통합 조직을 꾸릴 수밖에 없었는데 이것이 당시 무림사 최초의 정사무림맹이 만들어진 연유였다.

시산혈해! 시체가 산이 되고 피는 냇물이 되어 헐벗은 대지를 적셨다.

황산의 한 골짜기에서 십여 구의 강시를 에워싼 삼천여 명의 정사 고수는 몸을 아끼지 않고 강시들에게 달려들었다.

하룻밤이 꼬박 새도록 강시와의 혈투를 벌인 끝에 거의 절반에 가까운 무림맹도들이 희생되었으며 강시들은 온몸이 바스라진 채 한 줌 흙으로 돌아갔다.

이로부터 삼백 년 후, 한낱 전설로만 떠돌던 이야기가 눈앞에 실존하고 있었던 것이다.

'이대로 놔두어서는 안 된다!'

명검이 수없는 담금질이 필요하듯 강시도 오랜 제련 과정을 거쳐야 했다. 아직 썩어가는 살점이 붙어 있는 이들의 상태로 보아서는 완전한 강시체가 아니긴 했지만 이들이 강시로 제련되고 있다는 것을 만석은 자각하지 않을 수 없었다.

게다가 이상한 냄새가 몸속에 침투해 몸이 무기력해지고 있는 상황.

'먼저 천지삼십육방을 시전하고, 그래도 안 되면 천풍뢰(天風雷)로 이놈들을 부숴 버린다!'

아직 초입에 불과한 천풍뢰를 시전하면 모든 공력을 잃을지도 모른다.

천뢰파천공(天雷破天功)!

먼저 천지삼십육방이라는 검신일체의 단계로 천뢰파천공의 기본이다. 이어 일단계 천풍파는 검기가 물결처럼 발현되는 단계, 그리고 이단계인 천풍우는 하늘에서 모두 삼백육십 개로 이루어진 빛의 그물이 전신을 쪼개는 단계이며, 삼단계 천풍뢰는 하늘에서 수백 줄기의 뇌기(雷氣)가 떨어져 사방 백여 장을 초토화시키는 단계로 살아 있는 것은 아무것도 벗어날 수 없다는 경지였다.

'할 수 없다. 이들을 남겨둘 수는 없어!'

만석은 이를 악물었다. 가슴 앞에 비스듬히 치켜든 목봉이 이상스레 무겁게 느껴졌다.

끼익… 끼이이……!

연신 양손을 허우적거리며 다가오는 괴물들은 만석의 존재를 느끼고 있는 것 같았다. 가까이 올수록 뼈가 엇갈리는 기괴한 소리와 함께 심장을 갉아대는 듯한 느낌이 엄습하고 있었다.

"이 죽지도 살지도 못하는 요물들아! 그만 가거라!"

콰아아아아!

목봉의 언저리에서 빛살 같은 광채가 어른거리는가 싶더니 모두 서른여섯 줄기의 기운이 한순간에 뻗쳐 나갔다.

철커덩! 깨에에에!

쇠붙이끼리 부딪치는 묵직한 둔탁음, 그리고 골수를 말리는 것 같은 비명 소리가 거의 동시에 터졌다.

충돌의 강력한 여파에 뒤로 서너 걸음 물러나 강시들을 응시하던 만석의 눈에 암울한 기색이 어렸다.

'크윽. 시, 실팬가?

잠시 주춤하던 놈들이 아무런 영향을 받지 않은 듯 여전히 끼긱거리며 다가오고 있었다.

"크으윽… 콜록……!"

몸속을 휘돌던 혈류는 격류처럼 심장으로 쏟아지고 있었다.

한 모금, 속에서 치받는 피를 토한 만석이 몸을 간신히 세우고 놈들의 동태를 살폈다.

"후, 끝내 천풍뢰를 쓸 수밖에 없구나."

만석이 힘없이 처져 있던 목봉을 허리에 끼운 뒤, 품속에서 도끼를 꺼내 들어 접혀진 곳을 눌렀다.

그러자 찰칵 하는 소리와 함께 앙증맞게 보이던 도끼가 보통의 크기로 바뀌었다.

물끄러미 도끼를 내려다보던 만석의 입가에 자조 어린 미소가 어렸다. 전에 초로의 이기어골의 수법을 맞받아친 후 두 번째 꺼내 든 도끼다.

천풍뢰의 기운은 너무 강해서 목봉으로는 견딜 수가 없는 것이다.

"크훗. 지금 지상에서는 번개가 번쩍이며 벼락이 떨어져 내리고 있을 거야."

만석의 말을 알아듣기라도 하듯 도끼의 표면에 번갯불 같은 형상이 서서히 자리 잡았다.

만석이 남아 있는 모든 진기를 끌어올렸다. 전신이 터져 나갈 것만 같은 기분. 날리는 바람에 한 줌 재가 되어 산화하는 느낌 그대로 만석이 천천히 도끼를 돌리며 한 바퀴 원을 그렸다.

"자, 가라! 천! 풍! 뢰!"

처음에는 아무런 소리도 없었다. 빛이 어둠 속에 잠기듯 공간은 진공 상태로 텅 비어버렸다. 그러나…

빠사삭!

엄청난 기운을 동반한 소리없는 기류에 나무 관들이 어지럽게 날리는가 싶더니,

빠지직! 꽈르르릉! 콰콰쾅……!

바위 모서리를 살짝 긁는 것 같은 미약한 소리에 이어 거대한 빛무리가 거대한 번갯불 형상이 되어 석실을 내려 갈겼다.

쩌저적! 타타탕…….

그로부터 시작이었다. 지진을 만난 것처럼 천장이 아무렇게나 흔들리며 금이 쩍쩍 가더니 큰 돌덩이들이 쿠당탕거리며 만석의 주변으로 떨어져 내렸다.

"크윽! 이러다간 고스란히 생매장되겠구나."

넋을 놓고 바닥에 주저앉았던 만석이 다급히 신형을 일으켰다.

"끄으윽!"

그러나 온몸이 바스러지는 듯한 통증은 물론, 온몸이 물에 빠진 솜뭉치처럼 자꾸만 가라앉는 느낌에 만석이 이를 악물고

진기를 끌어올렸다.

내장이 토막토막 끊기는 느낌. 진기는 바닷물에 빠진 모래알처럼 흔적도 없이 사라져 있었다.

"크윽! 아하하하! 카하하하! 크하하하!"

내공을 완전히 잃었다는 생각에 돌발적으로 웃음이 터져 나왔다. 왜 이렇게 웃음이 나오는 것일까?

배를 잡고 웃던 만석이 머리 위로 떨어지는 커다란 돌덩이를 피해 몸을 굴렸다.

"이대로 죽을 수는 없어! 크훗. 난 할 일이 많거든?"

만석은 힘없이 중얼거리며 굼벵이처럼 바닥을 기기 시작했다.

그러나 얼마 가지 않아 만석의 온몸은 만신창이로 변했다. 크고 작은 돌덩이가 끊이지 않고 만석의 전신을 때려오고 있었다. 그래도 만석은 무의식적으로 바닥을 길 뿐이었다.

第十一章
지하 동굴의 혈투

크아아아! 끄으으……!

고통에 찬 신음 소리와 울부짖는 소리가 귀청을 모래알처럼 굴러다니는 느낌에 만석은 정신을 차렸다.

'여기가 어딘가? 끝내 죽어 지옥에 떨어졌단 말인가?'

온몸은 불구덩이에 들어간 것처럼 펄펄 끓고 있었다. 그러나 머리는 차가웠다. 몸속에 가득 찼던 모든 진기가 다하니 대라무적공의 한 가닥 진기가 남아 만석의 심맥을 간신히 보호하는 양상이었다.

'그래. 난 죽지 않았다.'

머리에서 느껴지는 청량한 기운이 대라무적공의 기운임을 느낀 만석이 무겁게 닫힌 눈꺼풀을 열려고 안간힘을 썼다.

‘왜, 왜 이렇게 붉지?’

감긴 눈 속에는 붉은 노을 같은 색채로 가득 차 있었고, 피부를 태울 듯한 강렬한 열기가 끼쳐 오고 있어 여기가 어딘지 궁금하기만 했다.

“헉!!”

간신히 무거운 눈꺼풀을 올려 눈을 뜬 만석은 놀라지 않을 수 없었다.

왼쪽으로 십여 장은 온통 끓어 넘칠 듯한 화염으로 넘실거리고 있었고 오른쪽은 천연적인 돌 회랑이 쭉 이어져 있었다.

파각! 쿠앙!

그때, 돌 회랑의 벽이 뚫리며 거대한 인영이 굴러 나오다 벌떡 일어섰다.

“개 같은 새끼들. 정파 놈들이 기습이나 일삼아?”

투덜거리는 소리는 주변을 전혀 신경 쓰지 않는 듯 매우 컸다. 손에 든 청룡도에 번지르르하게 흐르는 것은 바로 선홍빛 핏물이었다.

그리고 보니 그의 옷은 성한 데가 없었고 군데군데 핏물마저 흘러나오고 있었다.

“카악! 나 우창출이 도망이나 치는 신세가 되다니! 제기랄, 사부님들은 어디 가셨기에 보이지도 않고!”

‘응? 가만!’

우창출은 말을 하는 동안 인기척을 느꼈는지 만석 쪽을 돌아보았다.

"제기랄. 나보다 더 형편없는 몰골을 한 놈도 있네?"

화염으로 벌겋게 비추이긴 했지만 만석은 완전히 혈인을 방불케 했다. 피가 흘러나오는 곳이 너무 많아 지혈도 제대로 안 되고 있었다. 머리칼을 묶은 이마의 띠는 떨어져 나간 지 오래라 산발이 된 머리칼로 얼굴의 윤곽도 알아보기 힘들었다.

"이거 봐! 사람 말이 말 같지 않냐?"

봉두난발을 한 괴인이 왠지 웃는 듯하자 우창출은 더욱 화가 났다.

"이 지랄 같은 새끼가 말도 안 하고 웃어? 아예 목구멍을 뚫어주면 말이 술술 잘 나오겠지?"

우창출이 아직도 힘이 있는지 성큼성큼 걸어 만석에게로 다가오더니 만석의 멱살을 잡아 올렸다.

"짜식이 한 수가 있어 보이더니 왜 이리 허약하냐? 네놈은 어느 쪽이냐?"

"어느 쪽이라니, 그게 무슨 소리요? 대체 여기서 무슨 일이 벌어지고 있는 거요?"

"엥? 이 자식이 이제 와서 오리발을 내미네? 자식아, 네놈이 하늘에서 뚝 떨어진 흉내를 낸다고 내가 넘어갈 것 같아?"

"핫하. 괴물들을 없애고 나니 지하가 무너지기에 떨어진 곳이 바로 여기요."

'가만있자. 어째 음성이 무척 귀에 익은걸?

"그러고 보니…… 아아, 이런 멍청이 같으니! 당신은 바로 대견 만석?"

우창출이 자신의 머리통을 두드리며 그제야 아는 척하자, 머리를 쓸어 올린 만석이 가볍게 미소를 지으며 우창출을 응시했다.

"정말 반갑소. 우연찮게 이상한 곳에서 당신을 보게 되는군."

"반갑다마다. 이 생지옥에서 사람 같은 사람을 만나게 되니 정말 죽었다 깨어난 기분이야."

우창출이 과장스런 몸짓을 하며 마주 앉아 손을 잡고 흔들자 만석이 오만상을 찌푸렸다.

"어엉? 어디 몸을 크게 다친 모양이지?"

"훗. 괜찮소. 몸은 이래도 아직 한 놈쯤은 죽일 힘이 남아 있소."

"어잉? 그 한 놈이 나를 말하는 것은 아니겠지? 이 우창출, 절대 은혜도 모르는 놈이 아녀."

"좋소. 그 말을 믿지. 그런데 대체 어쩐 일이오?"

"그, 그게 말이지……."

우창출의 얘기는 간단했다. 혈루곡의 금제가 풀린 다음 정파 놈들이 무림공적을 쫓는다고 무려 천 명이 넘는 인원을 혈루곡으로 들여보냈다는 것이다.

이에 무림맹 주변에 은신하고 있던 자신의 녹림연맹, 남북쌍마의 천마교, 대막의 혈사풍 등 수백여 사마 방파에서도 따라 들어간 것은 당연한 일이었다.

들어가 보니 혈루곡의 끝, 폭포수 뒤로 커다란 동굴이 있었고 그 동굴로 들어가니 수없이 많은 갈래 길이 나오더라는 것이었다.

그런데 그 갈래 길은 서로 통해 있는지 계속해서 정파인들과 맞닥뜨려서 싸우고 또 싸우다가 백여 명의 부하를 모두 잃고 벽을 뚫고 도망쳤다는 것이 우창출이 겪은 일의 전말이었다.

잠깐 생각에 잠겼던 만석이 착잡한 음성으로 입을 열었다.

"그 무림공적이 나라는 것은 알고 있었소?"

"처음부터 알고 있었지. 대견 만석이 마도와 결탁해서 영물을 찾으러 갔다는 것이었어. 자네는 사람을 끌어들이는 미끼가 된 거야."

"미끼라… 그런데 영물이라니, 그건 또 무슨 소리요?"

처음 듣는 소리였다. 그 자신은 영물은커녕 미완성 활강시를 없애다가 떨어져 내린 것뿐이었다. 우창출이 아는 것을 초로가 모를 리가 없다. 그런데도 그는 거기에 대해서는 아무런 언질도 없이 연못으로 들어가라고만 했다.

독각화룡과 지극음수, 그리고 빙정과 만년빙과 애기를 들은 만석은 어이가 없었다.

"춧! 정말 믿을 놈이 하나도 없구나."

"그거 나보고 한 소리야?"

만석이 피식 웃으며 자리에서 일어나다 온몸의 뼈다귀란 뼈다귀는 모조리 부서지는 느낌에 도로 자리에 주저앉았다.

막 부축을 해주려던 우창출이 그대로 엉거주춤하며 만석의 표정을 살피더니 말을 건넸다.

"뭐, 몸이 회복될 때까지 육포를 먹으면서 얘기나 하세."

그러더니 품속에서 몇 조각의 육포를 꺼낸다.

"핏물이 스며들어서 맛은 없겠지만 이거라도 남아 있는 게 어디야."

만석이 마지못해 육포를 받아 씹어보니 찝찔하기만 하고 맛도 별로였다.

"굶어 죽고 싶지 않으면 먹어둬. 일단 배는 채워야 힘이 날 거 아냐?"

만석의 시큰둥한 표정을 본 우창출이 빙글빙글 웃으며 말했다.

"하기야, 먹고 죽는 것이 굶어 죽는 것보단 낫겠지요."

"크크, 물론이야. 지금 할 일은 먹는 거지. 머리는 이따가 열심히 굴리면 되고."

만석이 시큰둥하게 대답하자 우창출이 머리를 흔들며 웃어댔다.

"크흐흐. 그리고 보니 불구덩이 옆에서 육포를 씹는 것도 별미란 말씀이야."

찌익, 우걱, 우걱, 쩝쩝…….

한동안 두 사람이 이빨로 육포를 찢어 씹어먹는 소리만 들렸다. 몸의 뒤쪽으로는 화염이 활활 타오르고 동굴 벽면은 불빛이 비쳐 벌겋게 타오르는 것 같다.

'정말 기분이 이상하구나.'

만석은 이런 곳에서도 안온한 기분을 느낄 수 있다니 참으로 묘하다는 생각이 들었다.

그것은 우창출도 마찬가지였던가 보다.

"여기서 푹 쉬고 가면 얼마나 좋을까."

육포를 다 씹어먹은 우창출이 한마디 하자 아직 손에 육포를 들고 있던 만석이 빙긋 웃으며 고개를 저었다.

"남들이 영물을 다 가져간 다음에 가시려고요? 하하하. 우형(牛兄)은 영물에 대한 욕심을 버릴 수 있겠소?"

"그, 그건… 크흐흐. 그러는 자네는 어떤가?"

우창출이 뒷머리를 긁으며 어색한 미소를 짓더니 바로 반문했다. 사실 그럴 수는 없는 일이었다. 무인이 무공에 대한 욕심을 가지는 것은 당연하다. 또 그 무공 못지않게, 아니, 그보다 훨씬 더 욕심이 나는 것이 영약이나 영물, 또는 희귀한 명검이었으니 무인은 욕심을 쫓아 살아가는 불나방인지도 모른다.

"우 형의 말대로라면 나도 탐이 납니다. 하지만 보물은 임자가 따로 있는 법이니 괜한 욕심으로 목숨이 위태로워질 짓은 하지 않겠소."

"아냐, 난 내 목숨을 버리고라도 영물을 취하고 싶어. 뭐든지 생명까지 저당 잡힐 만큼 몰두하는 일이 있다면 그건 좋은 일이 아니겠나? 먼저 죽어간 수하들의 몫이란 말이야."

우창출의 말마따나 독각화룡의 내단은 양공(陽功)을 익히는 무인에겐 꿈에서도 그리는 귀물(貴物), 여기에 빙정(氷精)은 반대로 음공을 익히는 무인에게는 이 세상 전부와도 바꿀 수 있는 보물이었다.

아니, 거기다가 만년빙과라면 누구나 목숨을 걸고라도 쟁취하려고 할 것이다. 일단 만년빙과를 복용하면 수명이 다해 죽을 때까지 늙지 않으며, 무인이 복용하면 최소한 삼 갑자의 내공을 얻는다는 것이다.

"쿳. 그리고 보니 열기가 점점 더 뜨거워지는 것 같지 않소?"

"어허. 왜 엉덩이가 갑자기 뜨거워지나 했더니……"

장방형으로 거의 삼백여 장 너비에 형성된 화염의 늪이다. 삼 장 정도의 높이로 치솟던 불길이 이제는 사 장이 넘어 점점 그 높이를 더해가고 있었다.

"어떤 이유에선지는 몰라도 화염이 범위를 늘리고 있습니다."

만석이 혹시나 자신이 무너뜨린 지하 대전 때문이 아닌가 하고 걱정했지만 지금은 길게 생각할 때가 아니었다.

"자, 그만 갑시다!"

만석이 어느 정도 기력을 회복한 듯 앞장서자 우창출이 그의 손을 붙들었다.

"자네의 적이 누군지나 알고 가는 것이 좋지 않겠나?"

"나에게 칼을 겨누는 자는 모두 나의 적이오. 개 패듯 두드리고 넘어가는 수밖에."

"크핫핫핫! 역시 자네는 화통해서 좋단 말이야. 좋아! 나도 자네 흉내를 내볼까?"

사실 만석은 말할 것도 없고 두 사람 다 몸이 영 시원치 않았다. 하지만 그들의 기세는 하늘을 찌를 듯했다.


불길의 기운이 많이 약해진 것일까? 이, 삼백 장쯤 회랑을 들어가니 선선한 공기가 두 사람을 맞이했다. 저쪽 화염 지대와는 단절되었는데도 통로 안에는 불그스름한 빛이 떠돌고 있어 그리 어둡지는 않았다. 문득 동굴의 천장을 쳐다본 만석은 이내 고개를 끄덕였다. 화강암으로 이루어진 동굴의 천장은 군데군데 인광석이 섞여 있었다. 진정 조물주가 있다면 실로 절묘한 안배였다.

시야가 트이자 만석의 생각이 현실로 돌아왔다.

독각화룡은 어디에 있을까? 화염이 날름거리는 불구덩이 속에서 괴성을 토하고 있을 것인가? 그리고 만년빙과는 또 어디에 있을까? 사실 두 사람은 아무런 사전 지식도 없이 무작정 발길을 옮기는 중이었다.

"크흐흐. 시원해서 살 맛나네."

우창출이 커다란 하마 입을 벌리며 기분 좋아했지만 만석은 달랐다. 그야말로 한 걸음 옮길 때마다 추워진다.

추위가 점점 심해질수록 빙정에 더욱 가까이 다가가고 있는 것이다. 그러던 중 평탄한 회랑 길은 끝나고 작은 광장이 나타났는데, 여러 개의 갈래 길이 시커먼 입을 벌리고 있었다.

두 사람이 어디로 들어갈까 망설이고 있을 때,

채채챙!

"죽어라!"

"어림도 없는 소리! 네놈이나 죽어라!"

한두 군데가 아니다. 아마도 수십 군데에서 비슷한 싸움이 벌어졌는지 여기저기서 회랑을 울리는 큰 소리가 들렸다.

만석이 민첩하게 후미진 곳에 몸을 숨기자, 따라 숨던 우창출이 볼멘소리를 했다.

"왜 숨는 거지? 우리도 함께 끼어서 싸우면 되잖아?"

"싸워서 우리에게 이득이 된다면 그렇게 하겠지요. 하지만 지금 우리는 몸도 성치 못하고 달리 도와줄 사람도 없소."

"크아악! 개자식, 비겁하게!"

두 사람이 말하는 가운데도 모골이 송연한 비명 소리, 그리고 악에 받친 고함 소리가 두 사람의 귓전을 울려왔다.

"이곳으로 들어갑시다."

만석이 몇 군데의 통로 입구를 자세히 관찰하면서 귀를 기울여 동정을 살피더니 나직이 말했다. 만석이 가리킨 곳은 여러 통로 중 가장 넓은 곳으로 서너 사람이 엇갈려 지나갈 만했다.

"응? 여기는 사람들이 더 많이 몰린 것 같은데, 왜?"

"사람들이 많이 몰린 곳이라면 그만한 이유가 있을 거요. 게다가 이 통로에서 나오는 청량한 냄새가 유난히 짙지 않소? 그만큼 이 통로가 만년빙과 가장 가깝다는 얘기 같소."

'음. 그런가?

사람들이 많이 몰린 곳을 회피하지 않고 오히려 그쪽으로 가자는 만석의 말은 일리가 있었다. 하지만 뭐가 유난히 청량한 냄새가 풍긴다는 말인가?

만석이 벌써 통로 안으로 들어가고 있어 우창출은 생각을 거기서 그쳐야 했다. 사실 우창출은 단순하고 직선적인 면이 있어 복잡한 생각을 못하기도 했다.

"크아아악!"

통로를 가던 어느 순간 가까운 곳에서 핏물이 왈칵 튀면서 목을 잃은 동체가 쓰러져 왔다. 얼른 손을 내밀어 시신을 옆으로 밀어젖힌 만석이 상대를 보았다.

"아니, 너는?"

만석이 흠칫하며 씹듯이 말을 뱉자 상대의 얼굴이 금세 하얗게 질렸다.

"에라! 이거나 받아랏!"

뭔가를 품속에서 꺼내 만석에게 던진 제갈탄이 재빨리 신형을 뒤로 물려 달려갔다.

퍽!

소리가 나며 떨어지는 작은 대롱에서 시커먼 연기가 뭉클거리며 피어올라 주변으로 삽시간에 퍼져 나갔다.

"이건 독연(毒煙)?"

우창출이 놀라서 외치더니 만석의 팔을 잡고 얼른 뒤로 물러났다.

"죽어랏!"

만석이 미처 감사를 표시할 새도 없이 그들의 뒤에서 날카로운 기운이 엄습해 왔다.

타당!

우창출이 한 손으로 언월도를 휘저어 뒤에서 덮친 예기와 부딪치자 바닥에 검이 떨어지는 소리가 묵직하게 울렸다.

놓칠세라 상대의 목을 베어 넘긴 우창출이 옆구리를 부여잡고 인상을 썼다.

"제기랄. 몸을 움직일 때마다 통증이 더욱 심해지니 진짜 난리라니까."

"으음. 혹시 저자가 누군지 아시오?"

"몰라. 안면이 없으면 무조건 베고 봐야 돼. 괜히 망설이다간 내 목이 떨어진다고."

막 우창출의 말소리가 끝나기도 전에 괴상한 웃음소리가 들려왔다.

"케헤헤! 네 말이 맞다!"

만석 등이 미처 대비를 하기도 전에 벽면이 깨지며 수십 개의 암기가 쏟아져 나왔다.

겉보기와는 달리 각 통로의 사이에 있는 벽면은 무척이나 얇고 허약했던 것이다.

"젠장!"

우창출이 간신히 암기 세례를 피하자 암기에 노출된 것은 만석이었다.

"우웃!"

만석이 바닥을 굴러 간발의 차이로 쇠털 같은 암기를 피하
자 시퍼렇게 물든 암기가 지면에 숭숭거리며 틀어박혔두.

"저건 독(毒)?"

"케헤헤. 애송이들이 운수가 좋구나!"

손발이 여자처럼 작고 머리만 비정상적으로 큰 중년인이 기
묘하게 웃으며 두 사람을 번갈아 꼬나보았다.

"제기랄! 그런데 당신은 누구요? 알고나 싸웁시다."

"나는 칠독마(七毒魔)라고 하지. 그런 네놈은?"

'칠독마라면 혹시……?

"이, 이보시오. 귀하가 그럼 절대십마 중 칠독마란 말이오?"

우창출이 놀랍다는 표정으로 묻자,

"네가 얘기하는 것은 내 사부님이시다. 네놈이나 누군지 밝
혀라!"

"난 녹림의 우창출이라고 합니다."

"케헬. 이제 보니 남북쌍마의 제자라는 놈이로구나."

"지금 누구하고 얘기하고 있냐?"

그때 칠독마가 나온 통로에서 괴이한 안광을 번뜩이는 노인
이 나왔다. 온몸에 피칠갑을 한 것은 칠독마로 밝힌 괴인하고
비슷했다.

"아니, 생사마의 어르신. 여기서 뵙게 되는군요!"

만석이 소리가 들린 쪽으로 눈을 돌리다가 대뜸 생사마의를
알아보고 소리쳤다.

"켈켈켈. 죽은 줄 알았더니 아직 살아 있구나."

생사마의를 보니 바로 생각나는 것이 있었다. 무중살객 운산은 어떻게 되었는지 궁금했다.

"노선배님, 운산은 어떻게 되었습니까?"

"그놈 신경 쓸 때가 아니야. 먼저 간 놈들을 쫓아가야 하니 시간이 없다."

생사마의가 만석의 질문은 일축하고 앞장을 서자 만석을 힐끗 본 칠독마가 두말없이 그의 뒤를 따랐다.

"이거 봐, 우린 어떻게 하지?"

"우리도 뒤를 따라가는 것이 좋겠소. 그 편이 안전하지 않겠습니까?"

"그야 그렇지."


"제기랄. 보이는 것은 시체밖에 없구나."

가면 갈수록 점점 더 시신은 늘어나고 있었다. 가끔씩 여러 명이 한꺼번에 쓰러진 곳도 있고 서로 병기를 상대의 몸에 꽂고 동귀어진한 사람들도 많았다.

그야말로 생지옥이었다. 최소한 지상에서 수백 장 들어간 지하 미로에는 한바탕 지옥도가 펼쳐져 있는 것이다.

통로 바닥을 냇물처럼 흐르는 것은 쓰러진 자들이 흘린 핏물이었다. 만석과 우창출은 이들이 흘린 핏물에 발이 미끄러지지 않으려고 애쓰면서 걸음을 옮기고 있었다.

"이봐, 대견, 다른 통로도 마찬가지겠지?"

벌써 백여 명이나 죽은 사람들을 보니 우창출도 불안한 모양인지 계속해서 말을 건다.

"그렇겠지요. 사람의 욕심이란 죽어서야 버릴 수 있는 모양입니다."

만석이 씁쓸하게 주변을 둘러보며 말하고 있을 때, 굽이진 모서리에서 생사마의의 모습이 보였다.

"에이. 네놈들의 행동이 굼떠서 어디 같이 행동하겠느냐?"

생사마의가 눈을 부라리다가 만석과 눈이 정면으로 마주쳤다.

"노선배께서는 우리와 동행이 아니니 신경 쓰실 필요 없습니다."

만석이 냉정하게 잘라 말하자 우창출이 어깨를 으쓱하며 끼어들었다.

"맞는 말이오. 가는 길만 같을 뿐이니 신경 끄시오."

우창출이 자존심 상한 얼굴로 자신을 똑바로 응시하자 생사마의의 눈이 고약스럽게 변했다.

"이놈아! 내 남북쌍마 아이들의 얼굴을 봐서 참겠다. 그러나 한 번만 더 건방을 떨면 네놈의 버르장머리를 고쳐 줄 것이야!"

중간에 만석에게서 그가 누구인지 듣긴 했지만 우창출은 그런 말을 듣고도 참는 성격이 아니었다.

"쳇. 아, 동행하기 싫다는데 무슨 말이 그렇게 많아요? 우리끼리 갈 테니 먼저 가보시라니깐요."

"뭣이야?"

화가 잔뜩 난 생사마의가 막 장을 들어 우창출을 치려고 할 때였다.

우우우웅!! 날갯짓하는 소리가 통로를 가득 채운 채 밀려왔다.


“헉헉!”

네 사람이 서로 등을 맞대고 병장기를 휘두르고 장풍을 쏘아댔지만 독왕봉(毒王蜂)은 물러날 줄을 몰랐다.

좁은 공간이라 청룡언월도를 쓰지 못하고 손으로 폭류공(瀑流功)을 펼치고 있는 우창출은 답답해 죽을 지경이었다.

“에이, 제기랄! 정말 죽여도 죽여도 끝이 없구나.”

거의 주먹만 한 독왕봉이었다. 그들의 발밑에 수북이 쌓인 독왕봉은 수천 마리나 되었지만 아직도 숫자를 헤아릴 수 없는 독왕벌들이 달려들고 있었다.

‘이러다간 모두 여기서 죽는다!’

만석은 목봉으로 천지삼십육방을 연이어 펼치고 있었지만 그 위력은 매우 미약했다. 그러나 그런 중에도 놈들의 유일한 약점이라는 머리통 한가운데 급소를 정확하게 가격하고 있었다.

‘켈켈켈. 이놈 정말 대단한데?’

여기서 가장 여유가 있는 생사마의가 주변을 둘러보다 만석의 수법을 보고 눈을 빛냈다. 처음 보자마자 만석의 상태가 정상이 아님을 알아챈 터. 그런데도 만석의 출수는 매우 정확해서 한 번 휘두를 때마다 두 마리씩의 독왕봉이 떨어지고 있었다.

'내공을 쓰지 못하고 순전히 근력의 힘만으로 저런 위력을 내다니!'

그랬다. 겉으로 보이는 것처럼 만석의 출수는 미약하지 않음을 생사마의는 간파하고 있었다.

'크으. 저놈은 근데?'

이번에는 칠독마를 살펴본 생사마의의 괴이한 눈이 기분 나쁘게 꿈틀거렸다.

실상 이곳에서 가장 고전하는 것은 칠독마였다. 주로 암기에 일곱 가지의 극독을 발라 던지는 암기술에 능통한 그였다.

전대의 칠독마는 암기에 독을 바르지 않고도 절정고수라 불렸지만 칠독마는 전혀 그렇지 않았다.

독왕봉에는 그 일곱 가지의 극독이 전혀 소용없었으니 어쩌면 고전하는 것이 당연했다.

'커흑. 한 방이라도 쏘이면 끝장이야. 근데 묘강에만 서식한다는 독왕봉이 여기에 있다니, 그것도 무려 수만 마리나.'

독에 정통한 사람답게 천하 각 독물의 서식지를 두루 꿰고 있는 칠독마였다.

그때, 만석이 또 한 마리의 독왕봉을 죽이다가 번쩍 생각이 들었다.

'그래, 어차피 벌은 불을 무서워한다.'

"노선배님, 잠깐 내 앞을 막아주십시오."

"어엉? 그래……."

무심코 대답하던 생사마의가 보니 만석이 품속에서 화섭자와 부싯돌을 꺼내더니 이내 불을 붙여 높이 쳐드는 것이었다.

"어엉? 맞아! 저러면 간단한 것을!"

화섭자에 불이 붙어 활활 타오르자 독왕봉이 삽시간에 왔던 곳으로 도망쳐 버렸다.

"어이구. 여기서 그만 뼈를 묻을 뻔했네."

우창출이 바닥에 거의 봉분처럼 쌓인 죽은 독왕봉들을 걷어차며 화풀이를 했다.


번갈아 가면서 호법을 서던 그들이 간단한 운기를 모두 마친 것은 반 각쯤 지나갔을 때였다.

한바탕 고난을 치른 그들이 어느새 가까이 느껴지는 것은 어쩔 수가 없었다.

이러하니 칠독마가 자신의 의문을 털어놓은 것은 당연한 수순이었다.

"뭐요? 독왕봉이 오직 묘강에서만 서식한다니, 그게 정말이오?"

우창출이 머리를 갸우뚱하며 재차 반문했다.

"제기랄. 그럼 어떤 놈이 독왕봉을 길렀다는 얘기야 뭐야?"

"바로 그겁니다. 누군가가 음모를 꾸미고 있는 겁니다."

만석이 위의 무너진 지하 석실에서 만난 이마 부위에서 태양이 아로새겨진 복면인과 관 속의 강시에 대해서 얘기하자 생사마의가 이마를 잔뜩 찌푸리며 생각에 잠겼다.

무려 백오십 살을 살아왔으니 아는 것도 많을 것이다. 게다가 강시라면 그가 모를 리가 없다.

세 사람의 눈이 생사마의의 입술에 집중되었다.

"활강시에 환생교야."

그러나 한참 만에 나온 그의 대답은 매우 간단했다.

"그게 전붑니까?"

속에 있는 말을 꺼내지 못하면 환장하는 우창출답게 그가 곧바로 물어가자 생사마의의 째진 눈이 우창출을 날카롭게 응시했다.

"이놈아! 그 정도면 됐지, 더 뭐가 필요해?"

"그, 그래도……."

우창출이 떨떠름한 표정으로 말을 더듬자 그때까지 눈을 감고 있던 만석이 끼어들었다.

"마의 어르신의 말씀이 맞습니다. 지금은 알아봤자 아무 소용도 없지요. 다만, 이 혈루곡의 지하에 수천여 명에 이르는 정사 주요 인물들이 한꺼번에 몰려든 것은 누군가의 치밀한 암계 때문이라는 생각이 듭니다. 앞으로 어떤 일이 벌어질지 모르니 개인 행동은 자제해야 할 것입니다."

'역시 매우 냉철한 놈이야.'

그러면서도 한 번 결심하면 세상을 모두 깨부술 것처럼 앞뒤 가리지 않고 달려든다.

생사마의는 만석을 대하면 대할수록 특이하다는 느낌을 받고 있었다. 마도의 인물이라기보다는 가진 무공을 보면 천생 정파 사람이다. 그런데도 묘한 동질감을 느끼게 되니 이것도 이상한 노릇이었다.

"자, 어느 정도 쉬었으면 그만 가보지요."

어느새 만석은 자연스럽게 좌중의 우두머리가 되어 있었다.

"그런데 이놈아, 아까 네가 싸우는 것을 보니 내공을 못 쓰는 것 같던데 맞느냐?"

만석과 어깨를 나란히 하며 걸음을 옮기던 생사마의가 지나치는 투로 묻자 만석이 고소를 지었다.

"그렇습니다. 강시들을 해치우다 그만 선천진기마저 손상되고 말았습니다."

"그런데도 네가 몽둥이로 벌들을 공격할 때 보면 매우 정확하고 강력하더구나. 그 정도면 무림 일류고수라 해도 쉽게 막기는 힘들 터인데, 약이라도 먹었냐?"

생사마의의 말은 일시적으로 평소보다 힘을 수배로 증폭시키는 약물을 복용했냐는 것이었다. 그러나 만석은 서슴없이 머리를 저었다.

"별거없습니다. 그저 타고난 힘이지요."

"아, 아니, 저건 뭐야?"

두 사람의 대화 내용보다는 불안한 심정으로 주변을 살피고 있던 칠독마가 이상한 현상을 발견하고는 소리를 질렀다.

눈앞에 여러 구의 시신이 아무렇게나 나뒹굴고 있었는데, 물처럼 흐르는 은빛의 액체에 잠기자 그대로 녹아버리는 것이었다. 그리고 그 속도 역시 무시무시해서 보이는가 싶더니 벌써 이삼 장 앞으로 밀려들고 있었다.

"으음, 저건 활수은(活水銀)?"

살아 있는 수은. 그러나 극히 드물게 활수은의 위력을 아는 사람들은 이 활수은을 지옥의 강에나 흐르는 물이라고 하여 지옥수라고 부르고 있었다.

"모두 천장에 달라붙어라!"

생사마의의 외침에 우창출과 칠독마가 뛰어올라 일 장 높이의 동굴 천장에 달라붙었지만 만석은 그들을 쳐다보면서도 그 자리에서 움직이지 않았다.

"대견 아우! 얼른 천장에 붙으라니까!"

안타깝고 급해진 우창출이 소리를 지르다 문득 이상한 느낌을 받고 천장의 불쑥 튀어난 곳을 잡은 손을 올려다보았다.

"이, 이건?"

어쩐지 끈적한 느낌이 든다고 했더니 아마도 천장에 방사형으로 쳐진 것은 거미줄 같았다.

"크아악! 이건 인면지주(人面蜘蛛)?"

칠독마가 괴성을 지르며 몸을 출렁였지만 그의 두 손, 두 발은 천장에 붙은 채 꼼짝도 하지 않았다. 그것은 나머지 사람도 마찬가지였는데 생사마의도 뾰족한 대책이 없는지 황망스런 눈빛만 토하고 있었다.

"아이구. 저 꿈틀거리며 다가오는 놈들이 인면지주란 말이야? 제기랄. 꼼짝없이 거미 밥이 되겠구나."

꼭 허수아비에 숯으로 눈, 코, 입을 그려 넣은 것 같은 인면지주의 크기는 사람의 머리통만 했다. 그런데 인면지주가 뽑아내는 거미줄은 세상에서 가장 질긴 것으로도 유명했다.

그런데 산동성의 오지에서나 발견된다는 인면지주가 여기에 있다니!

'이걸 어떡한다?

빠르게 움직이는 지옥수를 피하는 방법이란 천장에 붙는 방법이 최상이다. 실로 사람의 심리를 이용한 악독한 안배가 아닐 수 없었다.

'옳지!

지옥수는 벌써 발 앞까지 다가오고 있었다. 뒤로 한 걸음 크게 떼어낸 만석이 품속에서 한철 도끼를 꺼내서 발 앞에 횡으로 걸쳐 놓았다.

아무리 모든 것을 녹인다는 지옥수라지만 양이 많지 않으니 만년한철이라면 쉽게 녹지는 않을 것이라는 생각이었다.

자루와 도끼날 사이에 띄워진 틈은 아주 좁아 만석이 서 있는 곳이 지옥수에 잠길 위험은 없어 보였다.

"됐어!"

그 모양을 살핀 만석이 들뜬 소리로 외쳤다.

스스스, 사가각.

한편 천장에서는 거의 수백 마리의 인면지주가 몰려오는지 온통 누에가 뽕잎을 갉아 먹는 소리로 가득 차 있었다.

"으으음……!"

누구랄 것도 없이 침음성을 내뱉는 사람들이었다.

인광석에 직접 비친 인면지주의 모습은 기괴스러워서 꼭 해골바가지가 입을 벌려 웃고 있는 것 같았다.

이제 제일 앞에 위치한 생사마의와는 겨우 일 척 정도의 거리.

인면지주는 머리에 파고들어 뇌수부터 뜯어먹는다고 하니 생각만 해도 끔찍스러웠다.

"켈. 왜 이리 오래 살았나 했더니 저놈의 먹이가 되려고 그랬던 모양이야."

생사마의가 나직이 탄식하면서 두 눈을 꼭 감았다.

꼭 사람이 입을 크게 벌린 것처럼 불그스름한 인면지주의 입 안에서는 겔겔거리며 웃는 듯한 괴성이 스며 나오고 있었다.

'이건 꼭 무적초자, 그자의 웃음소리 같구나.'

무려 백 년이 지났어도 생생한 그 득의한 웃음소리. 생사마의는 절망하는 가운데서도 이를 부드득 갈았다.

캬아아!

그것이 신호였는지 가까이 다가온 십여 마리의 인면지주가 순서에 관계없이 세 사람을 일제히 덮쳐 왔다.

타다다당!

너나 할 것 없이 눈을 감았던 사람들이 나무로 철판을 두드리는 소리에 일제히 눈을 떴다.

만석의 목봉이 인면지주의 몸통과 부딪치는 소리였다.

끼이이이! 이상한 비명을 흘리며 인면지주들이 천장에서 떨어져 나갔다.

놈들이 떨어진 곳은 지옥수의 위였다. 물에 닿은 쪽부터 녹기 시작해서 온몸이 삽시에 녹아 없어지자 만석은 혀를 내둘렀다. 그러나 놈들의 공격은 그것으로 끝이 아니었다.

"어헉, 또?"

"아, 안 돼!"

"제, 제발."

빠사삭!

꼭 호랑이가 뼈다귀를 통째로 씹어 먹는 듯한 소리가 나며 뒤에 처져 있던 인면지주가 덮치자 세 사람의 간은 그만 콩알만 해졌다.

'쿳. 방금 전에는 조용하더니 이제야 반응이 오는구나.'

처음에는 포기 상태였다가 한 번 위기를 넘기게 되니 살고 싶다는 욕망이 마음을 지배해서 나오는 반응이었다.

"천지삼십육방!"

만석이 젖 먹던 힘을 모두 짜내다시피 해서 바닥을 박차고 올랐다. 그러나 내공도 없이 펼치는 것이라 여전히 목봉으로 직접 놈들을 가격할 수밖에 없었다.

타다닥!

또다시 십여 마리의 인면지주가 떨어져 지옥수에 녹아들어 갔다.

그러나 만석은 거의 탈진 상태에서 후들거리는 다리를 떨고

있었다. 바닥에 주저앉아 쉬고 싶지만 지금은 그럴 수가 없었
다.

지옥수를 막은 도끼도 천천히 녹아들어 가고 있었다.

'이렇게 나가다간 끝내 당하고 말 것이다.'

만석은 숨을 거칠게 내쉬며 천장에 주렁주렁 매달린 인면지
주들을 날카롭게 쏘아보았다.

'그래, 저놈이 우두머리다!'

시커먼 인면지주들 사이에 눈이 황금빛으로 번들거리는 덩
치 큰 놈이 눈에 띄었다.

만석의 화톳불이 타오르는 것 같은 안광이 쏘아지자 놈이
움찔하는 느낌이 들었다.

'저놈은 미물이 아니라 벌써 영물이 다 되었다!'

그러고 보니 놈이 가끔씩 주억거리는 것은 여덟 개의 다리
가 아니라 금빛의 날개였다.

"좋다, 이놈아! 죽어서 승천해 봐라!"

만석은 그대로 바닥을 박차고 뛰어올라 황금지주의 머리통
에 목봉을 틀어박았다.

끼끼끼…….

그러나 놈은 그런 만석을 비웃듯이 가볍게 양 날개를 휘저
어 만석의 목봉을 피해 바로 옆으로 자리를 옮겼다.

'놈, 기다렸다!'

그러나 만석은 이미 놈의 예상 행로를 파악하고 있었다.

빠각!

놈의 머리통이 목봉과 부딪치자 만석은 손아귀가 째질 듯한 충격과 함께 몸의 균형을 잃어버렸다.

"어헛!"

놈의 뒤를 이어 만석이 바닥의 지옥수 위로 떨어져 내리자,

"아, 안 돼!!"

그제야 눈을 뜬 세 사람이 이구동성으로 부르짖었다.

그러나 만석은 멀쩡했다. 먼저 떨어진 우두머리 놈의 몸통에 양다리를 세운 만석은 위태로워 보이긴 했지만 입가에는 여유로운 미소마저 떠올라 있었다.

"휘이유… 정말 다행일세."

세 사람이 너나 할 것 없이 한숨을 토하자 빙긋 웃던 만석이 소리쳤다.

"거미들이 줄을 끊고 모두 사라졌습니다. 손발을 움직여 보세요."

그랬다. 인면지주의 본체와 연결되었을 때는 그토록 질기던 거미줄이 썩은 새끼줄처럼 끊어지는 것이다.

그러나 그렇다고 해서 위험이 사라진 것은 아니었다.

아직도 바닥에는 지옥수가 흐르고 있어 네 사람은 천장의 튀어나온 곳을 붙고 전진할 수밖에 없었다.

'조금만 지체했으면 끝장이 날 뻔했구나.'

천장에 매달린 만석은 만년한철 도끼가 녹는 것을 보고 혀를 내둘렀다.

'크으. 이러다가 벽 쪽이나 머리 위에서 암기를 내쏘면 그대

로 끝장인데 말야.'

우창출은 느리지 않은 속도로 천장에 붙어 가면서 혹시나 벽이나 천장에서 쏘아져 나올 암기를 걱정하고 있을 때, 만석은 돌 벽 속의 움직임을 찾고 있었다.

'이곳에는 수십 개의 통로가 서로 얽혀 있다. 사람들도 그렇게 나눠서 진입했다면 중앙에서 모든 기관을 통제하기는 어려울 것이다.'

만석은 기관진식에 대해서는 문외한이었다. 하지만 지금까지 워낙 혼쭐이 난 터라 주의를 기울이지 않을 수 없었다.

'틀림없이 이 통로의 기관을 움직이는 자가 있을 것이다. 놈은 우리가 천장을 타고 오는 것을 보고 암기를 조작하려 할 텐데… 그곳이 어딜까?

잠시 쉬긴 했지만 쉽게 체력이 회복될 리가 없었다. 그런데 지금은 아예 천장을 거꾸로 기고 있으니 만석의 고난은 컸다.

만석은 온몸에서 열이 펄펄 끓는 느낌에 정신마저 희미해지고 있었다. 그러나 순간순간 떨어질 위험에 봉착하면서도 만석은 잡은 것을 놓칠 수 없었다. 떨어지면 그대로 지옥수에 녹아내릴 것은 너무도 확연하다.

'끄, 끝이 보인다!'

만석은 혼미한 정신 가운데서도 이삼 장 앞에는 지옥수의 흔적이 없는 것을 발견했다.

'그렇다면 놈은 이 근처 어디에 있을 것이다.'

바짝 긴장하고 이목을 집중한 보람이 있었는지 만석의 귀에

작은 움직임이 포착되었다.

'저기다!'

만석은 속으로 부르짖었다. 이 장 왼쪽 앞의 벽 속. 만석이 손을 놓고 떨어져 내리다 공중제비를 돌았다.

"저, 저런!"

"크헉!"

생사마의와 낯선 음성이 거의 동시에 발출되었다 싶은 순간, 파삭! 하고 만석의 목봉이 얇은 돌 벽 속으로 파고들었다.

만석에게 공격을 당하자마자 독단을 깨문 복면인은 이미 안색이 시커멓게 변해서 명이 경각에 달려 있었다.

"에이, 개자식! 쥐새끼처럼 숨어서 암습을 일삼아?"

그러는 새에도 분기가 치받친 우창출이 쓰러진 자의 멱살을 잡아 멀리 내팽개쳤다.

"부끄러운 일이네만, 이놈이 여기 있는 줄 어떻게 알았나?"

생사마의가 부끄러움을 무릅쓰고 급히 물었다. 그토록 오랜 강호 경륜을 가지고도 숨어 있는 자를 눈치 채지 못하다니!

암기가 날아올 것만 대비했지 기관을 조종하는 자가 있다는 것에는 생각이 미치지 못한 것이다.

만석이 앞으로 툭 튀어나온 손잡이 같은 것을 당기자 천장과 벽 속에서 각양각색의 암기가 튀어나와 바닥에 시끄러운 소리를 냈다. 언뜻 봐도 색깔이 푸르뎅뎅한 것이 극독이 발라져 있는 듯했다.

만석이 자신이 생각했던 것을 알려주자 모두 감탄했다.

실로 아주 단순한 생각이었으나 그것을 행동에 옮긴 만석의 실행력은 놀라운 것이었다.

"야아, 아우는 지옥에 떨어뜨려 놓아도 너끈히 살아 돌아올 거야."

"켈켈. 그건 맞는 얘기야. 내공도 못 쓰면서 멀쩡한 나보다 훨씬 낫구나."

생사마의가 뒤질세라 한마디 하자 칠독마는 속으로 갈등하는 자신을 발견해야 했다.

죽림마원에서 신마(神魔)라 불리는 차기 원주 무진장(武珍藏). 그는 경천지경(驚天地境)의 뛰어난 재지는 물론, 서른이라는 젊은 나이에 죽림마원의 절학 혈살기(血殺氣)를 십성 익혔다고 해서 원로들의 기대를 한 몸에 받는 기린아였다.

그런데 칠독마는 그런 무진장을 당초에는 금기린과 비교했으나 이제는 그 대상이 만석으로 바뀌게 되었던 것이다.

'꼭 잡초 같은 놈이야. 밟아도 밟아도 단단한 지각을 뚫고 올라오는 잡초.'

태생부터가 비천한 자답게 잡초 같은 생명력을 지닌 자, 아직 무공은 무진장이나 금기린에게 손색이 있다고 해도 몇 년이 지나게 되면 어떻게 될까?

만석이란 자는 변변한 기연조차 만나지 못한 자이다.

그야말로 태어날 때부터 온갖 영약과 영물을 하루 세 끼 식사보다 더 많이 먹었으며 신공절학을 쌓아놓고 무공을 연마한 무진장과 금기린과는 아예 비교 대상이 될 수 없다.

그런데도 이 가슴속에 깃드는 두려움은 무엇이라는 말인가? 권토중래! 어둠 속에서 힘을 길러온 죽림마원의 염원을 생각하면 장애물이 될 자는 미리 제거해야 옳았다.

'좀 더 두고 보자.'

칠독마는 스스로 마음을 다잡았다. 이미 죽림마원의 현 원주는 물론 전대 문주까지 만난 만석이다. 그런데도 그들은 만석을 제거하려는 생각은 없는 듯했다.

그때, 생사마의가 금방 생각난 듯 한마디 했다.

"몇 사람이 함께 행동하게 되면 항상 앞장서 이끄는 사람이 필요하지. 그게 피해를 최소화하는 길이기도 하고. 그러니 만석이 자네가 그 역할을 맡아줘야겠네."

"그거 당연한 말씀입니다. 저도 아우의 판단력이 매우 뛰어나다고 생각하고 있습니다."

죽림마원에서 아직 뚜렷한 직책은 없다고 하지만 존장의 말이다. 칠독마도 어느새 머리를 끄덕이고 있었다.

그러나 졸지에 이들의 우두머리가 된 만석은 가타부타 말을 하지 않았다. 어차피 한시적인 우두머리다. 감사할 것도 없고 단지 어깨만 무거워질 뿐이었다.

대화가 끝나자 그들은 만석을 선두로 다시 조심스럽게 앞으로 나아가기 시작했다.

"아구, 도대체 어디가 끝이야?"

우창출이 몸을 부르르 떨면서 소리쳤다. 그들이 온 거리는 직선 거리로 따지면 거의 이십여 리가 넘을 것이다. 그런데도 커졌다 작아졌다 하는 통로는 끝이 보이지 않았다.

"글쎄, 뭐 낸들 알겠어?"

칠독마가 여전히 냉랭하긴 하지만 약간 풀어진 음성으로 대답했다. 짧은 시간이긴 하지만 생사고락을 함께해서 그런지 그의 말투는 달라져 있었다.

"크크크. 보타산의 계집년이 제법이구나."

그때 매우 음탕스런 목소리가 통로 오른쪽에서 들려왔다.

눈짓을 주고받은 만석들이 빠르게 달려나가다 어느 순간 뚝 다리를 멈추었다.

이마에 용문(龍紋)을 새긴 십여 명의 금의인이 앞길을 막은 채 서 있는 곳은 여러 갈래의 통로가 합쳐지는 곳이었다.

통로에는 이십여 명의 장한과 십여 명의 민머리를 한 여인들이 핏물 속에 누워 있었다. 중원과는 조금 다르긴 했지만 회색 승복을 입은 것으로 봐서 여승들인 듯했다.

남아 있는 두 명의 여인, 그중 중년의 비구니는 허리를 손으로 감싸고 간신히 바닥에 앉아 있었고, 힘겹게 금검을 들고 버티고 있는 이는 이십대 중반의 여인이었다. 여승은 아닌 듯 머리카락이 온통 헝클어져 얼굴을 자세히 알아볼 수는 없었지만 미려한 얼굴의 윤곽 선과 별빛을 함뿍 담은 눈동자는 너무도 매력적이었다.

그런 그녀의 두 다리가 간헐적으로 떨리고 있어 이미 공력이 고갈되었다는 걸 알 수 있었다.

‘으음. 여기도 역시 마찬가지구나.’

만석이 착잡한 표정으로 눈짓을 하자 우창출이 알았다는 듯이 고개를 끄덕였다. 그 역시 흥미가 동한 표정이었다.

어찌 되었든 가는 길을 막고 있으니 그냥 갈 수는 없다. 그리고 보타산의 계집이라는 소리가 옛 천무세가의 영애였던 송아라를 떠올리게 했다.

만석들이 다가가자 금의인들이 일제히 귀두도를 뽑아 들고 그들을 에워쌌다.

“크큭. 본좌의 행사를 방해하지 않고 썩 꺼지겠다면 팔 하나씩만 남겨두고 고이 보내주지.”

이마에 황금 건을 두른 거한. 그의 손에는 다른 이의 것보다 배는 두꺼운 귀두도가 들려 있었다.

“껄껄껄. 미친놈! 이제 보니 패룡방(覇龍幫)의 떨거지 미친개(漢親愾)구나.”

“뭣이? 나를 보고 막말을 하는 네놈은 누구냐?”

자신을 알아보는 덩치 큰 장한. 자신보다 더 큰 체구에 위압감을 느끼긴 했지만 싸움은 덩치로 하는 것이 아니었다.

“나? 참으로 섭섭하구만. 나 우창출을 몰라보는 자가 있다니!”

“뭐, 뭣이? 네놈이 대호(大虎) 우창출?”

“크카카카! 이제야 알아보다니 네놈의 눈도 다되었군.”

‘으음, 여기서 저놈을 만나다니……’

패룡방주 수룡왕(水龍王) 미친개는 날카로운 눈빛으로 우창출을 쏘아보다 나머지 세 사람을 일별했다.

'모두 만만치가 않구나. 특히 저 젊은 놈과 노인네의 기도는 결코 나에 비해서 하수가 아니다.'

그렇다면 저놈들이 뛰어들 기회를 주지 않고 우창출을 해치우는 것이 유리하다. 그의 입술이 잘 보이지 않게 달싹였다 싶은 순간,

"이노옴, 우창출!"

냅다 고함을 지르며 허공으로 몸을 띄운 미친개가 귀두도를 힘차게 쓸어갔다.

공중으로 몸을 띄운 미친개를 보는 순간 우창출의 눈에 가소롭다는 표정이 서리며 텁석부리가 춤을 추듯 흔들렸다.

우창출이 호기가 올랐을 때 흔히 짓는 습관적인 표정이다.

"놈! 어지간히 급한 모양이군!"

우창출이 비웃음을 흘리며 막 몸을 마주 띄워 언월도를 쓸어가려고 할 때, 미친개의 뒤에 섰던 호위대장 냉가위(冷可謂)가 칼을 번쩍 들며 소리쳤다.

"놈에게 쇠뇌를 집중하라!"

동시에 딩띵! 하는 귀를 간질이는 방울 소리가 들렸다.

보니 널찍한 검면의 끝에 구멍이 나 있었는데 거기에 금령(金鈴)이 달려 소리를 내고 있었다. 싸움 중에 들으니 꼭 상여 앞에서 요령을 흔드는 소리처럼 불길하게 느껴진다.

"제기랄, 이 창피를 모르는 것들!"

위기였다. 허공 이 장 높이에 뜬 채 그에게 집중된 쇠뇌의

공격을 물샐틈없는 도막을 형성해서 떨구어내곤 있었지만 쇠뇌에 담긴 공력은 천차만별이어서 전력을 다하지 않을 수 없었다.

채챙, 채앵, 챙!

쇠뇌가 연신 소리를 내며 바닥에 떨어져 내렸지만 떨어지는 것보다 날아드는 것이 더 많았다.

"제기랄, 끝이 없구나!"

허공에서 지체할수록 점점 공력이 빠져나가는 데다, 쉴 새 없이 날아드는 쇠뇌를 검기로 쳐내다 보니 도막을 뚫고 몇 개의 화살이 엄습해 들고 있었다. 그러나 황급히 언월도를 휘둘러 쇠뇌를 거둬내는 우창출은 여유가 있어 보였다.

'으음. 놈이 아직도 버티고 있다니.'

무려 반 각 동안이나 허공을 오르내리며 쇠뇌를 막아내는 우창출을 보며 미친개의 안면이 보기 싫게 일그러졌다.

우창출의 뒤에서 여유만만한 표정으로 싸움 구경이나 하는 놈들을 보니 미친개는 더욱 조바심이 났다.

그가 뒤에 서 있는 수신무사에게 손을 내밀며 나직이 소리쳤다.

"내 활을!"

같은 쇠뇌지만 크기는 배에 달했다. 그러면서도 화살이 나가는 구멍은 단 하나만 있었다.

보통 화살의 두 배 굵기인 화살을 건네받은 쇠뇌에 끼우는 미친개의 째진 눈에 흉소가 어렸다.

씨이잉!

미친개가 온 공력을 기울인 화살이 시위를 떠났다.

그러나 생각과는 달리 화살은 빠르지도 않았고 파공성도 없었다. 거력이 담긴 화살은 그렇게 조용하게 미친개를 향해 날아갔다.

'헛! 이게 뭐지……?

수십 개의 화살을 연속으로 튕겨내는 와중에도 뒤통수 방향으로 엄습해 오는 화살의 힘이 느껴졌다.

"제에기랄!"

펼칠 수 있는 최대의 빠르기로 얼굴을 비킨 우창출이 벼락 같은 소리를 내지르며 언월도를 휘두르자 폭풍 같은 도기가 회오리치며 주변 십여 장을 몰아쳐 갔다. 모두 십여 개의 동심원이 겹치는 듯한 거대한 회오리였다. 가히 전력을 다한 광풍도법의 마지막 초식인 멸혼세(滅魂勢)의 무지막지한 바람이 주변을 강타했다.

쿠콰쾅!

"크아아악!"

고강도의 화약을 터뜨린 듯 주변의 돌벽과 천장이 한꺼번에 함몰되었다.

"크으으으……!"

술에 취한 듯 비틀거리며 신형을 간신히 가누던 미친개가 그 자리에 털썩 주저앉아 멍한 눈초리로 주변을 둘러보았다.

호위대장 냉가위를 비롯한 그의 수하들이 피떡이 되어 깨어진 돌 틈에 박혀 있었다.

그런데 막상 멸혼세를 펼친 우창출도 몸이 성하지 못했다.

"웨엑!"

핏덩이를 크게 한 모금 내뱉은 우창출이 비틀거리며 뒤로 물러서자 그의 뒤로 다가온 만석이 세게 등을 두드렸다.

그러자 왁!! 하고 검붉은 핏덩이를 내뱉는 우창출이었다.

내상으로 응어리진 핏덩이가 나왔으니 요양만 하면 원래대로 회복될 것이다.

"켈켈켈켈! 남북쌍마 아이들이 제자는 잘 두었다니까."

그러면서 미친개에게 다가간 생사마의가 막 손을 쓰려고 할 때, 그를 본 만석이 소리쳤다.

"어르신, 그자를 살려두십시오!"

"저놈을 살려주어서는 안 돼요!"

그 대답은 중년 여인을 간호하던 젊은 여인에게서 나왔다.

"이유는?"

"저놈은 우리 남해 보타문의 암적인 존재랍니다. 게다가 틈만 나면 남해도에 침입해서 노략질은 물론 아녀자를 능욕하거나 죄없는 농부나 어부들을 학살하던 인간백정이에요."

그녀가 무의식적으로 머리를 쓸어 올리며 애원조로 말했지만 만석은 그녀의 배꽃 같은 얼굴을 잠시 일별했을 뿐이었다.

'낯설지 않다. 더욱이 남해의 보타문이라……'

"저자를 살려주고 말고는 내가 결정하오. 그러니 소저는 더 이상 말하지 마시오."

"그렇지만……."

그녀가 만석을 제외한 나머지 세 사람을 둘러보다 그만 눈살을 찌푸리고 말았다. 산발한 머리칼 사이로 사이한 눈을 번쩍이는 노인네와 비쩍 말라 괴팍하게 보이는 자, 그리고 덩치가 산만 한 흉포하게 생긴 거한 등 모두 하나같이 흉악한 무리로 보인다. 모르긴 몰라도 사마의 무리 같은 기운이 풍긴다.

저도 모르게 눈빛이 살벌하게 변한 그녀가 막 대꾸를 하려고 할 때,

"애야, 어쨌든 우리들의 목숨을 구해준 은인들이시다. 무례하지 말거라."

미약하기 했지만 또렷한 음성으로 보아 기력을 거의 되찾은 모양이었다.

만석이 가볍게 미소를 지었을 뿐 별다른 말이 없자 중년 여승이 차근히 네 사람을 둘러보았다.

이럴 때는 의당 서로를 소개하고 예를 갖추어야 예법을 안다고 할 수 있을 것이다. 그런데 그렇게 하지 않는다는 것은 두 가지 중의 하나다.

그럴 필요성을 못 느꼈다거나, 상황이 상황인지라 미처 염두가 미치지 못한 경우였다.

하지만 중인을 둘러본 중년 여승은 그것이 전자라는 것을 깨달았다.

'저 청년만 빼놓고는 모두 마도의 인물인 것 같구나.'

보타문도 중원 식으로 따지면 정파에 속한다. 만석의 정체

가 모호하긴 했지만 보타문과 마도는 서로 양립할 수 있는 관계가 아니다. 그러나 이대로 헤어지기엔 아쉽기도 하고 만석의 정체가 궁금해진 중년 여승이 만석에게 말을 붙여왔다.

"빈승은 보타문의 혜량이라고 해요. 이 아이는 속명 그대로 아라라고 하지요. 실례지만 소협의 이름을 알 수 있을까요?"

혜량이라면 보타 신니의 둘째 사매로 알려져 있었다.

깡마른 얼굴이지만 인정이 많으면서도 결단력이 있고 강호 경험이 풍부하다고 한다. 그녀가 보타문의 제자를 이끌고 이곳으로 오게 된 이유이기도 했다.

만석의 눈빛이 은연중에 번쩍 빛났다.

'역시 송아라였구나.'

상대가 이렇게까지 나오는데 만석이라고 가만히 입 닫고 있을 수는 없었다.

"소생은 만석이라고 합니다."

그리고는 미처 상대방이 반응을 일으키기 전에 얼굴을 돌려 일행을 둘러보며 말했다.

"잠깐 요기나 하면서 쉬어가기로 하지요."

그리고 만석이 다른 쪽에서는 잘 안 보이는 모퉁이로 들어가 자리를 잡자 모두 그를 따랐다.

'만석, 만석이라면……?'

'그러고 보니 목불인견 중의 대견 만석?'

그녀들도 만석이 무림공적으로 몰린 것을 알고 있었다.

'마도와 결탁했다고 하더니 그게 사실이었구나.'

혜량은 마도에게 구함을 받았다는 것이 더욱 찜찜해졌다.

이것이 혜량의 생각이었지만 송아라는 다른 생각을 하고 있었다.

'맞아! 소문을 듣고 혹시나 했더니, 저 사람이 옛날 그 깡마르고 눈만 반짝이던 그 아이였구나.'

생각하면 참으로 그리운 이름이었다. 하지만 만석은 자신을 전혀 모르는 눈치니 먼저 아는 척을 할 수도 없는 것이 여인의 자존심이었다. 그 위에 만석이 무림공적으로 몰렸으니 그와 어떤 관계가 있다고 소문나면 크게 곤욕을 치를지도 몰랐다.

만석의 일행과 멀찌감치 거리를 두긴 했지만 송아라의 눈길에는 내내 만석의 모습이 남아 있었다.

# 第十二章

## 무림대란의 서막

통로를 가면 갈수록 지독한 냉기가 네 사람의 몸을 꽁꽁 얼리고 있었다. 그런데 그 냉기 속에 불길 같은 기운이 들어 있으니 이 또한 묘한 일이었다.

"어허이, 추워! 아니, 뜨거워… 제기랄, 이걸 뭐라고 해야 하냐?"

우창출이 또 불평을 쏟아냈지만 아무도 대답이 없었다.

그들은 이미 피부로 느끼고 있었다. 목적지가 멀지 않다.

"이제 거의 다 온 것 같습니다. 떠도는 공기에 지독한 열기와 냉기가 함께 들어 있으니 열화지정과 빙정은 같은 곳에 있는 것일까요?"

말을 하면서도 만석은 코끝을 맴도는 청량한 기운을 느끼고 있었다. 전에 맡았던 만석의 심혼을 사정없이 끌어당기는 달콤한 듯하면서도 청량한 냄새. 그것이 걸음을 옮길수록 더욱 강해지는 것이었다.

"천고에 드문 일이긴 하지만 그럴 수도 있네. 두 가지가 같이 있었기에 균형이 잡혀 지하 세계가 무너지지 않고 있는 것이겠지."

자신없는 말투였지만 그 말에 만석은 고개를 끄덕이고 있었다.

'그자들이 어떤 음모를 꾸미고 있는 것일까? 혹시 이곳에 있는 모든 사람들을 다 죽이려고 하는 것일까?'

만석은 계속해서 머리에 떠돌던 불길한 생각을 떨쳐 버리려 애썼다.

'아냐, 이 모든 것을 금가에서 꾸몄다고 해도 설마 정파의 인물들까지 죽이려고 하지는 않을 거야.'

그러나 그렇게 자꾸만 부정해도 환생교와 활강시, 그리고 무적초자가 남긴 책에 있는 것처럼 금성혼이 희대의 사기꾼이라면 어떻게 될까? 만석은 자신들만이 함정을 통과했다고는 생각지 않았다. 서로 죽고 죽이는 가운데 뛰어난 무공을 가졌거나 운수가 좋은 사람들만 살아남았을 것이다.

그들을 열화지정과 빙정이 있는 곳으로 유인해서 몰살시킨다면……? 상상하기도 힘든 끔찍한 재난이었다.

만석 등이 지하 통로의 중심부로 걸음을 재촉하고 있을 무렵,

"그래? 지하 석실이 무너졌다고?"

지하 밀실의 어느 곳, 청량한 기운이 떠도는 석실에서 나오는 소리였다.

"그러합니다, 사형."

대답하는 목소리는 송구스럽다는 기색이 역력했다.

"자네가 미안해할 것은 없네. 다만 미꾸라지 한 마리가 온 개울물을 흐린 셈이로군."

밀폐된 작은 공간에 두 사람이 의자에 앉아 마주 보고 있었다.

수려한 중년인과 청수한 인상의 오십대 중년인이었다.

"피해는 대충 파악이 되었는가?"

금태원이 조용한 목소리로 묻자 조원형이 침중하게 고개를 끄덕였다.

"백혼대(白魂隊)의 이백여 명이 지하에 파묻혀서 생사가 불분명합니다."

"으으음. 모두 죽었을 거야. 거기에 미련을 두는 것은 쓸데없는 짓이야. 그리고?"

"활강시로 연성하려던 재료들이 모두 사라졌습니다. 그리고 그 와중에 형수님도……."

"휴우, 엄청난 피해야. 대체 어떤 놈이 침입해서 일을 저질렀단 말인가……."

그지없이 착잡한 음성이었다. 그 착잡함 속에 다른 괴로움이 숨어 있음을 조원형은 알고 있었다.

금혜지를 낳고 죽은 부인을 활강시로 연성해서 그 얼굴이나마 보려고 했던 금태원의 열망은 이제 지하 깊이 묻혀 버린 것이다.

"충분한 근거는 없습니다만, 소제는 침입자가 무적초자의 후인이 아닌가 짐작하고 있습니다. 놈들이라면 우리를 오랫동안 주목해 왔을 테니 연못 속에 입구가 있는 것을 알고 있었을 것으로 생각합니다."

"으으음. 역시 그렇게 짐작이 가는가?"

태양이 찬란한 광휘를 줄기줄기 내리쬐는 천장 그림을 올려다보던 금태원이 눈을 내리며 신색을 바로 했다.

"놈이 누군지는 몰라도 함께 지하에 파묻혔을 테니 추적할 필요도 없겠지. 그보다는 지하로 몰린 놈들은 대부분 각파의 수장 급, 절대 한 놈도 살려주어서는 안 돼."

"알겠습니다. 하여간 이제 썩어빠진 무리들을 모조리 없앨 것을 생각하면 흥분이 되는군요. 놈들만 사라지면 우리 환생교의 천하가 열리게 될 것입니다."

금태원이 머리를 끄덕이며 대답했다.

"그렇다고 해서 확실하게 강호를 장악하기 전에는 우리가 환생교 출신임을 드러내서는 안 돼."

"물론입니다. 소가주도 우리 태양교의 뿌리가 환생교라는 사실을 전혀 모르고 있습니다. 걱정하지 않아도 될 것입니다."

"아냐, 아니야. 단단한 제방 뚝도 바늘 틈만 한 구멍으로 무너진다고 하네. 항시 조심, 또 조심해야 해."

금태원이 엄중하게 말을 하다 화제를 돌렸다.

"그건 그렇고, 대견 만석이라고 했나?"

"네? 아, 예, 그렇습니다."

"그놈도 지하 광장으로 들어갔나?"

"예. 생사마의 늙은이와 우창출 등과 동행한 것으로 보고를 받았습니다."

"역시 운수가 좋은 놈이군. 그런데 전부 몇 명이나 함정을 통과했는가?"

"모두 백여 명이 조금 넘습니다."

"좋아! 그대로 놔두어도 저희들끼리 싸워 양패구상하겠지만 계속적인 기습으로 최대한 피해를 입도록 해야겠어. 마지막 수단인 폭약을 쓰지 않도록 모든 방책을 동원하게."

"알겠습니다."

다시 눈을 감고 깊은 사색에 들어간 금태원을 뒤로하고 조원형이 조용히 자리를 물러났다.


"조용한 것을 보니 이젠 다른 함정이 없을 것 같아."

제일 뒤의 우창출이 멀찌감치 따라오는 보타문의 두 사람을 곁눈질하며 말을 붙였다.

"글쎄요. 아직은 안심할 것이 못 됩니다."

만석이 뒤를 돌아보며 대답하는 찰나,

파싹! 파캉!

거의 동시였다. 제일 앞에 선 만석과 생사마의를 향해 정면과 좌우 측면에서 손가락만 한 암기 수백 개가 쏟아졌다.

"어헛!"

두 사람이 갑작스런 공격에 분분히 천장으로 몸을 날렸을 때, 천장 부분이 와르르 무너져 내리며 시퍼런 검광이 어둠 속을 뚫고 그들의 머리통을 베어왔다. 거의 십여 줄기에 이르는 검기의 폭우였다.

"제길!"

답답한 신음을 내뱉은 만석이 재빨리 천근추의 신법으로 몸을 가라앉히며 바닥을 뒹굴었다.

"이놈들!"

생사마의는 오히려 양손을 내밀어 삼첩장을 발출했다. 일식에 세 번 연속으로 상대를 공격하는 지고의 장법이었다.

"커억!"

허공에서 떨어지던 온통 백색 일색을 한 복면의 장한이 숨막히는 비명을 내지르며 바닥으로 떨어졌다. 복부를 감싼 그의 손가락 사이로 검붉은 선혈이 흥건하게 번지고 있었다.

"얼마든지 와라!"

벌써 세 사람째 복면인을 해치운 생사마의가 장난치듯 장력을 휘뿌리고 있을 때, 이번에는 바닥이 터져 나오며 다시 십여 줄기의 검기가 그의 가랑이 사이로 파고들었다.

"비겁한 놈들!"

이번엔 우창출이 뛰어들어 언월도를 바람개비처럼 돌리며 바닥에서 솟은 복면인들의 검기를 해소했다.

바닥을 뒹군 만석이 그들의 뒤에 몸을 세웠을 때, 흙먼지가 자욱하게 솟아올라 그의 시야를 가렸다.

‘이런!’

일시간 눈앞이 안 보이자 만석이 발을 묘하게 교차하며 갈지자 모양으로 신형을 틀어 상대의 공격을 대비할 때,

쉬쉬쉭!

뱀이 혓바닥을 날름거리는 으스스한 소리에 이어 쇠 채찍이 뱀 꼬리처럼 꿈틀거리며 만석의 상반신을 때려왔다.

파박!

만석이 몸을 가라앉히며 채찍을 빗나가게 한 후 바닥을 차자 자잘한 돌멩이와 먼지가 튀어 올라 복면인의 몸을 씌워 버렸다.

“퉤!”

복면인이 입속으로 흙먼지가 튀어들자 얼른 뱉어내며 두 걸음 뒤로 물러났지만 만석의 공격은 그때부터 시작이었다.

복면인들은 죽으면서도 비명 소리를 내지 않았다. 만석은 이자들이 바로 위의 지하 광장에 있던 무리가 아닌가 의심이 들었다.

‘이러다간 끝이 없겠다!’

만석이 흘낏 마주친 생사마의에게 눈짓을 한 다음 바닥을 박찼다.

“자, 그만 도망칩시다!”

통로는 여기저기 합쳐지면서 더욱 넓어지고 있었다.

통로가 워낙 거미줄같이 얽혀 있어 추적해 오는 복면인들을 떨구어낸 네 사람은 위험이 사라진 즉시 바닥에 주저앉아 숨결부터 추슬렀다.

"크으. 아까 그놈들은 또 누굴까? 기다렸다는 듯이 앞길을 가로막고 공격을 해오다니. 게다가 죽으면서도 비명 한 번 지르지 않더라고."

우창출이 바로 전에 만난 복면인들을 언급하자 만석이 고개를 끄덕이며 대답했다.

"바로 제가 위의 지하 광장에서 본 자들과 같은 무리일 겁니다. 아마도 어떤 약물에 의해서 신지를 잃은 것 같습니다."

만석의 말에 생사마의가 부연하는 식으로 입을 열었다.

"환생교가 틀림없다. 삼백 년 전 얘기지만 자네 말과 딱 맞아떨어져."

"그럼 그들과 금성혼과는 무슨 관계일까요? 아무런 관계가 없다면 무림맹 지하에 놈들이 있을 이유가 없잖습니까?"

우창출이 묻자 생사마의가 혀를 끌끌 찼다.

"쯧쯧. 이놈아, 골치 아프게 그 얘긴 뭐 하러 해. 그건 지금 밝히려고 해봤자 아무 소용도 없는 일이야. 그냥 조용히 쉬기나 해."

"예? 그게 무슨 말씀이십니까?"

우창출이 안색이 벌게져서 재차 물었지만 생사마의는 고개를 돌리며 혀만 찰 뿐이었다.

“제기랄. 아, 모르면 물을 수도 있는 거 아뇨?”

우창출이 삐딱하게 말하자 만석이 웃으며 대신 말했다.

“아무래도 함정에 빠진 것 같으니 지금은 여기서 나가는 게 중요하다는 말씀입니다.”

“나간다고? 그 독각화룡이나 만년빙과는 어쩌고?”

“그래, 말이 나왔으니 하는 말인데 자넨 그 영물, 영초가 이곳에 있다고 보는가?”

지금까지 묵묵히 있던 칠독마였다. 겪으면 겪을수록 진중한 데다 말을 함부로 하지 않는 과묵한 성격으로 만석도 조금씩 그에 대한 호감이 생기고 있었다.

“단언은 못하겠습니다만 저로서는 있다고 생각합니다.”

“그 이유는?”

이번에는 생사마의였다.

“빙정과 열화정이 한군데 있다는 것은 실로 기이한 일입니다. 만년빙과와 독각화룡 얘기를 꺼내지 않더라도 그것만으로도 수많은 사람들의 이목을 끌 수가 있지요. 그렇다면 있지도 않은 영물들을 꺼내 유혹할 이유가 없습니다. 일이 잘못될 경우도 생각해야 하니까요.”

일이 잘못될 경우란 음모에 걸린 지하 광장 사람들이 살아 돌아가는 경우였다.

“역시 금태원은 모두 다 죽일 속셈이었어.”

칠독마가 고개를 절레절레 저으면서 한탄했다.

“그게 말이나 됩니까? 아니, 무림을 구한 가문이라고 큰소리칠 때는 언제고 이제 와서 모두 죽인다니요?"

우창출이 믿기지 않는다는 투로 반문했지만 이 자리에서 딱 부러지게 그 이유를 설명할 수 있는 사람은 없었다.

"자, 어느 정도 쉬셨으면 다시 출발하도록 하지요."

만석이 잠시 어색해진 공기를 흩트리며 자리에서 일어났다.


중인들이 지하 광장에 든 지도 벌써 열흘이 지나고 있었는데, 비바람이 몰아치는 무림맹의 인공 호수에서는 일촉즉발의 대치가 이루어지고 있었다.

청녹색 무복 가슴에 천(天) 자를 아로새긴 자들은 바로 무림맹의 청천대의 무사 일백여 명이었다.

그들과 상대하는 적갈색 복장을 한 무리의 정면에는 하늘로 뚫린 콧구멍을 연신 벌름거리며 퉁방울 같은 눈을 부릅뜬 거한이 서 있었는데, 보기만 해도 무시무시한 큰 도끼를 어깨에 메고 있었다.

"제길! 이 무림맹의 떨거지들아! 어서 길을 비켜라!"

그의 바로 뒤에는 역시 무식하게 생긴 거한이 철퇴를 빙글빙글 돌리면서 소리치고 있었는데, 그의 옆에는 통뼈로 만든 것처럼 뻣뻣한 면상을 한 장한이 장창을 잡고 눈을 부라리고 있었다.

바로 만석이 무림공적으로 몰려 혈루곡으로 들어갔다는 소식을 듣고 열흘 밤을 제대로 눈도 못 붙이고 달려온 배일도와 관대형, 그리고 유식한이었다.

"어림없는 소리! 무림맹이 어딘데 너희 같은 잡놈들이 함부로 들어왔느냐! 너희들도 무림공적으로 몰려 죽고 싶은 게냐?"

청천대주 원길은 시간을 끌어야 했다. 오늘까지만 외부의 침입자들을 막으면 된다는 금기린의 지시를 받았던 것이다.

그런데 이백여 명의 무리가 한꺼번에 무림맹 정문을 돌파하고 달려올 줄이야.

숫자로 봐서는 저쪽이 배가 넘지만 청천대원들은 십수 년간 무공만 연마한 무사들. 저쪽 같은 오합지졸들 하고는 차원이 다르다. 그런데 집단전은 개개인의 무력과 관계없이 분위기에 따라 대세가 결정되므로 한번 말려들면 혼란에서 헤어날 수 없게 된다. 바로 원길은 이것을 우려하고 있는 것이었다.

게다가 낮인데도 하늘이 금세 어두워지는 것을 보면 또다시 장마비가 내릴 모양이었다.

"쳐죽일 놈들! 저놈들이 우리 대사형을 무림공적으로 몰더니 눈에 뵈는 게 없구나!"

"더 이상 말로 해봤자 입만 아픕니다. 저놈들을 뭉개고 혈루곡으로 진격합시다."

"맞아요. 우리가 뭐 말싸움하러 온 게 아니잖아요?"

관대형과 유식한이 연달아 재촉하자 배일도가 퉁방울 같은 눈을 홉뜨다 눈을 깜빡했다.

"어엉? 형님, 그거 뭐 하는 짓이오? 한쪽 눈을 살짝 감고 추파를 던지는 건 계집이나 하는 짓 아뇨?"

"이 좆같은 놈아! 눈에 빗방울이 들어가서 눈을 깜빡인 것도 죄냐?"

배일도가 유식한을 보면서 한심하다는 투로 일갈하다 다시 하늘을 쳐다보았다.

'이거 봐라? 하늘이 심상치 않잖아?

"이놈들아, 비가 온다! 자, 무적문의 문도들이여, 모두 돌격!"

배일도가 앞장서 돌격하는 사이 시커먼 하늘에서 장대 같은 빗줄기가 떨어지기 시작했다.

삽시에 휘뿌연 물안개를 피우는 연못가에서 두 무리는 정면으로 충돌하고 말았다.

작전이고 뭐고 없었다. 피아가 뒤얽혀 마구 고함을 지르고 병기가 부딪치며 욕설이 난무할 뿐이었다.

"크아악! 아아아악!"

듣기에는 다양한 비명 소리지만 죽는 자의 마지막 소리라는 같은 의미를 담고 있었다.

짓쳐들어오는 서너 명의 청천대 무사들을 베어 넘기는 잠시의 짬을 타서 배일도의 눈빛이 날카롭게 사위를 쓸어갔다.

배일도의 바로 옆에서 한 무리의 공격을 받고 있던 관대형이 싸움의 와중에도 씨익 웃으며 또 한 명의 머리를 철퇴로 박살 내고 있었다.

세찬 빗줄기 속에서도 그의 철퇴는 한 치의 어긋남도 없이 상대를 격살시키고 있었다.

"카카카. 좋아, 좋아!"

배일도가 입을 크게 벌려 웃다가 옆구리를 쓸어오는 상대의 칼을 발견하곤 막아갔다.

차창!

배일도의 힘에 눌린 상대의 칼이 힘없이 지면에 떨어져 내릴 때, 그의 도끼가 놓칠세라 상대의 모가지를 잘라 버렸다.

'아니, 저 새끼 봐라?'

몇 사람의 무사를 그렇게 해치운 배일도가 주춤주춤 물러나는 두 명의 청천대 무사를 쫓다가 눈을 크게 홉떴다.

거기에는 검날이 얇은 장검을 무적문 사람들에게 정확하게 박아 넣는 원길의 모습이 있었다.

그의 발아래 죽어 넘어진 자들만 벌써 열 명. 배일도가 버럭 소리치며 달려갔다.

"에라, 이거나 처먹어라!"

배일도가 큰 도끼를 휘두르며 무지막지하게 달려들자 원길은 주춤 물러섰다.

보기만 해도 위압적인 덩치에 걸맞게 그의 공격 역시 무시무시했다. 마구잡이로 휘두르는 것 같아도 배일도의 출수는 절도가 있었고 공간을 가를 때마다 폭탄이 터지는 것 같은 엄청난 굉음과 거력이 휘몰아쳐 왔다.

'만만치 않다!'

피하지 못할 것을 알고 검을 비스듬히 틀어 배일도의 거부(巨斧)를 살짝 옆으로 흘린 원길은 손아귀가 온통 찢어지는 것 같은 통증이 밀려오자 깜짝 놀라고 말았다.

'이놈은 단순한 도적의 우두머리가 아니다!'

그렇게 생각하니 원길은 배일도와 싸우고 싶은 생각이 사라져 버렸다.

"이 쥐새끼 같은 놈!"

배일도를 정면으로 상대하지 않고 원길이 무적문 무사들 틈을 파고드니 배일도는 그를 어떻게 할 도리가 없었다.

속에서 북받치는 감정대로 하면 저놈을 죽이기 위해서는 부하고 뭐고 한꺼번에 쓸어버려야 하는데, 그럴 수는 없는 노릇이 아닌가.

그러나 원길이 약은 수를 썼지만 배일도와 관대형, 유식한의 활약이 한 수 앞섰다. 이에 따라 전세는 차츰 무적문 쪽으로 기울어갔다.


여기저기 빗물이 고인 웅덩이에는 거의 오육십 명에 이르는 녹의와 갈색 장한들이 무질서하게 겹쳐 쓰러져 있었다.

혹은 복부가 터져 창자가 튀어나오고, 머리가 박살 나 뇌수와 함께 나온 흥건한 피가 빗물에 섞여 냇물처럼 흐르고 있었다. 차마 눈 뜨고 볼 수 없는 지옥도의 현장이었다.

번쩍!! 꽈르릉!

하늘도 욕지기를 참을 수 없는 듯 갑작스런 천둥과 번개가 온 대지를 훑고 지나갔다.

꽈지직!!

그리 멀지 않은 곳에 벼락이 떨어졌는지 대지는 굉렬한 아품으로 신음을 토해내고 있었다.

배일도의 오른편에서 한창 싸우고 있는 것은 유식한이었다.

억세게 짜여진 체구에 각진 얼굴. 그의 눈자위는 아직도 냉철한 기운이 흐르고 있다.

한 번씩 그의 장창이 휘저어질 때마다 어김없이 피보라가 일고 적의 목이 뎅겅 베어져 나갔다.

"좋다! 이제 우리의 승리가 눈앞에 보인다!"

신이 난 유식한이 다시 한 놈을 꼬챙이 신세로 만들다가 갑작스럽게 터져 나오는 비명 소리에 고개를 휙 돌렸다.

"저, 저놈들은 또 뭐냐?"

희끄무레한 정물 사이로 시커먼 복면을 뒤집어쓴 흑의인들이 소리없이 무적문도들 사이로 빠르게 짓쳐들고 있었다.

한눈으로도 수십 명은 되는 듯한 놈들의 출수는 매우 정확했고 비정했다. 무적문도들의 목이나 가슴을 찌르는 그들의 손속은 그야말로 단순명쾌라는 의미를 그대로 보여주고 있었다.

그들이 등장한 지 얼마 되지도 않아 배일도와 관대형, 유식한 세 사람만이 남아 있을 뿐이었다.

"제에기. 여기서 끝장인가?"


악전고투였다.

만석의 얼굴을 떠올릴 여유도 없이 연못가에서 밀려나 북령산에 이른 지금, 배일도 등은 더 이상 물러날 데가 없었다.

“으으윽!”

오른쪽 옆구리 쪽으로 짓쳐오는 공격을 흘리면서 상대의 후두부를 도끼로 짓이긴 배일도는 답답한 신음 소리에 급히 눈을 돌렸다.

배일도의 옆에서 관대형과 등을 맞대고 장창을 질러대던 유식한이 격렬히 몸을 떨며 물러서고 있었다.

“크아악!”

“아, 아니?”

막 그쪽으로 출수를 하려던 배일도는 또 다른 비명 소리에 흠칫하며 고개를 돌렸다.

옆구리에 상대의 일도를 허용한 관대형이 연신 물러서고 있었으며, 섬뜩한 파공성과 함께 피에 전 대감도가 짧은 궤적을 그리며 그의 목덜미로 떨어져 내리고 있었다.

‘늦었다!’

그렇게 느끼는 순간, 배일도의 도끼가 직선으로 대감도의 주인을 향해 쏘아졌다.

“캑!!”

답답한 신음성과 동시에 목이 뿌리째 끊겨 선연한 핏줄기를 내뿜으며 질퍽한 지면에 처박혔다.


캬아아아!

끝이 없을 것 같던 통로가 끝이 나자 무시무시한 괴성이 들려오기 시작했다.

한편으론 뜨거운 열기가 일렁대고 다른 한편 뼛골을 얼리는 차가운 기운 속에 빨려들 듯 청량한 향기가 있어 심신이 황홀경에 빠졌다. 신체의 모든 모공에서 남김없이 향기를 빨아들이는 느낌. 그러면서도 공간을 떠도는 기운이 한순간 사람의 정신을 앗아갈 듯 괴이한 울림으로 변해 귓전을 두드리고 있었다.

크아아아!!

또다시 귀청을 허물어 버릴 듯이 들려오는 굉렬한 괴성에 가까스로 제정신을 찾은 네 사람의 눈길이 빠르게 교차했다.

온갖 고난 끝에 드디어 목적지에 도착한 것이다. 그러나 그들은 서로의 눈동자에 깊은 불안감이 깃들어 있는 것을 놓치지 않았다.

'이제 시작이 아닐까?'

"갑시다!"

만석이 심중의 불안감을 떨치듯 크게 소리치며 앞장서 달려나갔다.


『허공답보』 4권으로

**무한 상상 · 공상 세계, 청어람 신무협&판타지**

설봉 新무협 판타지 소설!
절대로 놓칠 수 없는 2006년 최고의 걸작!!

마야(魔爺) / 설봉 지음

강렬하다……!
절대적 무협 지존!
『마야』
(魔爺)

소사(小事)로 시작되어 천하대란(天下大亂)으로 이어지는
끝없는 피의 역사…

북검문(北劍門)과 남도문(南刀門)의 탄생이었다.

두 세력은 장강을 경계 삼아 전쟁을 방불케 하는 싸움을 벌이고 있다.
삼십 년…… 삼십 년 동안이나…….

그리고 절대 죽을 것 같지 않던 그가 죽었다.

"나를 죽인 건…… 큰 실수야.
나보다 훨씬 무서운… 곧… 곧 너희를……."

# 무한 상상·공상 세계, 청어람 신무협&판타지

『한백무림서』11가지 중『무당마검』,『화산질풍검』을
잇는 세 번째 이야기『천잠비룡포』의 등장!!

천잠비룡포(天蠶飛龍袍) / 한백림 지음

천상천하 유아독존!!
새로운 무림 최강 전설의 탄생!!

# 『천잠비룡포』
# (天蠶飛龍袍)

## 천잠비룡황, 달리 비룡제라 불리는 남자.

그는 누군가의 명령을 받고 움직이는 남자가 아니다.
그는 자신의 적을 앞에 두고 물러나는 남자가 아니다.
그는 자신의 이름 안에 있는 자들의 원한을 결코 잊는 남자가 아니다.

그 누구보다도 결정적이고 파괴력있는 면모를 지닌 남자.
황(皇)이며, 제(帝). 그것은 아무나 지닐 수 있는 칭호가 아니다.
그는 제천의 이름으로도 제어할 수가 없는 남자였다.

무적의 갑주를 몸에 두르고
가로막은 자에게 광극의 진가를 보여준다.

# 다세포 소녀 원작 만화 출간!!



## 전국 서점가 최고의 화제작!

## OCN 슈퍼액션 드라마 시리즈 방영!

## 왜? 사람들은 다세포 소녀에 주목하는가!
## 상식을 뒤엎는 기발하고 엉뚱한 상상력!

### 『다세포 소녀』의 숨겨진 힘!!

다세포 소녀 원작만화 (전 5권 예정)
B급 달궁 글·그림 | 값 9,000원 / 부록 예이츠 시집

몇 페이지만 읽어도 좌중을 휘어잡을 이야깃거리가 넘쳐난다!
둔감해진 머리에 영감을 주는 아이디어가 마구마구 솟구친다!
원작을 더욱더 빛내주는 기발한 댓글 퍼레이드!
300만 다세포 폐인을 열광시킨 상식을 뒤엎는 엉뚱한 상상력!

### 또 하나의 이야기! 또 하나의 재미!
### 소설 『다세포 소녀』

초우 장편소설 | 값 9,000원 / 원작자 B급 달궁

"그건 모르겠고, 나는 외눈의 사랑이야. 사랑을 줄 수는
있어도 마주 할 수 없는 사랑이지. 두 눈을 가진 사람은 주
고받을 수 있지만, 나는 주는 것만 할 수 있어. 나는 주는
사랑으로 족해. 외사랑이지."
－외눈박이

# 초등학생이 반드시 읽어야 할 좋은 책 49권

각 학년별로 초등학생이 반드시 읽어야할 좋은 책을 선정하여 통합논술의 기본이 되는 '올바른 독서법'을 일깨워 줍니다.

## 교과서와 함께하는
## 초등학교 통합논술

초등1학년 | 값 12,000원 / 초등2학년 | 값 9,500원 / 초등3학년 | 값 11,000원 / 초등4학년 | 값 9,500원 / 초등5학년 | 값 9,500원 / 초등6학년 | 값 11,000원

### ♣ 혼자 할 수 있어요.

엄마가 책 읽는 방법을 가르쳐 주어도 좋아요.
독서지도하는 선생님이 가르쳐 주어도 좋답니다.
"초등 교과서와 함께하는 **통합논술 시리즈**"는
아이 스스로 독서할 수 있도록 꾸며진 책이에요.
엄마와 선생님은 요령만 가르쳐 주시면 된답니다.

### ♣ 교과서의 중요한 내용이 총정리되어 있어요.

각 학년별로 중요한 교과 내용이 함께 수록되어 있어요.
초등학생은 교과서 내용을 충실하게 공부해야 합니다.
아울러 그와 병행한 독서가 대단히 중요하지요.
"초등 교과서와 함께하는 **통합논술 시리즈**"는
두가지 방법 모두 알려준답니다.

### ♣ 이 책은 훌륭하신 선생님들이 함께 쓰신 책이랍니다.

동화작가 선생님들이 쓰셨어요. 소설가 선생님도 쓰셨답니다.
국어 논술독서지도 선생님들도 함께 쓰셨지요.
"초등 교과서와 함께하는 **통합논술 시리즈**"는
엄마의 마음으로 모든 선생님들이 함께 꾸민 책이랍니다.

# 입소문을 통해 아는 분은 다 알고 계십니다!
# 올 한해 공인중개사 최고의 화제작!

1~2권 합본 | 이용훈 지음
3~4권 합본 | 이용훈 지음
5~6권 합본 | 이용훈 지음
용 어 해 설 | 이용훈 지음
1~2차 문제풀이집 | 이용훈 지음

## 수험생 기본 필독서
# 만화 공인중개사

**제목 : 만화공인중개사 쓰신 분에게 감사드립니다.**

학원을 두달 다녔어요. 근데 과연 그 숫자 외우기 그렇게 몇 문제나 나올까 생각을 했어요.

아니라는 생각이 드네요. 학원강의를 뒤로 하고 서점을 갔어요. 내 머리에 가장 이해될 수 있는

책이 없나 하구요. 거기서 만화를 발견했어요. 무조건 세번 봤어요. 3개월 걸렸어요. 문제 집을

보라고 했는데 그건 시행을 못했어요. 근데 합격을 했네요.

어떻게 감사의 말을 해야 될지…

도서관에서 만화책 들고 다니니까 사람들이 비웃더라구요. 만화책으로 공인중개사를 공부한

다고 미친사람 처럼 보더라구요. 근데 그거 다 감수하고 했던 내가 자랑스럽습니다.

어떻게 감사의 말을 해야 할지 정말 감사합니다.

부디 행복하세요. 제 나이 41살에 좋은 스승을 만난 거 같습니다.

엎드려 감사드립니다.

-본사 홈페이지에 독자분이 올린 메일 中 에서 발췌-

# 잘나가고 싶은 사람은 읽어라!

그에게 한눈에 반했다! 그것은 분위기 탓?
애인과 나란히 걸어갈 때 당신은 좌, 우 어느 쪽에 서는가?
**이성은 왜 서로 끌리는 걸까? 그 심층 심리를 해명한다!**

# 30초의
# 심리학

■ **30초의 심리학**
아사노 하치로우 지음 / 계일 옮김 | 값 8,500원

처음 본 사람인데 와 닿는 느낌이
너무나도 강렬한 사람이 있다.
흔히 하는 말로 '필이 꽂힌 사람',
그래서 잊혀지지 않는 사람,
한눈에 반했다고 하는 것이 바로 그것이다.
이런 인간의 감정을 논하는 데
남녀의 구분이 있을 수 없다.
사랑하는 그, 혹은 그녀를
생각하는 것만으로도 가슴이 두근거린다.
이상할 것 없다. 당연히 그럴 수 있는 것이다.
그렇기에 인간을 감정의 동물이라 하지 않는가.
그러나 그렇게 좋아하는 그 사람이
어느 날 갑자기 싫어지는 경우는 왜일까?

Psychology